회귀자 사용설명서

WISHBOOKS FANTASY STORY

회귀자 사용설명서 27

흙수저 판타지 장편소설

초판 1쇄 찍은 날 | 2020년 11월 10일
초판 1쇄 펴낸 날 | 2020년 11월 17일

지은이 | 흙수저
펴낸이 | 예경원

기획 | 위시북스
편집책임 | 이은송
편집 | 위시북스

펴낸곳 | 예원북스
등록번호 | 제396-2012-000132호
등록일자 | 2012. 7. 25
KFN | 제1-577호

주소 | 경기도 고양시 일산동구 호수로 646-24 위너스21II빌딩 206A호 (우)10401
전화 | 031-819-9431 팩스 | 031-817-9432
E-mail | yewonbooks@naver.com

ⓒ흙수저, 2018

ISBN 979-11-365-4516-9 04810
      979-11-6098-877-2 (set)

27
회귀자 사용설명서
흙수저 판타지 장편소설
WISHBOOKS FANTASY STORY
Wish Books

회귀자
사용설명서

CONTENTS

197장
벽 넘기(2)

"밥 먹다 말고 무슨 연락을 그렇게 열심히 하는 거요?"

"그다지, 네가 신경 쓸 일은 아니야."

"뭐, 중요한 일이라도 있는 거 아니요?"

'중요한 일은 중요한 일이지.'

"훈련 문제 때문에 잠깐 이야기할 게 있어서 희라 누나한테서 요청이 왔었거든"

"그렇구만, 그럼 현성이 형씨도 훈련 때문에 바쁜 거요?"

박덕구의 말에 대답한 것은 김예리였다. 이때다 싶어 냉큼 대답하는 모습, 그나마 이 중에서는 김현성을 제일 잘 알고 있다는 것을 어필하려고 하는 건 아닐까.

"응, 엄청 바빠. 사람들 별로 만나지도 않고, 뭘 하고 있는지도 잘 모르겠어…… 연락해도 잘 안 받는 중"

'그래? 잘 받던데.'

아무래도 김예리의 연락만 잘 받지 않는 것 같았다.

"그렇구만……."

박덕구가 뭔가 심각하게 고민했다.

이상한 데서 눈치가 빠른 만큼, 상륙 작전이 전부 다 개구라였다는 사실을 눈치챈 것은 아닌가 하는 생각이 들었다.

하지만 곧바로 말을 이어오는 모습에 내 걱정은 기우였다는 걸 깨달을 수밖에 없었다.

"거, 형님."

"응?"

"나는 훈련 같은 거 안 해도 괜찮은 거요?"

"따로 훈련하고 있잖아."

"아니, 그런 거 말고 뭐 특별훈련 이런 거 말이요. 대충 분위기를 보니까 대륙에서 내놓으라는 사람들은 전부 다 맡은 역할이 있고, 거기에 대한 준비를 하는 것 같은데…… 나도 형님 참관하에 특별훈련…… 해야 하는 건 아닌가 싶어서……."

"글쎄……."

"차희라, 그 사람도 그렇고, 하얀이 누님도 그렇고, 현성이 형씨도…… 심지어 혜진 누님도 뭔가 벽을 깨부수는 훈련을 하는 거 아니요. 다들 무슨 임무를 할당받은 건지는 모르겠지만, 거, 형님이 내게 준 임무도 사실 보통 일이라고는 할 수 없으니까. 다른 사람들에 비해 중요하면 중요했지, 부족하지는 않은 거 아니요."

"……."

"나도 지금보다 더 강해져야 하는 것 같은데……."

'입에 묻은 음식부터 좀 닦고 이야기해.'

"굳이 그렇게 생각할 필요 없어. 지금으로도 충분하다, 덕구야. 벽을 부순다는 게 단기간에 할 수 있는 일은 아니니까. 소수의 인간이나 그런 방법으로 강해질 수 있는 거지. 내가 보기에 너는 잘하고 있는 것 같으니까 주변에 휘둘리지 말고 주어진 일이나 열심히 준비하는 게 맞아. 남들이 뛰어간다고 해도 뛸 생각하지 말라는 거야."

"형님 말도 맞지만…… 그래도 형님이 봐주면 나도 더 강해질 수 있을 것 같다니까."

가능성이 아예 없는 건 아니지만, 효율이 낮지. 만약 가능하다고 해도 오르는 폭이 크지는 않을 거고…….

박덕구한테는 조금 미안한 말이지만, 이미 녀석은 성장 한계치 맥스를 찍었다고 해도 과언이 아니다. 별별 방법으로 녀석을 강화해 겨우 이 정도로 올려놓기는 했지만 녀석은 어쩔 수 없는 일반인이었다. 조금 관리해 줬다고 벽을 뚫을 정도였다면 애초에 이런 고민을 할 필요도 없었을 것이다.

'33일밖에 안 남은 거니까.'

굳이 시간을 쓴다면 차희라와 정하얀 쪽에 들이붓는 게 더 옳다. 얘네 같은 경우에는 벽을 한번 뚫으면 기하급수적으로 성장할 수 있으니까.

"너는 지금도 충분히 강해."

"부길드마스터의 말씀이 맞습니다. 예리 씨와 대련해도 요즘에는······."

"헛소리. 내가 더 세. 덕구 아저씨 공격은 스치지도 않아."

"그렇다고 해도 쉽게 공격 포인트를 올리지 못하고 있으니까요. 들어간다고 해도 두꺼운 내구를 뚫기 힘들고······ 1년 전에 비교한다면 무척 많이 성장했습니다."

"거, 기모 형씨한테 많이 배웠으니까 그렇지."

"저야말로 덕구 씨한테 많이 배웠습니다."

'그러고 보니 안기모, 쟤는 원래 붉은 용병 소속이었지.'

확실히 둘이 함께 다닌 경험이 녀석을 성장시킨 것 같았다.

"시간이 얼마 남지 않았다는 건 알고 있지만 나도 노력할 수 있는 데까지는 노력해 보고 싶다니까. 뭔가 필요한 게 있으면 바로바로 이야기해 주쇼. 아니면 상륙 작전이나 연습하는 게 좋을까."

아무래도 이쪽에서 액션을 취하기 전까지는 쉽게 물러설 것 같지가 않다.

녀석을 슬쩍 바라보자 본인도 무언가 하고 싶다는 의사를 표현하고 있다.

결국에는 슬쩍 무한의 가방을 뒤적거리기 시작했다. 육체의 성장보다는 그나마 이쪽을 집어넣는 게 녀석에게 이로울 것이다.

"그냥 빈말로 하는 말이 아니라 내가 보기에는 괜찮아. 육체의 성장 말고 이쪽을 공부하는 쪽이 더 괜찮을 거다."

"아, 저도 읽어본 적 있는 책이로군요."

[파티 플레이의 기본]
[전투 이론 초급편]
[전투 이론 중급편]
[기초 전술의 이해]

'이해도를 높이는 게 훨씬 도움이 될 거야.'

전술 능력 최하에서는 벗어날 수 있을지 모르지 않은가.

이유야 어찌 됐든 녀석이 현장 지휘를 할 순간이 올 거라는 건 거의 확실했다. 굳이 그게 아니더라도 녀석에게 큰 도움이 될 것이다. 낭비하는 동선이 조금이라도 사라지고 판단 능력이 더 빨라지는 것만으로도 녀석은 반 발자국 정도 더 올라갈 수 있다. 본인이 가지고 있는 이해도도 올라갈 테니 전술적인 선택지로 길어질 테고……

유일한 문제는 녀석이 이걸 받아들일까에 대한 것. 아마 몇 페이지 넘기지 못하고 곧바로 책을 덮어버리지 않을까. 아무리 생각해도 박덕구가 자리에 앉아 책을 읽는 모습은 잘 상상이 가지 않았으니 말이다. 아마 이 선물도 껄끄럽다고 생각하고 있을 수도 있다.

왠지 예상되는 반응에 슬쩍 녀석의 얼굴을 바라봤지만…….

'어, 생각보다 좋아하네.'

의외로 기분이 좋아 보인다. 안기모가 슬쩍 손을 뻗으려고 하자 허겁지겁 내가 넘긴 책들을 품에 꼭 안는다.

"그렇지, 공부해야지, 아암."

"……."

"안 그래도 이런 게 필요하다고 생각했었다니까. 만약 상황이 터지면 모두가 정신이 없을 테니까. 음, 음."

'너무 좋아하니까 또 미안해지네.'

대충 툭 던져준 거에 저런 반응을 보여줄지는 상상하지 못했다. 이쯤 되면 반응하지 않고 있던 양심 세포에 조금씩 통증이 온다. 마치 대륙의 미래가 자신에게 걸렸다는 얼굴이지 않은가.

"물론 기초 훈련도 빼먹지 말고. 열심히 해야 한다. 한 달 안에 네 권을 꼭 다 읽는 거야. 내가 한 번 읽었던 거니까."

"아, 형님이 읽었던 거였구만! 거, 밑줄 같은 것도 쳐져 있고 그런 거 아니요?"

"아마 쳐져 있을걸. 그건 네가 알아서 확인해 보고…… 나는 이만 일어나야겠다."

"왜? 조금 더 있다 가지."

"할 일이 있으니까."

"……."

"왜?"

"거, 30일 안에 볼 수는 있는 거요? 아무리 그래도 다 같이 한번 모이는 게 좋을 것 같은데……."

"시간이 나면 자리 한번 마련해 볼게."

"자리를 마련하는 것 정도가 아니라 무조건 한번 뭉쳐야 한다니까. 거, 추진은 내가 해볼 테니까 잠깐이라도 시간 비워놓으쇼. 떨어진 지 너무 오래돼서 몇몇 사람들 얼굴은 까먹을 지경이요. 길드도 전부 정비 문제로 바쁘고…… 이렇게 이상한 곳에 떨어져서 여러 가지 일을 같이 헤쳐 나가고 인연을 만든 것도 기적 같은 일인데, 최소한 얼굴은 봐야지. 형님 말대로라면 대륙 최대의 위기가 아니요."

"알겠다. 내가 한번 만들어볼게."

"정말이요? 거, 그냥 하는 말이 아니라 진짜로 다 같이 한번 봤으면 좋겠다니까."

"물론. 네 말이 맞아. 필요한 일이지."

망원경으로 전부 볼 수는 있었지만 아무래도 직접 만나는 것과는 차이가 있기도 했으니까. 큰 전투를 앞에 둔 만큼 길드원들을 한 번씩 보고 이야기를 나누는 것도 즐거운 시간이 될 것이다.

쌓여 있는 일들을 대충 정리하고 나면 모두 어느 정도 여유가 생길 테고, 다 같이 자리를 만들어보는 것도 나쁘지 않아 보였다.

뭔가를 그리워하는 것 같은 박덕구의 표정도 충분히 이해가 간다. 예전처럼 떠들썩하게 웃으면서 시답지 않은 이야기하고, 술 마시고, 함께 시간을 보내고 싶은 것이다.

이 새끼는 기본적으로 사람을 좋아하니까. 아마 파란 길드 내에서도 정이 제일 많은 사람일 거라고 확신할 수 있다.

내가 녀석을 기용하지 않은 결정적인 이유도 여기에 있지 않을까. 누구 하나라도 다친다면 본인 탓이라고 생각할 게 분명했고, 만약 죽기라도 한다면 그대로 멘탈이 바닥 끝까지 떨어져 버릴 것이다.

그게 전투의 영향을 끼친다는 건 너무 자명한 일이고, 결국에는 본인까지 갉아먹을 거라고 확신할 수 있다.

파란 파티뿐만이 아니더라도, 녀석이 다른 사람들의 죽음을 외면할 수 있을까. 사대 천사 중 하나가 다른 모험가들에게 총구를 내밀었을 때 그걸 무시할 수 있느냐의 문제다.

단언컨대 박덕구는 무시하지 못할 거다. 저도 모르게 뛰쳐나가 전열을 흐트러지게 하는 장면이 예상이 간다.

'맞아, 스펙이나 확률 이전의 문제야.'

중심에 서는 사람은 냉정해야 했고 박덕구는 냉정함과는 거리가 멀다. 이 새끼는 이런 일에 어울리지 않는다.

괜스레 미소를 지으며 어깨를 한번 두드린 후에 그대로 발걸음을 옮겼다.

슬쩍 뒤를 돌아보니 출근하는 아빠를 배웅하는 아이 같은 얼굴을 하고 있는 녀석의 얼굴이 시야에 들어왔다. 헤어지기 싫다는 게 꽉꽉 느껴졌지만, 이쪽도 이곳에 시간을 더 투자할 수는 없다. 아까 이지혜의 말처럼 차희라와 정하얀의 일도 급했으니 말이다.

결국에 남은 시간은 조금 더 두 명에게 초점을 맞추기로 결심할 수밖에 없었다. 두 명 모두 좀처럼 벽을 뛰어넘지 못하고 있으니 무언가 대책이 필요하다는 생각이 드는 게 당연했다.

물론 조금씩 조금씩 눈에 보이지 않게 성장하는 건 마음의 눈으로 대충 확인할 수 있었지만, 시간이 점점 줄어드는 현 상황에 마음에 드는 스펙을 얻었냐고 묻는다면 단번에 고개를 저을 수 있다.

그만큼 시간이 부족했으니, 널뛰기할 수 있는 자리를 만들어보자는 것이 이번 일의 취지라 할 수 있으리라.

먼저 제안한 것은 내가 아닌 차희라 쪽이었다. 아나나 다를까 손거울이 울리는 게 느껴진다.

[자기, 최대한 빨리 안 돼?]

[왜 지금 해야 할 것 같아?]

[글쎄, 그건 해봐야 알 것 같은데…… 시원하게 치고받고 싸우면 머리가 조금 열릴 것 같은 느낌이 들어. 근처에 있는 숲에 들어가 봤지만 영 아니올시다고…… 말했잖아. 그나마 수준이 비슷한 사람이랑 붙어보는 게 좋을 것 같다고. 그런데 자기는 어때. 걔는 결국 빼기로 마음먹은 거야?]

[일단은…… 뭐. 그래도 완전히 쳐낸 건 아니야. 두고 보다가, 쓸 수밖에 없는 상황이면 던지기는 해봐야지.]

[마음에도 없는 소리 한다, 또. 그래서 시간은 언제야?]

[얼마 안 걸릴 거야. 준비할 시간은 있어야 하니까.]

[조금 더 빨리하면 안 되나? 몸이 조금 찌뿌둥한데…… 가만히 있는 시간이 길어지면 조금 더 오래 날뛰게 되는 듯한 느낌이라 조금 짜증 나. 최근 들어서는 제어하는 연습을 하고 있

기는 한데…… 그래도 짜증 나기는 마찬가지네. 그런데 왜 김현성이 아니라 정하얀이야?]

[현성이는 따로 할 일이 있기도 하고, 무엇보다 하얀이가 문제를 조금 겪고 있거든…….]

[좀처럼 성장하지 못하는 모양이네.]

[응.]

[이제 얼마 안 남았잖아. 조금 문제 있는 거 아니야?]

[뭐, 크게 문제가 있는 건 아니야. 솔직히 지금도 꾸준히 성장해 주고 있고, 굳이 이런 과정이 필요한지 나도 의문이지만…… 아무래도 확실한 게 좋으니까. 스펙상으로는 위에 있을걸? 누나보다 강할지도 몰라.]

[정말로 그렇게 생각해?]

[아니, 누나가 꼭 이겨줘야 돼.]

[그걸로 될지 모르겠네. 우리 세컨드가 나한테 깨진다고 분해할 정도는 아니지 않나. 물론 충격을 먹기는 하겠지만…… 하루 이틀 일도 아니고…….]

[아니야. 누나한테 지는 게 아니지.]

[무슨 소리야?]

[하얀이는 박미진이라는 마법사에게 지게 될 거야. 모의 전투 훈련에서 누나가 신예 마법사 박미진에게 깨졌다는 소문을 들었거든. 아마 누나보다 하얀이가 더 기다리고 있을걸.]

[재미있겠네.]

대충 무슨 상황인지 이해했다는 느낌의 메시지였다.

'아니, 누나…… 재미있을 것 같지는 않아.'

필사적으로 막으려는 괴수 대격돌을 내 손으로 직접 실행시키게 될지 상상해 본 적이 없었기 때문이다.

사실 떡밥을 뿌린 것은 차희라와의 대담이 끝난 이후, 차희라가 아무나 하고 한번 싸워봐야 할 것 같다는 말을 던진 직후였다.

반쯤은 도박하는 심정으로 정하얀을 슬쩍 내밀 수밖에 없었다. 벽을 넘어야 할 것 같다고 한 차희라처럼 정하얀 역시 벽에 부딪힌 것 같은 느낌이었기 때문이다.

간단했다. 할 수 있는 일을 할 수밖에 없었고, 모의전은 그렇게 결정됐다. 이것저것 따지면서 생길 변수 하나하나를 고려했다면 조금 더 좋았겠지만, 솔직히 그 정도로 한가한 상황이 아니었다. 박덕구의 일을 진지하게 생각하지 못한 것도 결국 시간 때문이지 않은가.

'아쉽기는 하네.'

평소였다면 무조건 반대했을 테지만, 한소라에게 한 번 더 대륙을 구해달라고, 부탁 아닌 부탁을 할 수밖에 없었다.

차희라 역시 중요한 인물이었지만, 마지막 전투에서의 배역의 중요도로 따진다면 정하얀에게 한 수 접어줄 수밖에 없는 것이 현실이다. 우리 하얀이가 어느 정도까지 성장하느냐에 따라서 확률이 극단적으로 달라질 수밖에 없으니, 단호한 결단을 내려야 했다.

솔직히 한소라가 없었으면 시도도 할 수 없는 일이었다. 말 그대로 처음부터 한소라를 통해 쌓아 올린 빌드업. 차희라가 정체불명의 천재 마법사 박미진에게 별다른 저항을 하지 못한 채 깨졌다는 걸 알린 것도 한소라였고, 계속해서 정하얀의 상태를 체크하고 있는 것 역시 한소라였다.

본인 역시 무척 두려워하고 있었지만, 전출의 꿈을 버리지는 못했는지 조금은 적극적으로 상황을 리드하는 중이다. 물론 몸에 기억된 공포는 사라지지 않겠지만 적어도 이전보다는 상황이 더 나아졌다. 처음이 어렵지, 두 번은 쉽다고 했던가. 이미 한 가지 목표를 향해 돌진하고 있는 한소라에게 눈앞의 위험은 보이지 않는 것만 같았다.

'참, 담도 커⋯⋯.'

슬슬 체크해 봐야 할 것 같아서 고개를 돌려 망원경을 발동시키자, 정하얀과 한소라가 이야기를 나누는 것이 시야에 비친다. 오늘 같이 식사하면서 조금 더 정보를 흘리라고 말했으니 아마 이 건과 관련된 대화를 하고 있지 않을까.

분위기를 보아하니 조심스레 이야기를 꺼낸 지 시간이 조금 지난 모양, 정하얀의 모습은 여전했다. 망원경으로 수시로 체크했던 그 모습 그대로다.

며칠 동안 머리는 감지 않은 것으로 보였고, 방 안에 처박혀 나오지 않은 적나라한 모습이 눈에 띈다. 제대로 뭘 먹지도 못했는지 피부가 푸석푸석해진 모습, 정하얀을 방 안에서 빼내와서 식사 시간을 가지고, 이야기를 나눠보자고 하는 것만으로도 이미 영웅 등급의 퀘스트가 아니었을까.

정하얀의 모습은, 그녀가 그동안 얼마나 필사적으로 공부했는지를 알려주는 대목이었다.

조금 기분이 찝찝하기는 했지만, 조금이라도 1회차 정하얀에게 닿게 하기 위해서는 이것 외에는 다른 방법이 없다는 생각으로 다시 한번 마음을 가다듬었다.

당연하지만 곧바로 목소리가 들려온다. 무척 떨리는 목소리였고, 적어도 중노 상태로 접어든 듯한 모습이었다.

'처음부터 봤어야 했는데……'

-어, 어, 어, 어떻게…… 어떻게 이겼다는데? 그건…….

-저도…… 자세한 건 잘…… 모르겠어요. 비밀리에 이루어진 모의전이라 외부에 알려지지도 않았고요. 저도 김미영 팀장님한테 살짝 전해 들어서…… 그렇게 알고만 있거든요. 전투가 어떻게 진행되었는지는 잘 모르겠지만 들리는 이야기로는 처음부터 끝까지 그 여자의 페이스였다고 하더라고요.

-박미진.

-네, 생각보다 재능이 있는 것 같았어요. 모의전이라고 해도…… 그 붉은 머리 여자가 쉽게 질 리가 없는데…… 숨기고 있는 한 수가 있는 게 아닐까요. 아무리 강하다고는 해도 마법사가 전위를 제압한다는 건 힘든 일이죠. 캐스팅할 시간도 없을 테고, 어쩌면 대인전이 특기일 수도 있겠네요. 그런 종류의 마법사들도 나오기는 하니까. 정하얀 님도 가능하시잖아요.

100%…… 확실해요.

-그, 그, 그래도…….

-별거 아니에요. 아무리 천재라고는 해도 정하얀 님만 하겠어요? 여러 가지로 부풀려진 내용도 많을 거고…… 또 조금 과장해서 말하는 게 일반적이니까. 괜히 걱정하지 않으셔도 돼요.

-그래서 나, 나, 나도 차, 차희라랑 모의전하는 거지? 언, 언제 할까? 언제…….

-글쎄요. 아마 곧 하지 않을까요. 연락 주신다고 했으니까, 지금부터 준비하면 될 것 같아요.

-나, 나, 나도 이길 수 있겠지?

-물론이죠. 박…… 미진이 하는 걸 정하얀 님이 못 하실 리가 없죠. 분명히 이길 수 있으실 거예요. 그리고…… 중요한 모의전이니까요. 마음 단단히 먹으셔야 해요. 준비도 단단히 해야 하고요. 여러 가지로 제가 도와드릴게요.

'도가 텄네.'

볼 때마다 느끼는 거지만 확실히 외줄 타기 달인의 모습이라고 할 만했다.

1년 동안 고층 건물에서 외줄 타기를 홀로 해왔던 경험에서 우러나오는 치고 빠지기는 어떻게 보면 이상적이라는 생각이 들 정도.

솔직히 쟤를 정말로 전출시키는 게 옳은 건지는 나도 모르겠다. 아마 전출 간다고 하더라도 정하얀 분노 대응팀에서 대마법사 분노 조절 위원회로 전출 가지 않을까. 높은 연봉에 본인도 행복한 비명을 지를 거라고 장담할 수 있다.

솔직히 내가 신경을 써서 다른 지역으로 간다고 하더라도……

'하얀이가 봐둘 것 같지는 않은데.'

정하얀에게 이동 거리는 의미가 없었으니까. 이미 그녀를 둘도 없는 친구로 여기는 만큼, 만약 전출을 가더라도 지금과 크게 달라지지 않을 거라고 확신할 수 있다.

'소라도…… 한 번이라도 행복했으면 좋겠는데…… 넘 불쌍하잖아.'

-마음…… 단단히…… 웅, 마음 단단히 먹어야지.

-네, 대외적으로 밝혀진 것도 아니고, 공식적인 발표가 있었던 건 아니지만 이번 일은 정말 중요한 거라서…… 차희라와 박미진의 모의전을 진행시킨 이후에, 곧바로 정하얀 님과 모의전을 추진한 이유가…….

-이, 이, 이유가 뭔데?

-그러니까.

-이, 이유가 뭐야?

-말, 말씀드릴게요. 지금 말씀드릴 거예요. 그러니까…… 조금 특별한 임무를…… 네, 끕, 특별한 임무를 맡기려고 한다고…… 부길드마스터와 함께 중요한 일을…… 히끅.

-그, 그런 거야?

-확실한 건 아니에요. 확실하지는 않지만…… 아마 다들 그렇게 생각하고 있지 않을까요. 수준이 높은 전위를 마법사가 상대해야 할 만한 미션이 있으니까. 그 미션에 부합하는 인선을 뽑으려고…… 네, 물론 부길드마스터가 정하얀 님을 사랑하신다는 건 부정할 수 없지만…… 이건 일이니까요. 조금 더 강한 마법사 쪽을 고려해 보는 게 당연할 테니까, 히끅.

자꾸만 딸꾹질하는 모습, 하지만 본인은 자각하지 못하고 있는 것 같다. 그만큼 긴장했다는 걸 말해주는 것만 같지 않은가.

솔직히 한소라의 용기도 놀랍다. 전출의 꿈을 이루기 위해 공포와 두려움과 마주하는 모습은, 마왕과 마주한 용사의 모습과도 같은 처절함과 신념이 있다.

-이, 이, 이길 수 있을까. 차희라…… 진짜 싫은데…… 진짜 싫은데…… 세단 말야.
-아마 무난하게 이기실 수 있으실 거예요. 박미진도 해낸 일이잖아요? 뭔가…… 약점이 있지 않을까요.
-차희라 진짜 싫은데…… 차희라보다 박미진이 더, 더, 더 싫어. 박미진, 진짜 싫어.
-저도 박미진…… 별로 안 좋아해요. 부길드마스터한테 접, 저업…… 근한다는 소문도 싫고, 뭔가 다른 목적이 있는 것 같아서…….
-그, 그, 그렇지?

-네, 어느 날 갑자기 튀어나왔다는 것도 너무 웃기잖아요……
어쩌면 그, 저번에 악마 계약자들 같은 사람일 수도 있으니까.
조금 더 조심하시는 게 좋을 것 같은데…… 부길드마스터는
사람을 너무 잘 믿으시니까요.

-그, 그런 거였으면 좋겠는데…… 만약에 나쁜 사람이면…….

-…….

-죽일 수 있잖아.

-죽이면 안 돼요. 네, 죽이면…….

-그때는 같이해 줄 거지?

-…….

-그렇지?

-일…… 단은 차희라와의 모의전이 먼저니까요.

-같이해 줄 거지?

-그 일부터 집중하는 게 더 좋지…….

-같, 같, 같이해 줘.

-네, 물론이죠…….

갑작스럽게 박미진 살인 계획으로 탈바꿈한 현장에 왠지 모
르게 내가 다 눈치가 보인다.

머리를 손톱으로 쥐어뜯고 있는 정하얀은 내 생각보다 조
금 더 스트레스를 많이 받은 듯한 모습이었다.

'자신 없나 본데…….'

조금 의외라고 할 수 있는 부분, 그만큼 차희라를 찍어 누른

다는 과업이 쉽지 않다고 생각한 것이 아닐까.

아마 자신에게는 불가능한 과업이라고 생각하고 있을 것이다. 아니, 거의 그런 것처럼 느껴졌다. 표정은 아까보다 더 어두워졌고, 이야기가 시작됐을 때보다 더 초조해 보였다.

이전에 한 번 들고 일어섰다가 찍어 눌린 기억이 있기 때문인지는 모르겠지만 차희라가 쉽지 않은 상대라는 걸 인지하고 있는 것이다.

맹수가 자신보다 더 사나운 맹수를 만났을 때처럼, 정하얀은 그때 이후로 겁을 집어먹고 있었다. 본인도 모르는 사이에 차희라의 영역을 존중하기 시작했고, 결과적으로 그녀가 영역에 발을 들이는 걸 못 본 척하기로 스스로 결정을 내린 것이다.

물론 차희라가 중요한 인물이고 오빠가 아끼고 좋아하는 인물이라는 것이 결정적이었을 테지만, 그럼에도 불구하고 정하얀의 이런 태도를 보이는 것은 차희라가 강자였기 때문이라고 확신할 수 있다.

정하얀의 안에서 차희라는 큰 사람이다. 본인조차도 이기기 쉽지 않다고 판단하는 인물일 테니 저런 불안감을 보이는 것도 어찌 보면 당연했다.

'어떻게 이긴 거지?'라거나 '무슨 수를 쓴 거지? 박미진은 대체 뭐야…… 어떻게 그럴 수가 있는 거지?'라거나, '내가 이길 수 있을까? 할 수 있을까? 저번에도 졌었는데…… 이번에도 질 것 같아' 같은 표정을 짓고 있다.

머리에서 피가 흘러나올 정도로 벅벅 긁고 있는 모습을 보

24 회귀자
사용설명서 27

기가 무서웠는지 한소라가 정하얀의 양팔을 꽉 붙잡는 것이
시야에 비쳤다.

-하실 수 있으실 거예요.

'맞아, 하얀아. 스텟상으로는 네가 더 유리해.'

-진정하세요, 정하얀 님. 분명히 성공하실 수 있으실 테니
까요.
-안, 안 되면…….
-그럴 리가 없잖아요. 설사 안 된다고 하더라도 다른 방법이
있고…… 또 결과적으로 부길드마스터가 정하얀 님을 내버려
둘 리가 없으니까요.

'맞아. 그건 그래.'

-끄으윽, 끄으윽, 끄윽…….
-너무 부담 가지지 마세요.

'아니야, 부담 가져야 돼. 진짜 미안하기는 한데…… 지금은
부담 가지는 게 맞아. 원래 아프면서 성장하는 거잖아. 하얀이
가 또 언제 이런 시련을 겪어보겠어.'

-끄윽, *끄으으윽*, 흐윽······.

'근데 너무 서럽게 울어서 내가 다 미안하다. 더 울어야 할지
도 몰라서 그게 더 미안하고······.'

-두 분이 오붓하게 같이 사실 날도 얼마 안 남았잖아요? 조
금만 더 열심히 하면 되니까. 네, 그러면 되니까. 조금만 더 힘
내요, 우리······.
-끄으윽, 소라도 옆집에서 같, 같이······ 살, 살, 살 거지?

'그건 소라한테 너무 가혹한 일이야, 하얀아.'

-그럴 거지?
-······.
-그럴 거잖아.
-네······.

순간이었지만 한소라의 얼굴이 창백해지는 걸 두 눈으로 직
접 확인할 수 있었다.
뭔가가 잘못됐다는 얼굴이다. 이건 아니라는 듯한 눈빛, 공
허한 눈으로 천장을 바라보는 한소라는 지금 무슨 생각을 하
고 있을까.

-힘, 힘, 힘낼게, 소라야. 차희라⋯⋯ 차희라 이길 수 있어. 박미진도 죽, 죽일 수 있어.

-그렇죠⋯⋯?

-절대로⋯⋯ 안, 안, 안 뺏겨.

-⋯⋯.

-절대로, 절대로⋯⋯ 안 뺏겨. 절대로 안 뺏길 거야. 절대로⋯⋯ 절, 절, 절대로⋯⋯.

한소라의 몸이 덜덜덜 떨리는 게 시야에 비친다.

나 역시 저 자리에 있었다면 같은 반응을 보이지 않았을까. 정말로 오랜만인 것 같다. 옛날 같은 정하얀의 모습을 보는 건 정말로⋯⋯ 정말로 오랜만인 것 같았다. 괜스레 불안감이 차오른다.

[누나, 제대로 준비하고 와. 진짜 옛날에 하얀이 상대하는 것처럼 하지 말고, 김현성이랑 싸운다고 생각하고 준비해야 돼.]

그런 메시지를 보낼 수밖에 없을 정도로 말이다.

[난 언제나 제대로 준비하고 있어, 자기.]

"하얀이 왔어? 정말 오랜만이네."

"오, 오, 오빠."

"어떻게, 그동안은 잘 지냈고?"

"네, 네…… 잘, 잘 지냈어요. 네, 조금 힘들기는 했는데……
그래도 잘 지냈어요. 오빠도 잘 지내셨죠? 네……."

"응, 좀처럼 연락을 주지 못해서 미안하네. 워낙에 바빠
서…… 미안해, 하얀아."

"아, 아니에요. 아니에요. 오빠가 미안할 일이 아니잖아요.
오빠가 미안할 일이 아니니까. 네…… 그렇죠."

"소라 씨도 오랜만이네요."

"네, 부길드마스터, 네……."

"작업은 잘 진행되고 있습니까?"

"네, 크게 나쁘지는 않은 것 같아요. 사실 물량을 전부 다
맞출 수 있을지는 모르겠지만…… 그래도 일단은 괜찮으니 안
심하셔도 돼요."

"소라가 열심히 만, 만, 만들고 있어요."

"그래?"

'눈을 제대로 못 쳐다보겠네.'

정하얀에게 미안해서 눈을 쳐다보지 못하겠다는 것보다는
애 눈이 맛이 간 것 같아 제대로 마주하기가 무섭다.

'계속 이런 건 아니야.'

그 날 이후로 계속 망원경으로 상태를 지켜보기는 했지만
여전히 저런 눈을 하고 있는 상태다.

그래도 이쪽을 보러 와야 했기 때문인지 깔끔한 모습을 하고 오기는 했지만, 정상이 아닌 것처럼 보이는 건 여전했다.

다른 건 모두 둘째 치더라고 눈, 눈이 문제다.

'아, 이거 괜한 짓 하는 거 아닌가. 이거 벌집 건드리는 거 아니야?'

그런 생각이 들 정도였으니 무슨 말이 더 필요할까.

하지만 한편으로는 기가 죽은 것같이 보이는 모습이다.

정확히 무슨 생각을 하는지는 알 수 없지만 정하얀이 저런 표정을 짓고 있는 이유 중 하나는 분명히 열등감일 거라고 생각했다.

그녀 나름대로 많이 준비하고 또 마음을 다잡기는 했지만, 천재 마법사 박미진을 완전히 떨쳐 버리지는 못한 모양이다.

정하얀을 정상으로 되돌리기 위해 나름대로 노력을 쏟아부었지만 다시 처음으로 회귀한 것 같은 느낌. 어울리는 예는 아니었지만 김현성이 느낀 절망감도 이해할 수 있을 것 같다. 이번 일이 끝난 이후에 다시 한번 정하얀을 이전과 같은 상태로 되돌려야 한다고 상상해 보라. 괜스레 눈앞이 깜깜해지는 것도 무리는 아니다.

정하얀을 안심시켜야 했고, 완전히 내려간 자존감도 처음부터 올려줘야 했다. 물론 모든 일이 전부 다 끝난 이후에.

'지금 상태로는 이게 가장 최선이야.'

정하얀의 질투와 분노는 기본적으로 낮은 자존감을 베이스로 한다는 걸 알고 있었으니까.

내 해석이 맞을지는 모르겠지만, 정하얀은 처음 만났을 때부터 그랬다. 인간쓰레기 같은 가족들에게 버림받은 상황에 대한 트라우마를 가지고 있기도 했고 자신에 대한 확신이 없었다. 모든 게 자기 때문이라는 생각을 기본적으로 탑재하고 있었고, 결과적으로 언제든지 버림받을 수 있다는 생각을 하게 됐다.

정하얀은 끊임없이 불안해했고, 그 불안감은 2회차 성장의 원동력이었다. 단순히 맛이 간 상태이기 때문이 아니라, 그녀 스스로가 필사적으로 마법의 손을 붙잡았기 때문에 성장했다고 판단하는 것이 맞다.

간단한 인사를 마친 이후에는 허겁지겁 이쪽으로 달려와 옆쪽을 차지하는 모습, 그제야 한소라의 입가에 편안한 미소가 번지기 시작했다. 자신이 들고 있는 폭탄을 남에게 떠안긴 것과도 같은 모양새. 최근 봤던 표정 중에 가장 행복해 보이는 표정이었으니 무슨 말이 더 필요하랴.

'너 그렇게 행복해해도 돼? 너무 티 내지 마.'

지금 이 상황이 그녀에게는 천국이 아닐까.

"준비는 조금 했고?"

"네, 조, 조, 조금요."

'필사적이었잖아. 그동안 많이 봤어.'

"너무 그렇게 무리하지 않아도 돼, 하얀아. 이미 말했다시피 그냥 모의전이고 별다른 의미는 없으니까. 여러 가지 데이터가 필요해서, 그냥 딱 그 정도야. 괜히 무리하다가 다치니까. 그냥 연습 같은 거라고 생각하면 돼. 내가 무슨 말 하는지 알겠지?"

"네, 알, 알, 알고 있어요, 네."

아마 한 귀로 듣고 한 귀로 흘리고 있을 거라고 장담할 수 있다. 지금 같은 상태에서는 남의 말을 잘 듣지 않으니까.

이쪽의 왼쪽 팔을 어찌나 세게 잡고 있는지 내 팔이 다 얼얼해질 지경이다. 마법사치고 은근 근력 수치가 높은 정하얀의 악력에 팔이 부러지는 것은 아닌지 걱정이 될 정도였다.

"모의전은 이쪽 숲에서 진행될 거고 따로 룰을 두지는 않을 거야. 어떻게 하든 하얀이 마음이니까 마음 편하게 하면 돼."

"네, 편, 편하게 할게요. 그렇게 해야죠. 차…… 희라는 언제 와요?"

"아마 곧 오지 않을까 싶은데."

"왔어, 자기, 오랜만이네, 세컨드도. 이게 얼마 만이야. 그동안 잘 지냈지?"

"……"

"급하게 오느라 밥을 안 먹고 왔는데 뭐 간단히 요기 좀 한 뒤에 해도 상관없지?"

"누나 마음대로 해."

"너희도 같이 먹고 시작하지. 거기 그러니까…… 파란의 한 소라. 너도 같이."

"아니요, 저는……."

"빼지 말고."

"네."

차희라도 양반은 되지 못하나 보다. 그리폰에서 내린 이후, 털털하게 입을 열어왔다.

평소와 조금도 달라지지 않은 것 같은 모습, 조금 긴장하고 있는 정하얀의 모습과는 반대로 차희라에게는 여유가 느껴졌다. 본인이 정말로 깨질 거라고는 생각하지 않는 것만 같다.

솔직히 정하얀을 봤을 때 혹시나 그녀가 차희라를 찍어 누르는 것은 아닌지 걱정했지만 차희라의 모습을 보니 또 그렇지 않다. 조심하고 있는 건 정하얀 쪽이었고 차희라는 평소처럼 강자의 입장에 서 있다.

"뭐, 대충 앉아서 먹자."

굳이 함께 식사하는 게 필요한 일인가 싶기도 했지만 나쁠 것 같지는 않다. 이렇게 앉아서 이야기하는 게 감정이 상하는 걸 도와줄 거라는 확신이 있었기 때문이다. 서로가 죽여야 하는 적이 아니라 일단은 동료라는 걸 도와주는 작업이지 않은가.

그 와중에 조금 눈에 띄었던 것은 그녀가 가져온 거대한 포대 자루였다.

자기 몸보다도 더 커다란 것 같은 포대 자루를 어째서 가져왔는지 의문이 들었지만, 마음의 눈으로 한차례 확인한 이후에는 고개를 끄덕일 수밖에 없었다.

'무기와 방어구.'

마실 나온 분위기였지만 확실히 준비는 한 모양, 그녀로서도 지금의 정하얀이 만만치 않다고 판단을 내린 것 같았다.

'하긴 맨몸으로는 못 받지.'

이전처럼 맨손으로 마법을 튕겨내는 것은 불가능하다는 걸 차희라 역시 이해하고 있다.

'이길 수 있겠지.'

단순하게 생각하면 정하얀이 우위에 있지만, 경험치 자체가 다르지 않은가. 용병여왕은 수없이 많은 전선을 넘나들며 경험을 쌓은 고인물이었고 그 경험은 모두 그녀의 육체 속에 내재되어 있다. 잠깐 이성을 잃는다고 한들 쌓아왔던 모든 것들이 사라지는 것은 아니다.

이윽고 갑작스럽게 시작된 식사 시간, 신나게 고기를 뜯고 있는 차희라와는 다르게 정하얀은 그 어떤 것도 입에 대지 않고 있다.

자꾸만 이어지고 있는 침묵에 괜스레 불편한 느낌이 든 것은 당연했다. 불안해하고 있는 것은 나뿐만이 아니다. 위험 전문가 한소라 역시 아까의 표정을 잃어가는 중이었다.

뭐라고 말을 해야 할 것 같아 급하게 말을 이을 수밖에 없었다.

"아까도 이야기했지만 서로 무리하지 않는 선에서 하는 게 좋을 것 같고……."

"그 정도야 알고 있어."

"너무 멀리 벗어나지 않는 선에서, 만약에 사고가 터지면 수습해 줄 인원도 대기 중이고 몇 가지 안전장치도 마련되어 있으니까. 너무 소극적으로는 하지 않아도 돼."

"지켜야 할 게 많네. 무리해서도 안 되고, 소극적으로 해도 안 되면……."

"……"

"뭐, 대충은 먹었으니까 슬슬 무장이나 입어야지. 혹시나 해서 말하는 건데 자기는 최대한 떨어져. 여기서 대기하지 말고, 조금 더 떨어지라는 거야. 괜히 야한 냄새 풍기지 말고."

'무슨 말을 그렇게 해, 누나. 내가 언제 그런 냄새를 풍겼다고 그래.'

"항상 입을 때마다 귀찮단 말이야. 그리고 이 포대 자루도 들고 다니기 귀찮아 죽겠는데, 무한의 가방은 매물이 없어요. 매물이 없어, 이런 일이 있을 줄 알았으면 진작에 좀 사놓을 걸 그랬다니까."

'나는 많이 가지고 있는데.'

하지만 굳이 말할 필요는 없을 것 같다. 멋들어진 검정색 갑옷을 부위별로 착용하느라 바빠 보이지 않은가.

당연하지만 익숙하지 않은 광경이다. 차희라가 평소에 입고 다니는 옷과는 완전히 거리가 멀다. 그녀의 말 그대로 착용하는 것부터가 일처럼 느껴질 것 같은 중량감이 전해진다.

물론 저게 차희라한테 얼마나 무겁겠냐만은 애매한 전위에게는 무척 무거운 무게로 느껴질 것이다. 세트는커녕 한 부위도 들지 못할 거라고 장담할 수 있다. 심지어 양손에 커다란 대검과 커다란 도끼를 들고 있는 모습은 신화에서나 나오는 전사 같은 외형이다.

'위압감……'

정하얀 역시 느끼고 있지 않을까. 별다른 말을 해오지 않고 있었지만 긴장하는 게 눈에 보일 정도였다.

"긴장돼?"

"별, 별, 별로요."

"긴장 풀어. 어차피 모의전인데 뭐 어때? 뭐 너한테는 걸린 게 조금 많으려나. 강하긴 강하더라, 박미진."

'누나, 왜 그래.'

"정말로 강하더라고. 나도 오랜만에 자존심이 좀 뭉개졌지 뭐야. 적당히 해도 돼, 세컨드. 내가 볼 때는 결과도 뻔할 것 같은데. 솔직히 자기 부탁 아니었으면 여기 와 있지도 않았을 거야. 한 번 더 기회를 주는 것 같은 느낌이니까. 뭐, 최선을 다해봐."

'누나, 그만해. 이제 그만해도 될 것 같아.'

"……."

　터질 것 같은 장내가 괜스레 불안하게 보인다.

　아마 쓸데없는 차희라의 발언은 그만큼 진심으로 싸우고 싶다는 의지의 표현이 아니었을까. 미적지근하게 토닥토닥거리다 훈련 끝이라고 말하는 건 그녀의 성격과 어울리지 않는다. 물꼬를 박미진으로 틀었으니 마무리도 한번 박미진으로 해보겠다는 심산이겠지.

"내가 살기 지우는 방법 좀 배우라고 하지 않았나."

"짜, 짜, 짜증 나…… 짜증 나는데…… 진짜……."

　작은 목소리로 천천히 중얼거리기 시작하는 정하얀의 모습도 시야에 비친다.

같은 자리에 없어도 된다는 사실 자체가 굉장히 만족스러워지는 시점이다. 이 괴수 대격돌에 휩쓸리면 누구라도 무사하지 못할 테니까.

"빨, 빨리 가요, 부길드마스터. 빨리요, 빨리."

"알겠……."

"지금 가야 해요. 지금…… 지금 가야 할 것 같아요. 지금 여기 빠져나가야 한다고요. 지금……."

"아니, 잠깐만…… 기다……."

"지금 빠져나가야 한다고……."

"아니, 뭐가 그리 급해."

"지금 가야 한다고! 이 시발 놈아!"

한소라의 목소리가 튀어나온 직후 갑작스레 숲에 있는 새들이 하늘로 날아가기 시작했다.

'시바, 깜짝이야.'

자연재해가 일어나기 전의 숲 같은 느낌, 조금 놀라운 것은 한소라가 저 야생 동물들보다 자연재해를 먼저 감지했다는 것.

'얘는 정체가 뭐야.'

잠깐 그렇게 생각했지만, 이제는 바로 눈앞에 있는 나한테도 느껴진다.

차희라는 여전히 히죽히죽거리고 있었고, 정하얀은 점점 고개를 숙이며 들리지 않는 목소리로 조용히 중얼거렸다.

준비 시작이라고 말해주는 게 좋지 않을까 싶었지만 그런 말을 하는 것 자체가 어울리는 상황이 아니다. 핏발이 선 눈으로 입술을 꽉 깨무는 정하얀, 당연히 입에서는 붉은색 피가 흘러내렸지만, 본인은 신경 쓰지 않는 것 같다.

"너, 그러다 뺏기겠더라."

콰아아아아아아아아아아아앙!!!

콰드드드드드득!

폭음이 들려온 것은 바로 그때. 차희라의 몸이 몇백 미터가량 떠서 반대쪽으로 처박히는 비현실적인 광경이 눈에 들어온다.

"튀자."

이미 자리에서 몸을 일으킨 붉은색 괴물이 입꼬리를 한껏 올리며 즐거워하는 모습이 시야에 비쳤고, 나는 곧바로 몸을 돌려 그리폰 안장에 앉을 수밖에 없었다.

"튀어!!"

"두고 가지 마요. 두고 가지 마…… 나, 두고 가지 마!"

"……."

"제발, 제발!"

"빨리 튀어!!"

"야, 야 이 개새끼야! 나 두고 가지 말라고! 흐어어엉…… 두고 가지 마! 흐으윽…… 두고 가지 말라고오!!"

절뚝이면서도 힘차게 달려오는 한소라의 모습이 왠지 모르게 불쌍해 보인다. 최선을 다해 달리다 돌부리에 걸려 철퍼덕 쓰러지는 장면은 영화 속에서나 볼 수 있는 가슴 아픈 장면이었다.

사실 버리고 갈 생각은 없었지만, 저도 모르게 그리폰의 등을 두드린 것이 문제, 반사적으로 나온 행동이었다. 하늘의 맹세코 말하건대 절대로 버리려고 해서 버리는 것이 아니다. 아니, 솔직히 내가 등을 두드리기 전에 화이트 폴, 이 새끼가 한소라를 버리고 튀려고 했다. 심지어 나까지 버리고 튀려고 했었던 것 같았다.

"버리지 마! 버리지 마!!"

'미안해, 소라야. 늦은 것 같아. 살아남을 수 있지? 그렇지?'

서서히 그리폰이 떠오르고 있는 걸 두 눈으로 직접 확인했기 때문일까. 한소라는 더욱더 커다란 목소리로 힘차게 자신의 생존권을 주장하고 있다.

어떻게든 한소라를 함께 데려가야 한다고, 그녀를 이대로 저버리면 안 된다고 생각했지만, 겁먹은 화이트 폴은 이미 공중으로 도망갈 준비를 마쳤다.

야생 동물들이 괜히 숲 밖으로 도망친 것이 아니지 않은가. 화이트 폴은 훈련을 받았지만 엄연히 동물이었으니 녀석을 마냥 비난할 수는 없다.

튀는 타이밍을 놓친다면 모든 일을 그르치는 것은 물론 정체불명의 야한 냄새를 맡은 희라 누나가 이쪽으로 향할지도 모른다. 순수했던 모의전이 개싸움으로 변모하며 감당하기 힘든 상황이 일어날 것이다. 당연하지만 처음 취지와는 다른 방향으로 진행될 거라 장담할 수 있다.

한소라가 아예 무능력자도 아니고 아마 몇 시간 정도는 버틸 수 있지 않을까?

"하아…… 하아…… 버리지 말라고! 이 개새끼야!! 흐어어 엉……."

그녀가 손을 뻗으며 주문을 외운 것은 바로 그때.

'아, 시바.'

금방이라도 창공으로 날아갈 것만 같았던 화이트 폴이 허 우적거리며 앓는 소리를 냈다.

'저주 걸었잖녀. 와, 진짜 인성…… 괜히 흑마법사가 아니다, 한소라는 진짜.'

"빨리 오세요! 소라 씨."

"허억, 허억, 허억, 기다려…… 기다려…… 흐어엉……."

일단은 손을 최대한 뻗는 모션을 취해주자. 이왕 이렇게 된 거 애초부터 버릴 생각은 없었다는 걸 어필해야지.

필사적으로 손을 뻗으며 달려오는 한소라의 손이 아슬아슬 하게 잡힌 것은 약간의 시간이 지난 후였다.

화이트 폴에게 걸려 있던 디버프들이 일순간 해제되며 순식 간에 하늘로 날갯짓하는 녀석의 모습이 눈에 보였다.

콰아아아아아아앙!!!

엄청난 소리와 함께 정체불명의 충격파가 화이트 폴을 덮친 것은 바로 그때.

"꺄아아아아아악!"

"으기윽!"

정신은 없지만 지금이 무슨 상황인지는 알겠다. 공중에서 충격파를 처맞고 튕겨 나간 화이트 폴이 땅바닥으로 곤두박질 치는 중이지 않을까. 도대체 뭘 하고 있길래 벌써부터 저런 충격파가 나오는지는 모르겠지만 '이대로 이 새끼가 땅바닥으로 떨어지면 어떻게 하지' 같은 생각이 머릿속에 들어와 꽂힌다.

힘없이 떨어지던 녀석이 갑작스레 중심을 잡은 것은 지면이 얼마 남지 않았을 때였다.

'뭐야, 이 새끼. 어떻게 했어?'

꿀 빠는 걸 좋아해서 힘든 일은 김현성의 그리폰에게 맡겨 버리고, 훈련을 게을리하는 화이트 폴의 개인 능력이 아니다.

시야에 비친 것은 녀석의 안장에 장식된 여러 가지 아티팩트 였다. 그리폰이 중심을 잃어버렸을 때 도움을 주고 안정적인 라이딩을 즐길 수 있게 마련된 각종 안전장치. 애초 이 파동에 휩쓸린 이후에 밖으로 튕겨 나가지 않은 것도 안전벨트의 힘이다.

그리폰 마니아가 셋팅해 놓은 것들이 정말로 효과가 있을 거라고는 예상하지 못했다.

'이래서 안전벨트, 안전벨트 하는 구나.'

뭐 그리 비싼 돈 들여서 안전벨트 아티팩트나 여러 가지 보조 도구를 설치했는지 이해가 가지 않았었는데 이제야 좀 이해가 간다. 나도 이런 거 달아도 괜찮지 않을까 생각해 봤을 정도, 날개를 꺼낸다고 한들 아직 날개를 펼치는 게 익숙하지 않았기 때문이다.

만족스럽게 고개를 끄덕이고는 곧바로 우리 소중한 길드원에게 말을 건넸다. 혹시나 갑작스러운 상황에 놀라지는 않았을까 진심 어린 걱정의 마음이 가슴속에서 우러나왔다.

"좀 괜찮으십니까, 소라 씨?"

"흐윽…… 괜, 괜찮……."

"다행이군요. 이럴 게 아니라 빨리 이동하는 게 좋을 것 같습니다."

"……."

"그리고……."

"……."

"오늘 돌아가시면 특별 수당으로 인센티브 넉넉하게……."

"……."

"아무튼 빨리 시작하죠."

"흐으으윽……."

상황이 어떻게 돌아가는지 제대로 확인하고 싶었지만, 일단은 사건이 일어난 장소에서 멀리 떨어지는 것이 먼저다.

'이길 수 있을까.'

아니, 이길 수 있을까가 아니라 이겨야 한다. 만약 차희라가 져버린다면 정하얀이 다른 의미로 폭주할 가능성도 충분했으니 말이다.

어느 정도 거리를 벌린 이후에는 천천히 상황을 지켜보기 시작했다.

망원경을 곧바로 발동시키자 정하얀과 대치하고 있는 차희라의 모습이 시야에 들어왔다. 아까의 충격파는 단순한 워밍업이었던 모양, 대화 소리는 들려오지 않는다. 입술을 꽉 깨문 채 극노 상태로 접어든 정하얀과 미치기 일보 직전의 얼굴을 한 차희라만 시야에 들어올 뿐이었다.

"아직 제대로 시작한 건 아니네요. 소라 씨, 데이터 확실하게 확보해 놓으셔야 합니다."

"네."

"오늘 얻은 데이터로 계속해서 시뮬레이션 돌려볼 거니까요."

"……."

'진짜 버리려고 한 거 아니야, 소라야. 진짜라고. 그런 눈으로 보지마.'

"크흠…… 저, 아까는 죄송합니다. 화이트 폴이 그만 놀란 것 같아서……."

"……."

'그렇게까지 쓰레기는 아닌데, 진짜.'

"어찌 됐든 간에 일합시다, 일. 소라 씨, 전출 가셔야죠. 전출 안 가실 거예요?"

"갈, 갈게요."

"그럼 빨리 여신의 거울 켜주세요. 아, 그러고 보니 소라 씨는 누가 이길 것 같아요?"

"글…… 쎄요…… 솔직히 저는 잘…… 보고서로도 제대로 측정하기 어렵다고 이미 말씀드렸고……."

"그냥 시덥지 않은 질문이니까 대충 대답하셔도 됩니다."

"솔직히 정하얀 님이 지시는 건 상상하기 힘들지만…… 왠지 모르게…… 지실 것 같네요."

"근거는 있어요?"

"멘탈의 차이로 생각해요. 조금 겁먹으신 것 같기도 했고, 항상 지는 상황을 염두에 두셨던 것 같아서."

'일리 있네.'

당연히 고개를 끄덕일 수밖에 없는 한마디였다.

애초 패배를 생각하는 사람과 자신이 질 거라고는 생각지 않는 사람의 차이는 확실하다. 단순히 그것뿐이라면 상관없지만, 차희라와 정하얀은 겁을 집어먹은 쪽과 전혀 겁먹지 않은 쪽의 차이라고 생각하는 것이 맞다.

차희라는 웃고 있지만 정하얀은 울상을 짓고 있다. 다른 말은 필요가 없다. 딱 저 차이, 저 차이가 승패를 결정지을 거라고 장담할 수 있다.

물론 항상 초월적인 모습을 보여줬던 정하얀이 개인 능력으로 이걸 극복할 수 있을지가 관전 포인트.

정하얀이 주문을 외운 것은 바로 그때였다.

……!!

쏟아져 나간 마법의 개수는 정확히…….

'8개?'

"뭐야, 어떻게 저래. 뭐야? 어떻게 주문을 한꺼번에 8개를 외워."

큰 마법이 아닌, 기초 마법이었지만 그럼에도 불구하고 8개의 마법을 동시에 외울 수 있다는 건 이해하기 어려웠다.

'뭐야, 이거. 생각보다 어려운 거 아니야?'

그런 생각이 드는 것도 당연하리라. 본래 마법사가 전사를 상대하는 데 가장 중요한 요소가 바로 한꺼번에 몇 개의 마법을 캐스팅할 수 있는지였으니까. 2개의 마법을 메모라이징해 놓으면 목숨이 2개이고, 한 번에 3개의 마법을 외울 수 있다면 3개라고 생각하는 것이 옳다.

상장 폐지 직전에 있는 라파엘 파티의 마법사가 그랬다. 녀석은 한꺼번에 3개를 외울 수 있었고, 김현성을 상대로 각각 1초씩, 총 3초를 버는 것에 성공했다.

녀석과 정하얀의 차이가 있다면, 녀석은 한 가지 마법을 3번 충전할 수 있었다는 것. 정하얀은 그렇지 않다. 그녀는 각기 다른 마법으로 8개 마법을 캐스팅할 수 있었고. 또.

"마법을 발동시키면서도…… 캐스팅할 수 있네."

수준이 높은 마법사는 상대에 구애받지 않는다는 말이 무슨 뜻인지 아주 잘 깨달을 수밖에 없었다. 정하얀에게는 틈이 없다.

'1회차가 이것보다 더 세다고? 정말이야?'

1번 마법을 사용하고, 2번째 마법을 사용할 때까지의 쿨타임이 없다.

당장 아무 온라인 게임을 예로 들어 상상해 보라. 마법사가 쿨타임 없이 버튼을 누르는 것만으로 마법을 사용할 수 있다면, 다른 직업들이 난리가 날 거라고 확신할 수 있다. 지금 정하얀이 보여주는 모습은 누가 봐도 밸런스 파괴처럼 보이는 장면이었다.

그리고 이 장황한 설명이 사실이라는 것을 말해주듯이 차희라가 수세에 밀리고 있었다.

콰드드드드드드득!

콰아아아아아아아아앙!!!

-죽, 죽, 죽어어어!!!

'안 돼, 죽이지 마.'

콰드드드득!

콰아아아아아앙!!!

-쓰, 쓰러져! 쓰러져! 쓰러져!! 쓰러져어어!! 빨리 쓰러지라구!!

콰지지지지지지지직!

말 그대로 자연재해라는 말이 어울릴 정도의 무력, 솔직히 여신의 거울로는 차희라의 모습이 잘 보이지 않았다.

곧바로 망원경을 발동시키자 차희라의 모습이 더 가까이 잡히기 시작했다. 폭발과 굉음, 불과 얼음, 폭풍과 뇌전의 가운데에서 버티는 모습은 입이 떡 벌어질 정도.

정하얀도 저 모습을 보고 있는지 모르겠다. 아마 아무것도 안 보이지 않을까. 장기전을 생각하고 있는지는 모르겠지만,

아네모네의 눈 역시 발동하지 않은 듯했다. 정하얀의 시점에서 본다면 아마 거대한 숲이 마법으로 가득 차 있는 것밖에 보이지 않을 것이다.

'어떻게 저럴 수가 있지?'

정면으로 쏟아지는 마법은 도끼와 대검으로 쳐내고 피할수 있는 것들은 피한다. 내구도로 버텨낼 수 있을 거라고 생각되는 미끼용 범위 마법은 갑옷의 마법 저항력으로 받아낸다. 그 가운데에서 쏟아지는 질 좋은 마력을 담은 것들은 모조리 쳐내고 있다.

이전에 정하얀이 사용했던 마법을 손으로 튕겨내는 모습을 봤지만, 지금 보여주는 것과는 괴리감이 있다.

그녀를 집어삼킬 것처럼 다가오는 거대한 얼음덩이를 도끼로 깨부수고, 지름이 몇십 미터나 되는 싱크홀을 만들 수 있는 불덩이를 대검으로 쳐서 튕겨낸다. 쏟아지는 바람의 칼날은 어깨로 튕겨내고, 심지어 건틀릿을 낀 손으로 마력의 구체를 부숴 버린다.

김현성이 싸우는 장면을 보고 항상 멋있다고 생각해 왔지만, 그것과는 다르게 사람의 눈을 뗄 수 없게 만들고 있었다. 차희라가 보여주는 모습은 순수한 강함 그 자체. 검술이나 기술 따위에 의지하지 않는 힘.

'압도적인 무력.'

콰드드드드득! 콰아아아아아아아아앙!!!

폭음이 끊임없이 들려오는 가운데, 다시 한번 터져 나온 것은 정하얀의 주문.

"뭐야, 뭔데. 저거 뭔데."

하늘의 색깔이 바뀌고 거대한 그림자가 하늘에 드리운다.

구름이 열리고 거대한 풍압과 함께 모든 것을 집어삼킬 것 같은 운석이 떨어져 내린다. 앞에 사용한 마법들 모두가 이번 마법을 위한 연막, 과장 하나 보태지 않고 공화국의 마법사들이 만들어낸 운석 마법보다 규모가 크다. 아니, 라이오스를 불바다로 만들 뻔한 벨리알의 한 방보다 지금의 것이 더 크다.

너무나도 비현실적인 광경에 나도 모르게 멍하니 그걸 바라봤다.

'죽는 거 아니야?'

자연스럽게 그런 생각이 들었다. 인간이 저 정도의 마법을 맞고 버틸 수 있다는 것 자체가 말이 되지 않으니까.

뭔가 조치하는 게 맞을까? 내가 너무 정하얀을 과소평가하고 희라 누나를 과대평가한 것이 아닐까? 여러 불안한 생각을 하며 고개를 돌리자, 그 광경을 바라보며 재미있다고 웃고 있는 차희라의 모습이 시야에 들어왔다.

-하하하하핫!

'뭐야, 미쳤어. 뭐야.'

-하…… 하하하하하하핫!

'누나, 실성한 거 아니지? 그렇지?'

-ㅈ나 재미있네, 시발.

'뭐가 재밌어.'

-하하하하하하하하핫!!!

'저게 정말 재미있는 상황이야?'

아마 내가 차희라의 입장이었더라면 곧바로 무릎을 꿇고 살고 싶다고 외치지 않았을까.

누구나 그렇게 행동할 거라고 장담할 수 있다. 김헌성조차 저 운석에서 살아남을 수 있을지언정 즐거운 듯이 웃지는 못할 것이다. 애초에 그런 성격도 아니었지만 그만큼 정하얀이 떨어뜨린 운석은 좌절감을 느끼게 했다.

'저건 막지 못할 거야. 살아남을 수 없어' 따위의 말을 내뱉게 되는 절망적인 상황. 대마왕이 용사 파티를 향해 떨어뜨린 필살기처럼 보이는 수준이다.

이미 정형화된 마법이라고 볼 수 없는 무언가는 대륙의 다른 마법사들이 보여줄 수 있는 수준을 아득히 넘어섰다.

그럼에도 불구하고 시선을 더 끌어당기는 쪽이 붉은 머리의 괴물 쪽이라는 게 아이러니하다.

-하하하하하하하핫!

나는 이해할 수 없지만, 차희라의 관점에서 보면 확실히 즐거울지도 모르겠다.

제대로 된 싸움을 하지 못한 채로 시간을 보낸 지 무척이나 오랜 시간이 흐르지 않았던가. 머릿속에 쌓인 스트레스를 풀어준다고 몬스터의 숲을 들락날락하긴 했지만, 녀석들이 그녀의 욕구를 채워줄 수 있을 리 없다.

그녀는 정신이 날아갈 정도로 치고받는 걸 원하고, 또 원했고 실제로 그걸 실현했다. 아직 싸움이 끝나지는 않았지만 어떤 성취감을 느꼈을지도 모른다. 이 감각이라고, 이걸 원했던 거라고 느끼고 있을지도 모른다.

아마 취한 듯한 기분이 아닐까. 그녀는 싸움에 중독된 것처럼 보였다.

천천히 붉어지는 눈, 지성을 깎아내리는 대가로 인간이 가질 수 없는 근력이 일시적으로 그녀의 몸에 깃들었다.

그렇다고 하더라도 저 운석에 저항할 수 있을지 모르겠지만 그녀는 양팔을 크게 벌리며, 오히려 떨어지는 마법을 향해 달려 나가기 시작했다.

웃음소리는 들려오지 않는다. 짐승이 그륵거리는 소리만 들려올 뿐이다.

콰아아아아아아아아아아앙!!!

엄청난 폭음과 함께 차희라의 도끼가 운석에 닿았고.

콰지지지지지지지지지지직!!!

차희라가 운석을 향해 대검을 휘두르는 모습이 시야에 비쳤다.

우지직거리는 소리와 함께 발이 땅바닥에 박힐 정도의 압도적인 질량을 견디는 것은 그녀의 육체, 맨몸이었다면 버티지 못했을 것이다. 그녀가 가지고 있는 아이템들이 불가능한 일을 가능하게 만들었다.

'아무리 그래도 저거 푹 찍 하겠는데? 푹 찍 할 것 같은데? 압사하는 거 아니지? 누나?'

차희라가 다시 한번 도끼를 휘둘렀다.

콰지지지지지지지직!!

떨어지던 운석이 흔들리고, 정하얀은 입술을 꽉 깨물고 있다. 어떻게든 저걸 땅바닥에 내리꽂으려는 이와 튕겨내려는 이의 싸움은 입이 다 말라올 정도였다.

'구하러 가야 하는 거 아닌가? 차희라 죽으면 다 망하는데⋯⋯ 곧바로 노아의 방주 타야 돼.'

콰지지지지지직!

발목이 땅에 박혔을 즈음에 한 번 더 휘둘러지는 도끼.

'완전히 떨어지기 전에 부수려는 건가?'

솔직히 가능할지 모르겠다. 현시점에서는 나 역시 그녀가 버틸 거라는 생각이 들지 않는다.

-쓰러져!!! 이 괴, 괴, 괴물!! 괴물!!! 제발 쓰러져! 이 괴물!!

자기도 괴물이라는 사실을 인지하지 못하고 있는 외침이 들려온 직후에는 다시 한번 더.

콰지지지지지지지지지지직!

운석을 지탱하고 있는 한쪽 팔은 완전히 만신창이. 압력에 의해 갑옷이 터져 나가는 것이 눈에 보였다.

나 역시 침을 삼키고 바라볼 수밖에 없다. 정강이가 바닥에 박힐 즈음, 다시 한번 도끼를 휘두르는 모습이 보인다.

콰지지지지지지지지지지직!!

'안 부서질 것 같은데? 저거 안 부서지겠는데? 차희라 죽는다, 시바. 안 돼, 희라 누나 죽으면 안 돼.'

힘이 달리는지 도끼를 휘두르던 손마저 운석을 떠받친다.

사실상 끝난 싸움이라고 봐도 되지 않을까.

저걸 쪼갤 수 있을지언정 되돌리거나 튕겨내는 것은 불가능하다. 당연하지만 받아내는 것 또한 불가능할 것이다.

계획은 흐트러졌지만, 일단은 이 정도 선에서 마무리를 지어야 한다고 생각했던 바로 그때였다.

콰아아아아아아아아앙!

"뭐야."

또다시 폭음이 들려온 것.

콰아아아아아아아아아아앙!!

엄청난 소리가 멈추지 않고 계속해서 들려오고 있었다.

콰아아아아아아아아아아아앙!!

여신의 거울에 보이는 장면은 운석에 머리를 박고 있는 차희라의 모습.

'갑자기 무슨 박치기야.'

더 황당한 것은 거대한 운석에서 후드득거리는 소리가 들려오는 것이다.

콰아아아아아아아아아아앙!!!

떨어져 내리던 운석이 부서지는 것이 보인다. 내부에 충격이 쌓인 건지 계속해서 터져 나간다. 비현실적인 광경을 충분히 봤다고 생각했지만 지금 보이는 모습은 허탈한 웃음이 나올 정도였다.

결국에는 귀를 때리는 소리와 함께 운석이 폭발하듯 사방으로 터져 나간다.

내 표정보다 더 볼만했던 것은 믿을 수 없다는 얼굴을 한 정하얀.

-제발, 제발 쓰러지라구!!

차희라는 만족스럽다는 얼굴로 하늘에서 떨어지는 파편의 비를 맞이하는 중이다.

다양한 효과음을 가진 굉음을 내며 파편들을 쳐내거나 때려 부수고 있다. 아까와 차이점이 있다면 이번에는 앞으로 나아가고 있다는 것, 공중에서 떨어지는 거대한 파편들을 밟고 정하얀이 떠 있는 하늘을 향해 몸을 움직이고 있다.

김현성처럼 정확하지는 않다. 하지만 믿을 수 없을 정도로 빠르다. 다리의 근력이 선물해 준 속도는 방향을 바꿀 수는 없지만, 직선적인 움직임에는 강하다.

무작정 위를 향해 나아가다 보니 떨어지는 운석의 파편에 맞아 나가떨어지거나 자잘한 것들이 몸에 부딪혔지만 크게 개의치 않는다.

정하얀의 몸이 사라진 것은 차희라가 중간쯤 올라왔을 때였다.

'텔레포트.'

"거리를 벌린 건가?"

순간 이동을 가지고 있는 그녀에게 이미 거리 따위는 무의미하다. 전사와 마법사가 전투를 벌일 때 2번째로 중요한 요소인 거리는 정하얀이 컨트롤하고 있다.

운석을 막아내기는 했지만 차희라는 잃은 게 많다. 정하얀역시 마력을 많이 사용하기는 했지만 이런 식으로라면 차희라의 체력이 먼저 떨어질 게 분명하다.

그렇게 생각했다. 순간 이동의 목적지가 차희라의 뒤라는걸 보기 전까지는 말이다.

근거리에서 마법을 쏘아낼 작정인지는 모르겠지만, 다시 한번 굉음과 함께 차희라의 몸이 튕겨 나간다. 그녀 역시 정하얀이 접근할 거라고는 예상하지 못한 것이다.

망원경으로 제대로 잡히지 않을 정도로 몸을 이동시키며온갖 마법을 차희라의 몸에 때려 박는 정하얀의 모습은 옛날

만화책에서나 보던 초인을 떠올리게 했다.

잠깐이나마 멀리서 그 광경을 바라보자 마력의 빛이 번쩍이는 게 눈에 들어왔다.

붉은 짐승이 야심 차게 공중으로 올라갔지만 처맞는 것밖에는 하는 게 없다. 아직도 떨어지고 있는 파편을 잡아 던지거나 정하얀을 쫓으려고 애쓰고 있지만 순간 이동을 사용하고 있는 마법사를 어떻게 잡을 수 있을까.

그럼에도 불구하고 차희라는 초조해하지 않는다. 조금 짜증이 난다는 모습을 보이는 게 전부다.

텔레포트를 하며 외운 짧은 주문으로는 결정적인 대미지를 줄 수 없다. 정하얀 역시 그 사실을 아주 잘 알고 있다. 그렇기 때문에⋯⋯.

'마법진 그리고 있는 거네.'

하늘에서 마법진을 그리고 있다.

마법진이 완성된 것은 조금 더 시간이 지난 직후, 운석의 파편들이 일순간 멈춰서 차희라에게 쏟아지기 시작했다.

"인간이 아니야⋯⋯."

그 광경을 멍하니 바라보던 한소라가 자신도 모르게 중얼거렸다.

'이러니까 인류의 최종 병기라는 소리가 나오는 거지.'

규격 외라는 표현이 괜히 있는 것이 아니다. 솔직히 저들이 같은 인간인지도 의심이 간다.

"정하얀 님이⋯⋯ 이기실 것 같아요. 정하얀 님이⋯⋯ 이기네요. 이기고 있어요!"

"글쎄요."

"정하얀 님은…… 어떻게…… 인간이…… 물론 차희라 역시 강하기는 하지만 정하얀 님을 보세요. 저런 상황에서 계속해서 주문을 외운다는 것 자체가 설명이 되지 않아요. 단순히 마법을 사용하는 게 아니라, 어떻게 싸워야 하는지도 아시는 것 같아요. 응용 능력이 대단하다고 해야 할지…… 천부적이라는 표현이 더 어울리네요. 정말로……"

"대단하기는 하네요. 솔직히 이 정도로 싸워줄 거라고는 생각 못 했는데."

"제가 너무 정하얀 님을 과소평가했었네요."

"……."

"부길드마스터, 이대로 정하얀 님이 이기시면 어떻게 해요?"

"하얀이가 질 겁니다."

"하지만."

"하지만은 없어요. 하얀이가 질 겁니다."

"……개입하시려는 건 아니죠?"

'얘가 사람을 뭘로 보고.'

"지금 상황에서 어떻게 개입할 수 있겠어요? 개입이고 나발이고 둘 다 죽어요. 그냥 눈에 보이는 그대로를 말씀드리는 건데……"

일방적으로 정하얀이 밀어붙이고 있는 것처럼 보이는 상황인데, 도대체 저 옹이구멍은 뭘 보고 저딴 말을 지껄이냐고 말하는 것 같다.

하지만 그녀의 눈에 보이지 않고, 내 눈에만 보이는 것이 있지 않은가. 정하얀은 마력을 급속도로 소비하고 있었고, 아직까지 치명타다운 치명타를 먹이지 못하고 있다.

물론 차희라의 체력이 먼저 떨어진다는 것 또한 부정할 수 없는 사실이었지만 그럼에도 불구하고 차희라의 손을 들어줄 수밖에 없었다.

정말로 다른 이유가 있는 것이 아니었다.

'특성.'

그녀의 특성에 서서히 변화가 생기고 있었기 때문이다.

[특성-피에 미친 광녀-?????]

[???]

'벽을 넘을 거야.'

그렇게밖에 설명이 되지 않는다.

벽이 있다느니, 조금만 더 하면 넘을 수 있을 것 같다느니 하는 말들은 실없는 소리가 아니었다.

'진짜로 넘네. 진짜로 넘는 거야?'

그녀는 이 싸움을 성장하기 위한 발판으로 만들었고, 실제로도 내디뎠다. 어떻게 보면 멘탈의 차이라고 말할 수 있지 않을까.

'나는 강해, 나는 더 강해질 수 있어' 라는 생각과 '제발 쓰러져' 라는 생각이 나눈 결과물.

차희라는 계속해서 웃고 있다. 본인이 벽을 뛰어넘는 중이라는 걸 실감하고 있는 건지, 아니면 정하얀과의 싸움이 점점 재미있어지는 건지, 이유는 모르겠지만 정말로 즐겁다는 듯이 광소를 터뜨리고 있다. 돌덩이에 파묻히고 불에 데이고 몸이 튕겨 나가면서도 계속해서 무기를 휘두르며 웃고 있다.

왜 저렇게 웃으며 무기를 쉴 새 없이 휘두르고 있는지 모르겠다.

도끼가 지면이 닿자 지진이라도 일어난 듯 대기가 떨리고, 검이 휘둘러 지면 공기가 찢어지는 소리가 들려온다. 이 모든 상황이 놀이터처럼 느껴지는 것이다.

반면에 정하얀의 눈에는 눈물이 가득 고여 있는 모습이다. 본인이 할 수 있는 온갖 마법을 던지고 있었지만, 점점 자신감을 잃어가는 게 눈에 보일 정도였다. 분명히 마법의 폭풍에 휘말린 것은 피에 미친 광녀였지만, 정하얀 자신이 폭풍에 휘말린 것 같은 표정을 하고 있다.

"정하얀 님이 이길 거예요. 제발……."

'하얀이가 져야 이야기가 돼.'

같이 지낸 시간이 많다 보니 저런 필사적인 모습에 감정 이입하는 것 같다.

하지만 마력의 폭풍 속에서 한 발자국을 내딛는 용병여왕의 모습은 한소라의 기도를 비웃듯 부정하고 있었다. 두 눈으로 똑바로 정하얀을 응시하는 표정은 덤이고 말이다.

한 발자국, 또 한 발자국. 계속해서 히죽거리며 발걸음을 옮기는 차희라의 몸이 희미하게 빛나기 시작했다.

결국에는 그 결과물을 내 눈으로 직접 확인할 수 있었다.

[특성-피에 미친 광녀-준신화 등급]

[지력 스텟을 하락시켜 지력 스텟과 행운 스텟을 제외한 모든 스텟을 상향시킵니다.]

단순히 벽을 뛰어넘은 것이 아니라, 본인 앞에 세워진 장벽을 남김없이 부숴 버렸다.

떡상 중에 떡상. 하늘로 솟아오른 주식.

"상한가 쳤다……."

나 자신도 어안이 벙벙해질 정도였다.

차희라는 스스로의 힘으로 인간이 도달할 수 없는 문을 부수고 한 발자국을 더 내디뎠다.

198장
한소라 데뷔

가면 쓰레기는…….

'도대체 진청은 희라 누나를 어떻게 감당한 거지?'

그따위 생각이 가장 먼저 들어와 꽂혔다. 최강의 인간이라고 불러도 부족함이 없는 모습이지 않은가.

'아니지.'

우리 현성이도 차희라가 강하다는 걸 인정했지만, 이 정도까지 강하다고 묘사한 적은 없다.

계속해서 전쟁이 진행되는 동안에도 그녀가 각성하지 못했다고 생각하는 것이 맞다.

1회차에서는 이번과 같은 이벤트가 없었다. 차희라가 모든 걸 쏟아붓고 자신에 대해 진지하게 생각해 볼 시간이 없었다는 거다.

'아니야, 그것도 아니지. 사대 천사라는 놈들이랑 붙어봤을 거 아냐.'

조금 고민하기는 했지만, 김현성은 모르고 있었다는 쪽으로 생각이 기울기 시작했다.

그녀가 언제, 어디서, 어떻게 실종됐는지는 모르지만 조금만 생각해도 차희라를 붙잡아둘 만한 요소는 많았다. 그녀는 붉은 용병을 자신의 자식처럼 여기고 있었고, 실제로 아끼는 것들을 위해 나서는 것을 주저하지 않는다.

굳이 차희라에게 노아의 방주 이야기를 꺼내지 않은 것 역시, 그녀가 거절할 거라는 걸 알았기 때문이다. 물론 이쪽은 차희라를 데려갈 생각이지만 그녀가 원하는 건 길드와 함께 죽는 거라는 걸 그 누구보다 더 잘 알고 있다.

이런 관점에서 생각해 보면, 그녀가 아끼는 이들을 이용해 차희라를 꾀어내고 함정을 만들어 그녀를 고립시키지 않았을까. 김현성을 상대했을 때처럼 온갖 더러운 짓을 하며 천천히 그녀를 수면 아래로 끌어내렸을 거라고 장담할 수 있다.

정확히 어떤 수단을 썼는지, 무슨 수를 쓴 건지는 모든 게 의문에 싸여 있지만, 명확한 팩트는 인간쓰레기 진청이 그녀를 실종 상태로 만들었다는 것.

'대단한 새끼, 빨리 퇴장시켜서 다행이야.'

녀석이 공화국의 세력과 바깥 신에게 손을 뻗었다면 나는 대륙이 승리할 확률을 40% 이상 내렸을지도 모른다.

잠깐 쓸데없는 생각을 하게 될 정도로 차희라의 모습은 민

기지 않았다. 거칠 것 없다는 듯 발걸음을 옮기고 있었고, 당연하지만 정하얀의 표정이 절망으로 물들기 시작했다.

승부는 이미 끝났다. 굳이 더 이상은 싸워보지 않아도 알 수 있다. 그 누구보다 정하얀이 그 사실을 가장 잘 알고 있다.

하얀이 역시 경지에 오른 강자인 만큼 그녀의 변화를 실감하고 있을 것이다. 내구 스텟으로 만들어진 마법 저항력에 정하얀이 쏘아대는 마법이 먹히지도 않는다.

-끄윽…… 오, 오지 마! 오지 마!

필사적으로 마법을 쏟아내고 있었지만 이미 앙꼬 없는 찐빵. 계속해서 지속된 전투에 바다 같았던 정하얀의 마력도 바닥을 내보이고 있었고 다른 것보다 멘탈이 많이 망가졌다.

모르긴 몰라도 '졌어'라는 생각이 머릿속을 꽉 채우고 있을 거라고 장담할 수 있다. 순간 이동 주문도 외워지지 않는지, 차희라의 진군을 늦추는 데만 급급한데, 어떻게 그녀를 막을 수 있을까. 결국에는 밀도가 높은 보호 마법으로 몸을 둘둘 마는 모습.

무슨 생각을 하는지 알겠다.

'무승부.'

차희라의 특성은 시간이 지나면 끝나니까. 그때까지만 버티고 무승부 판정을 받으려는 게 아닐까.

지고 싶지 않다는 절박함은 이해되지만 저럴수록 본인이 더 비참해 보인다는 걸 왜 모를까.

"내려가요."

"지, 지금 내려가도 되나요?"

"공화국 전쟁 때 썼던 포션 떨어뜨릴 겁니다. 조금 놔두면 잠
잠해지겠죠."

-끄으윽, 흐으윽…….

콰아아아아아아아앙!!

무기로 보호막을 두드릴 때마다 마력이 크게 흔들리는 거로
봐서는 얼마 버티지 못할 거다.

-흐어어어엉, 흐으윽, 흐어어어어엉…….

'왜 이렇게 서럽게 울어, 하얀아.'

-흐어어어어어어어엉…… 싫어, 끄윽, 히끅, 흐어어어어엉…….

이미 전투를 포기했다. 싸울 의지도 없고, 제정신이 아닐 거
라고 생각한 차희라가 잠잠히 그녀를 내려다본 것은 바로 그때.

'정신이 돌아왔나?'

아니, 이전과 같다. 어째서 차희라가 얌전해졌는지는 모르
겠지만 정하얀에게 싸울 의지가 없다는 것을 알아차렸기 때문

이 아닐까.

별 관심을 두지 않는다는 것 같다는 생각이 들 정도로 차희라는 정하얀에게 완전히 무관심해졌다. 착각인지는 모르겠지만 왠지 모르게 이쪽을 올려다보는 것 같다.

조금 더 하늘 높이 날아가는 게 안전하지 않을까 생각해 봤지만, 천천히 정상으로 되돌아오는 차희라의 모습에 안도의 한숨을 내쉬었다.

'이제 온·오프도 가능한 거야, 누나?'

-흐어어어어엉…… 끄으윽, 어어어어엉…… 히끅.

-후우…….

-끄윽, 끄으으윽…….

-수고했어, 세컨드.

곧바로 몸을 돌려 자리를 벗어나는 차희라.

"소라 씨는 하얀이한테 먼저 가봐요."

"네? 아…… 네."

"저도 잠깐 희라 누나랑 이야기 좀 하고 곧바로 합류할 테니까."

"빨리…… 오셔야 해요."

"네."

대답한 후 곧바로 몸을 옮겼다.

이미 정하얀과 멀찍이 떨어진 차희라에게 다가서자, 그녀가 이쪽을 빤히 바라봤다.

'아직 완전히 정상으로 되돌아온 건 아닌가?'

괜히 눈치가 보였지만, 이상은 없다. 뭔가 입맛을 다시는 얼굴 같았지만, 전투가 끝난 후의 흥분이 가라앉지 않은 것과 비슷한 상태이리라.

일대가 완전히 개박살이 났기 때문에 제대로 발 디딜 곳을 찾기 힘든 상황이다. 저도 모르게 발을 헛디디자 한걸음 성큼 뛰어와 내 팔을 붙잡는 게 느껴졌다.

"대충은 계획대로 된 건가?"

"기분 어때, 누나?"

"참기 힘든데, 막 전투가 끝난 직후라."

"아니, 그런 느낌이 아니라 감상을 묻는 거야."

"당연한 결과라 커다란 감흥은 없지만, 기분이 좋은지, 나쁜지를 묻는 거냐면 기분은 좋네. 지금 좀 힘든 상태이기는 하지만, 어느 정도 제어도 할 수 있게 된 것 같고…… 예상했다니까. 뛰어넘을 수 있을 것 같다고, 내가 몇 번이나 말했잖아? 난 더 강해질 수 있다고."

"지금보다도 더 강해질 수 있을까?"

대답은 하지 않았지만, 이빨을 보이며 웃는 표정은 긍정하는 것처럼 보였다.

"그보다 빨리 세컨드한테나 가봐. 즐거웠다고 꼭 전해주고."

"누나는 안 가?"

"원인 제공자가 가서 뭐 하겠어? 오히려 속만 뒤집어놓겠지, 뭐. 나는 내 나름대로 정리할 부분도 있고…… 생각보다 더 많은 걸 얻어서 이 감각을 잊어버리고 싶지 않거든……."

"몸 상태는 점검하고 가야 하는 거 아니야?"

"당장 할 필요는 없고…… 오늘 안에만 하면 되겠지, 뭐. 저녁에 길드로 찾아와, 자기."

"……."

"승자는 전리품을 갖는 게 상식이지, 그렇지 않아?"

'아니야, 누나. 그런 상식 없어.'

마치 사자가 먹잇감을 가지고 장난치는 것 같은 눈빛이었다.

'안 가면 안 되겠지?'

당연히 그런 선택지는 없다.

"준비 잘해서 오고. 아, 그리고 나한테 쓰려고 했던 향수? 아니, 야한 냄새 포션 있지? 그거 전부 다 챙겨 와."

'그건 왜.'

"먼저 갈게."

"응, 축하해, 누나."

"당연한 걸 가지고."

주먹을 꽉 쥐고 자신을 내려다본다. 자신에 대한 확신이 틀리지 않았다고 말하는 것 같았다.

발걸음을 옮기는 모양새가 더 당당해진 것은 착각이 아닐 것이다. 그녀는 원하는 것을 얻었고, 아직 본인의 앞에 놓인 벽이 더 있다는 사실을 확인했을 테니까. 벽을 깨고 난 뒤에 늘어져 있는 또 다른 벽을 바라보며 차희라는 즐거워하고 있었다.

아마 일반인들이라면 절망하지 않았을까. 또 저 벽을 어떻게 넘어야 하는지, 언제쯤 눈앞에 있는 걸 모두 치워 버리고 멋진 풍경을 한눈에 담을 수 있을지 생각할 수밖에 없을 것이다.

하지만 차회라에게는 눈앞에 놓인 벽이 그 어떤 풍경보다도 멋진 풍경이다.

'이해가 안 되는 사람이네.'

아마 1회차 정하안도 차회라와 별반 다르지 않았을 거라고 생각했다. 눈앞에 놓인 벽들을 보며 웃음을 터뜨렸을 것이고, 아직 본인이 더 파고들 여지가 있다는 것에 기뻐했을 것이다.

물론 현재는 그렇지 않다. 정하안에게 앞에 놓인 벽은 스트레스, 그 이상도 그 이하도 아니다.

아나나 다를까 계속해서 우는 모습, 열심히 지은 집이 허물어져 버린 수달의 모습처럼 눈물을 뚝뚝 떨어뜨리며 오열하고 있었다.

-흐어어어엉…… 끄윽, 싫어어…….

-정하안 님…… 그…… 잘…….

-어어어어어어엉…… 히끅, 히끅.

정하안 억제기, 한소라도 어떤 포지션을 잡아야 할지 고민하는 듯했다. 어서 빨리 내가 돌아와 줬으면 하는 표정을 짓고 있는 걸 보니, 그녀도 패닉에 빠진 모양이다.

'너무 상심한 것 같은데.'

아예 모든 걸 다 놔버린 것은 아닐까 싶을 정도의 반응이다.

심지어 위로하려는 한소라의 손을 쳐내고 있다.

'안 돼, 하얀아. 그러지 마.'

-이, 이, 이길 수 있을 거라며…… 끄으윽…… 흐윽…….

-죄송…….

-이길 수 있을 거라고 말했었잖아……. 흐윽, 흐으윽, 소라
가 그렇게 말했었잖아.

-죄송해요, 정하얀 님. 제가…… 잘 몰라서…… 죄송해요.

-끄윽, 끄으윽, 이길 수 있을 거라고 했으면서…… 이길 수
있을 거라고 했으면서!!

한소라에게 화내고 있었지만, 아마도 자기 자신에 대한 분
노가 아닐까. 땅바닥에 있는 자갈들을 한 움큼 쥐어 한소라에
게 던지는 모습은 마치 떼를 쓰는 것만 같다.

남 탓하기로 결정을 내린 것 같았지만, 여전히 한소라는 소
중한 모양이다. 다른 사람이었다면 이미 다진 고기가 되었을 거
라고 장담할 수 있다. 아마 정하얀으로서도 저게 최선이겠지.

-제가 잘못했어요…… 제가 너무…… 네, 전술에 문제가 있
어서…… 제 잘못인 것 같은데…… 부길드마스터한테는 제가
잘 말씀드릴게요. 그러니까 너무, 너무, 실망하지는 마세요. 제
잘못이라고 말씀드릴 테니까.

-소라 잘못이야. 네, 네, 네 잘못이야!! 흐윽…… 흐어어엉…….

―…….

-한소라, 싫어. 한소라, 진짜 싫어. *끄윽*…… *끄윽*…….

―……해요.

-보, 보, 보기 싫어! 얼굴 보기 싫어! *끄윽*…….

이제는 육성으로 목소리가 들어올 정도의 거리.

내가 오는 모습을 확인했는지, 정하얀이 한소라를 밀치며 곧바로 내 품에 안겨들었다.

"소, 소라 때문이에요."

절박한 표정. 흔들리는 눈.

"수고했어, 하얀아. 결과에 너무 신경 쓰지 않아도 돼. 어차피 데이터 수집 차원에서 했던 모의전이었으니까. 하얀이가 지든, 이기든 별로 상관없어. 내가 하얀이가 싫어지는 것도 아니잖아. 많이 힘들 테니까. 집에 일찍 들어가서 쉬자."

무한한 절망감을 느낀 것 같은 얼굴이다.

'실망하지 마, 하얀아. 너도 충분히 넘을 수 있어. 분명히 넘을 수 있을 거야.'

그녀 역시 차희라처럼 벽을 뛰어넘을 수 있을 것이다.

한소라만 잘해준다면 말이다.

[일반 등급의 강제 퀘스트를 생성합니다.]

[소라 씨 연기해 본 적 있어요? (0/1)]

[한소라에게 일반 등급의 퀘스트를 전달합니다. 퀘스트 클리

어 보상을 등록하지 않았습니다. 플레이어 한소라는 보상을 받으실 수 없습니다.]

제발 이러지 말라는 한소라의 표정이 시야에 비쳤다.
'너도 이제 연습생 생활 청산하고 데뷔해야지.'
한소라의 데뷔가 결정되는 순간이었다.

"이기영 님, 이렇게 오랜만에 찾아주셔서 기쁘기 그지없네요."
"저도 오랜만에 희영 씨를 보니, 마음이 차분해지는 것 같습니다. 항상 그랬지만 편안한 느낌도 들고요. 다들 길드에 보이지 않던데, 다른 일을 하고 있는 모양입니다."
"요즘에는 일이 끝난 후에 곧바로 덕구 씨, 예리 씨, 기모 씨 그리고 정연 씨와 창렬 씨까지 함께 훈련하고 있습니다. 엘레나 씨도 마찬가지고요. 전술 훈련을 한다고 들었는데, 덕구 씨에게 제안받았다더군요. 무슨 일이 일어날지 모른다고……."
'이 돼지 새끼…… 또 쓸데없는 짓 하네.'
"아영 씨는 이기영 님께서 주문하신 방패와 방어구를 만들고 계신 것 같고…… 좀처럼 작업장에서 나오지 않아서…… 저도 얼굴을 본 지 오래됐네요. 기영 님은 잘 지내셨나요? 평소보다 안색이 좋지 않은 것 같은데 몸은 조금 괜찮아지셨나요?"
"네, 괜찮은 것 같습니다. 최근에 체력적으로 조금 힘든 일이 있어서…… 건강에 다른 이상이 있는 건 아니니 크게 신경 쓰지 않으셔도 됩니다."

"그래도……."

"모두가 힘든 상황이니까요. 이제 16일밖에 남지 않았으니까 열심히 준비해야죠. 슬슬 대륙에 발표해야 할 시기도 다가오고 있고, 전술도 가다듬고, 준비하는 일 대부분이 마무리 단계에 있으니……. 사실 저보다는 희영 씨가 더 걱정됩니다. 개인 훈련 스케줄을 소화하시면서 길드를 관리하기가 쉽지 않을 텐데……. 현성 씨도 길드 일을 완전히 놓아버렸고, 김미영 팀장님도 자리를 비우는 일이 많고요. 이상희 님께서 도와주신다고는 하지만 대부분의 길드 업무가 집중되고 있는 상황 아닌가요?"

"누군가는 해야 하는 일이고, 현재 저에게 주어진 일이니, 제 대답도 이기영 님과 같네요. 시간이 없으니 할 수 있는 일을 하는 게 맞는 것 같습니다."

"……."

"무엇보다…… 이렇게라도 하지 않으면 이기영 님이 더욱더 힘들어진다는 걸 알고 있으니까요."

마지막에 와서는 조금 작아지는 목소리, 이유는 모르겠지만, 끝말을 얼버무리는 게 느껴졌다.

긴 머리에 차분한 사제복을 입고 있은 여전했다. 볼 때마다 드는 생각이었지만 확실히 분위기 있는 모습이었다.

얼마 만에 그녀와 함께 시간을 보내는 것인지 기억이 나지 않을 정도로 오랜만에 보는 느낌이다.

특히나 단둘이 시간을 보내는 건 무척 오랜만이다. 그나마 예전에는 함께 봉사 활동을 다니기도 했었지만…….

'이제는 그럴 수 없으니까.'

그럴 시간조차 없다. 그녀는 길드 일 때문에 바빴고, 나 역시 위원회의 일 때문에 바빴다. 공적인 일로 통화나 메시지를 주고받기는 했지만, 따로 차를 마시거나 이야기를 나눌 시간은 없었다. 조혜진은 그나마 호위 명목으로 함께 놀기도 했지만, 선희영과 나는…….

'포지션이 꽤 겹치지.'

한곳에 때려 넣으면 효율이 나오지 않는다.

정하얀만큼은 아니지만 내게 꽤 의지하는 선희영에게 미안하게 느껴질 수밖에 없었다.

그나마 얘가 사고라도 치고 생떼라도 부렸으면, 수습하기 위해서라도 얼굴을 비쳤겠지만, 선희영은 혼자서도 잘하는 타입이었다. 따로 지시하지 않아도 믿고 내버려 둘 수 있는 인재였다. 본인 일을 기가 막히게 잘 찾기도 했고, 심지어 그 일을 모나지 않는 선에서 완벽하게 처리하기도 했다.

김현성, 조혜진, 심지어는 김미영 팀장까지 실무에서 벗어난 지금 파란 길드는 선희영을 통해 유지되고 있었다고 해도 과언이 아니다. 최근 들어 행정 지휘 쪽은 조혜진보다 나은 느낌. 김현성과는 굳이 비교할 필요도 없다.

'그렇다고 아예 신경을 안 쓰는 것도 조금 그래.'

어느 정도는 고마움을 표현하는 게 맞다.

"차는 어떤 거로 드시겠어요?"

"제가 하겠습니다, 이기영 님."

"아니요. 오늘은 제가 타드리고 싶어서 말입니다. 별건 아닙니다만, 항상 제가 고맙게 생각하고 있다는 걸 알아주셨으면 해서요."

"그…… 렇지 않습니다."

'오늘은 내가 서비스해 줄게. 그냥 앉아 있어, 누나. 내가 다 알아서 할게.'

"편안히 앉아 계시면 됩니다."

"아닙니다."

"아니요. 편하게 앉아 계세요. 제가 예전에 정원에서 가꾼 식물형 촉매 중에 피로 회복에 좋은 촉매가 있어서 차로 만들어봤었거든요. 피로 회복 마법보다는 효과가 좋다고 할 수 없겠지만 아마 조금은 피로가 풀릴 겁니다."

"……향이 좋네요……."

향을 맡은 뒤에 미세하게 입꼬리를 올리는 것을 보니, 확실히 기분이 좋기는 한 모양이다.

극도의 친절함으로 무장한 내 행동 때문일 수도 있겠지만, 어찌 됐건 선희영이 잠깐이나마 여유를 찾을 수 있었으니 다행이라고 여겨졌다.

당연하지만 이쪽을 빤히 쳐다보는 모습에는 호감이 들어서 있다. 본래부터 그랬던 것 같았지만, 오늘따라 조금 더 기분이 좋아 보인다. 대화가 진행되는 내내 그런 얼굴을 하고 있지 않은가. 나긋나긋한 얼굴로 친절하게 웃으며 접대 아닌 접대를 해주고 있으니 기분이 좋을 만도 했다.

"알프스는 조금 어떻습니까?"

"훈련에 잘 따라와 주고 있습니다. 물론 인선에 투입해야 하는지는 더 두고 봐야겠지만 본인이 열의가 있는 것 같았습니다. 덕구 씨가 주최하는 훈련에도 꼬박꼬박 참여하고 있고요."

"희영 씨를 많이 따른다고 들었었는데, 아마 희영 씨를 보고 많은 생각을 한 게 아닐까 싶네요. 누구에게나 다 동경의 대상이 될 만하시니……"

"아니요. 그렇지는……"

이런 대화도 조금씩 해주고. 당연하지만 신학이나 읽은 책에 관한 이야기도 빠지지 않는다. 그녀 역시 사제였고, 나와는 은근히 취미도 비슷했으니까.

물론 와인을 좋아하거나 체스를 잘 두는 건 아니지만, 그걸 제외한 다른 쪽으로 가장 대화가 잘 통하는 게 누군지 묻는다면 단연 선희영 쪽이었다. 지혜 누나도 있지만 이 누나는 일 중독이라 만나면 필연적으로 일 이야기가 따라올 수밖에 없다.

"그러고 보니 바젤 교황님께서 집필하신……"

"네, 저도 읽어봤습니다. 아! 그래서 드리는 말씀입니다만 오신다고 하셔서…… 몇 달 전에 던전에서 발견된 고서라고…… 이기영 님께서 좋아하실 것 같아서 챙겨왔습니다."

"우연이네요. 저도 비슷한 생각을 했었는데."

물론 그런 생각은 하지 않았지만 무한의 가방에 있는 서적을 꺼내자, 선희영의 얼굴이 금방 풀어진다.

그것 외에도 여러 가지 대화가 오갔다. 솔직히 시간이 얼마나 흘렀는지 모를 정도로 괜찮은 시간이었다. 아마 그녀도 비슷한 느낌을 받고 있지 않을까.

선희영이 뭔가 다른 생각을 하고 있다고 느껴진 것은 바로 그때였다. 뭔가 말하고 싶은 걸 꾹 참고 있는 듯한 모양새, 왠지 모르게 누군가의 모습이 오버랩된다. 마치 김현성이 회귀자라는 사실을 고백하기 직전과 같은 얼굴. 선희영 얘도 갑자기 회귀자라고 고백하는 건 아닌가 싶었지만 그럴 리가 없지 않은가.

"저……."

"네?"

"……."

'분위기 왜 이래.'

조금은 심상치 않은 분위기에 장내가 침묵에 잠겼지만 이내 선희영이 다시금 고개를 숙였다.

"아무것도 아닙니다."

"네?"

"나중에…… 일이 끝난 다음에 말씀드리고 싶은 게……."

"편하게 말씀하셔도 됩니다."

"아니요. 지금은 그럴 말씀을 드릴 시기가 아닌 것 같아서…… 안 그래도 머리 아프실 것 같고……."

"그럼 따로 자리를 마련하는 게 좋겠군요."

"자, 자리는 제가 마련하겠습니다."

"……그나저나 벌써 시간이 이렇게 됐네요."

"바쁘신데 제가 너무 시간을 뺏은 건 아닌지."

"아니요. 괜찮습니다. 본래는 길드의 상태가 어떤지 보러 왔습니다만, 이미 희영 씨에게 여러 가지로 전부 들었으니까요. 그리고 저도 마침 휴식이 필요하다고 생각하던 시점이었습니다. 희영 씨 덕분에 푹 쉴 수 있었어요. 마음 놓고 차를 마시고 떠든 게 언제인지 기억이 나지 않을 정도인데…… 일이 끝난 뒤에는…… 정말로 이런 시간이 많아졌으면 좋겠네요."

'그래, 시바. 노후는 이렇게 보내야지.'

"감사합니다. 그렇게 말씀해 주셔서……."

"저야말로 감사합니다, 희영 씨."

"그, 그리고 보니 따로 부탁하실 일이 있다고…… 했었는데…… 제가 깜빡 잊고 있었습니다."

'이제 본론이네.'

"혹시 라파엘의 상태 때문인가요?"

'솔직히 걔는 생명 유지 장치 뗄 때도 됐어. 못 일어나, 못 일어날 거라고.'

선희영을 비롯해 길드가 어떻게 돌아가고 있는지 알아보기 위함이기도 했지만, 사실 여기까지 온 더 중요한 이유는 따로 있었다.

마침 자리도 슬슬 마무리되는 시점, 중요한 일이라고 이야기했던 내 메시지가 기억에 남는지 그녀 역시 궁금하다는 표정으로 말을 이어왔다.

"그게 아니라면 무슨 일 때문에 찾아오신 건지 물어도 될까요?"

"별건 아닙니다만……."

"네."

"디버프 좀 걸어주셨으면 해서요……."

"네?"

"저랑."

"……."

"소라 씨에게 각각 하나씩 부탁드립니다."

"그게 무슨 말씀이신지…… 잘 이해가 가지 않는데."

"크게 심각하게 고민하실 필요 없습니다. 디버프가 찝찝하시다면 버프도 괜찮을 것 같습니다. 개인적으로 실험해 볼 게 있어서 말입니다. 그러니까……."

"네."

"떠올리기 싫은 기억이실 테지만 희영 씨는 한번 들어갔다가 나온 적이 있으시잖아요. 그것 때문이라고 생각하시면 이해하기 편하실 것 같은데……."

"아."

"아직 남아 있는 것처럼 보이시는데, 아니, 완벽히 자리 잡은 건가요?"

"네, 보고드린 대로 아직 몸속에 남아 있는 상태입니다. 신성력과는 조금 다른 이질적인 힘이기는 하지만 뭔가 이상이 있는지."

"딱히 그렇지는 않습니다. 희영 씨의 상태에 이상이 없다는 것도 사실이고, 다른 부작용이 없다는 것도 맞아요. 정말로 다른 뜻이 있는 게 아니라 연구할 수 있으면 연구하는 게 좋을 것 같아서요. 큰 뜻이 있는 게 아니니까 안심하셔도 됩니다. 아, 여기 포션 병에다가도 부탁드립니다. 제가 꺼내놓은 물품에 전부 부탁드려요."

"물론입니다. 제가 도움된다면 당연히."

"연구 결과가 나오면 곧바로 말씀드릴게요."

"네, 그런데 소라 씨는 어디…… 하얀 씨랑 같이 살고 있지 않았나요?"

"아니요. 최근에는 다른 곳에서 지내고 있어서…… 아마 곧 올 겁니다."

괜스레 침묵이 길다.

"그거…… 괜찮은 건가요?"

'아니, 별로 안 괜찮아 보여.'

선희영마저 정하얀이 괜찮은 건지 묻는 걸 보면, 한소라가 정하얀의 억제기라는 사실을 깨달은 게 나뿐만이 아닌 모양인 것 같았다.

'하긴 그럴 만하지.'

정하얀과 한소라는 마탑에서, 선희영은 길드에서 지내기는 했지만 린델이라는 한 도시 안에서 함께 지내지 않았던가. 정하얀이 많은 부분을 한소라에게 의지하고 있었다는 걸 눈치 채는 게 어려운 일은 아니라고 생각했다.

때마침 똑똑 하고 문을 두드리는 소리가 들려왔다.

"왔나 보군요."

선희영이 문을 열자, 한소라가 천천히 발걸음을 옮기는 모습이 시야에 들어왔다.

불안한 표정이 그녀의 얼굴에 감돈 것은 당연지사. 꿈에도 그리던 전출을 얻은 사람치고는 편안한 얼굴은 아니었다.

"오랜만이에요, 선희영 님."

"네, 오랜만이네요, 소라 씨. 일단…… 앉으세요. 그동안 잘 지내셨나요?"

"네, 조금…… 네, 잘 지냈어요."

"하얀 씨도 잘 지내나요?"

당연하지만 한소라 본인도 잘 모르겠다는 표정이다.

저도 모르게 고개를 돌린 곳에 위치한 장소는 정하얀이 지내고 있는 거처.

멍하니 벽을 바라보고 있는 정하얀의 모습이 시야에 비친 순간 한소라의 목소리가 들려왔다.

"잘 지내시겠죠? 네, 잘 지내실 거예요."

'아니, 잘 못 지내는 것 같아.'

-흐으윽, 끄으으윽, 끄윽…….

'잘 지낼 리가 없잖아.'

내가 다 불안해질 정도의 모습이었다.

그만큼 정하얀의 상태는 불안정해 보였다. 그나마 극대노 상태에 진입하지는 않았지만, 한소라 전출의 영향을 받은 것만은 확실했다.

멍하니 벽을 바라보고 있는 모습은 가관, 가만히 있다가도 흘러나오는 눈물을 주체할 수 없는지 꾸역꾸역 눈물을 닦아내고 있었다.

'저…… 정하얀 님, 그러니까……'

'보, 보, 보기 싫어. 한소라 얼굴 보기 싫어! 진짜…… 싫다구…… 사라져, 사라지라구.'

'그…… 럼 가볼게요. 얼마 걸리지 않을 거래요. 잠깐…… 그 관리 위원회 쪽에서 할 일이 있어서.'

'소라 때문이야. 소라 때문이라구!! 내 앞에 나타나지 마!'

'최대한 빨리 올 테니까 걱정하지 말고 잘 지내세요.'

그런 대화를 나눴던 게 불과 며칠 전이다.

정하얀 본인은 자각하지 못한 것 같았지만 이미 한소라는 정하얀 속에 꽤나 많이 들어박혔다. 자의든 타의든 간에 1년 동안 함께 살았으니, 그렇지 않은 게 이상하리라.

정하얀이 가장 무서워하는 감정은 상실감이다. 그녀는 가족들과 함께 지냈던 때를 분명히 기억하고 있고, 또 그 상실감을 가장 잘 이해하고 있다. 당장 한소라가 사라졌다고 극대노 상태로 진입하는 것은 아니었지만 정하얀은 한소라의 빈자리를 조금씩 조금씩 자각하고 있었다.

1일 차에는 그다지 신경 쓰지 않았던 거로 기억한다. 오히려 한소라 싫다는 소리를 혼잣말로 중얼거리기도 했고, 다시는 한소라를 보지 않을 것 같은 태도를 보이며 마법 공부에 열중했다. 얼마나 열심히 했는지 그 1일 차에도 약간의 성취를 얻었다.

2일 차 역시 마찬가지, 차희라와의 모의전에서 진 게 분했는지 함께 전술을 짜준 한소라에게 모든 책임을 전가하며 그녀에게 욕을 퍼부었다. 물론 욕이라고 하기에는 귀여운 단어의 나열이었지만, 그 분노가 얼마나 컸는지 한소라가 지내던 방으로 들어가 앙증맞은 손으로 화풀이했을 정도였다.

심지어 3일 차에도 계속 즐겁게 지냈다. 온종일 나와 시간을 보낸 게 효과가 있었던지, 5일 차까지는 즐거워하며 3일째의 추억을 곱씹기도 했다.

문제는 내 연락이 뜸해지기 시작한 6일 차부터, 소리 없이 다가온 후폭풍이 정하얀을 괴롭히기 시작했다.

여전히 평범한 일상을 지내고 있기는 했다. 마법 공부나, 작업 같은 경우에는 본래 정하얀의 개인 시간이었으니까.

하지만 그 이외의 시간이 문제. 항상 맛있는 식사를 만들어 주던 한소라가 없다는 사실을 갑작스레 깨달은 이후가 문제였다. '어……' 하는 소리를 내고는 식탁을 멍하니 바라보던 정하얀의 표정이 아직도 기억에 남는다.

문제가 되는 건 식사 시간뿐만이 아니었다. 한소라 자체가 정하얀의 개인 비서, 아니, 보모라고 해도 과언이 아니다 보니 생활과 관계된 모든 것에서 한소라를 떠올리기 시작한 듯했다. 최고의 셰프가 요리한 음식을 한소라가 만들어준 이기영 캐릭터 도시락보다 맛없다는 이유로 바닥에 던져 버릴 정도였다.

'근데 그건 집어 던질 만했어. 캐릭터의 퀄리티가 달랐지.'

정하얀은 다시 만들어달라고 요리사들에게 요청을 넣었고, 그들은 그날 55개의 캐릭터 도시락을 선보였지만 모든 작품이 한소라의 작품을 뛰어넘지는 못했다. 확실히 한소라가 재능이 있기는 있었던 모양이다.

웨딩 잡지를 읽거나 계획을 세울 때 역시 마찬가지, 압권은 역시 7일째였다.

'오빠랑 결혼하면 신혼여행은 여기로 갈 거야. 저번에 거기보다 여기가 더 좋은 것 같아. 여기 진짜 예, 예쁘대. 오빠도 좋아할걸. 그, 그렇지? 여, 여, 여기 어때, 소라야?'

그렇게 혼잣말을 해버린 것이다.

습관처럼 중얼거린 이후에 주변을 둘러보던 정하얀의 눈빛은 솔직히 조금 초조해 보였다. 사라진 한소라를 찾거나 훔쳐보려고 하지는 않았지만 말이다.

결국에는 은근슬쩍 여신의 손거울을 드는 상황까지 와버렸다. 멍하니 벽을 바라보다가 [소라야, 미안해]라는 메시지를 쓰고, 지우기를 반복하는 모습에는 내 가슴이 다 아팠다.

그나마 그녀가 버틸 수 있었던 것은 내가 접근하는 빈도를 높여준 덕분이었다.

연락할 때만큼은 한소라를 완전히 잊은 모습을 보여주고 있었지만, 그만큼 이쪽에 메시지를 더 많이 보내게 됐다. 억제기가 사라지자 슬슬 본래의 모습을 되찾기 시작한 것이다.

물론 시간이 조금 더 흐른 뒤에는 의도적으로 정하얀의 연락에 답장하지도 않았다. 할 일이 있다고 둘러댔고, 결과적으로는 정하얀은 쌍방향으로 힘든 시간을 보내고 있었다.

오빠도 없는데, 한소라도 없다.

체감하기 시작한 것이다. 결국, [소라야, 언제 돌아와?]라는 메시지의 전송 버튼까지 눌러 버렸다.

끝까지 미안하다는 말을 하지 않은 것은 정하얀 나름의 자존심이었지만 한소라가 답장을 보낼 리 없다. 정하얀은 그날 여신의 손거울을 집어 던지며 한소라에게 욕을 퍼부었다.

정하얀은 본인도 모르는 사이에 가끔 눈물을 흘리고는 했다. 정신적으로 힘들어했다는 것 역시 당연한 이야기, 애초에 힘들지 않을 리가 없다.

하루에도 감정이 몇 번이나 왔다 갔다 하고, 즐겁다가 슬퍼하는 일이 잦아졌다. 이미 정신적으로 큰 문제를 가지고 있다고 생각했지만, 이전보다도 더 불안해지는 모습.

재미있는 것은 정하얀 혼자만 그런 반응을 보이는 게 아니라는 것이었다. 웃긴 일이지만 현재 상태만 보면 정하얀보다 한소라의 표정이 더욱더 불안해 보인다.

물론 준신화 등급의 던전, 외톨이 대마법사의 거처에 홀로 향하는 상황이라고 가정하면 저런 표정을 지을 만도 했다.

하지만 표정만 그런 것이 아니다. 한소라 역시 며칠 전부터 이상 증세를 보이고 있었다. 뭐, 크게 변한 것은 아니다. 그냥 정하얀이 뭘 하고 있는지, 현재 상태가 어떤지, 조용히 잘 지내는지 물어보는 것이 전부였지만, 한소라는 갑작스럽게 손에 들어온 자유를 전혀 즐기지 못하고 있었다.

아마 당연한 반응일 것이다. 커다란 폭탄을 들고 있다고 상상해 보자. 기폭 장치가 눈앞에 있는 것과 눈앞에 없는 것 중 어떤 게 더 불안한지 묻는다면 누구나 다 후자를 고를 거다.

현재 한소라가 처한 상황이 그런 상황이었다. 정하얀의 품에서는 벗어났지만, 아직도 그녀는 폭탄을 들고 있다. 그나마 이전에는 본인이 억제할 수 있었지만, 몸이 멀어진 지금에서는 그것조차 불가능하다.

당장 나 역시도 망원경이 없다면 그녀처럼 초조해했을 거라고 장담할 수 있다. 기폭 장치에 손을 대고 있는 건지 아니면 떼고 있는 건지 누구보다 궁금해할 것이다.

그래서인지는 모르겠지만 정하얀의 상태에 대해 묻는 것이 한소라의 일상. 본인도 자신의 역할을 잘 알기에 보여줄 수 있는 반응이리라.

괜스레 침을 삼키며 한소라가 말을 이었다.

-선희영 님은 항상 차분하신 것 같네요. 오랜만에 보니 반갑기도 하고…… 네, 좋았어요.

[일반 등급의 강제 퀘스트를 생성합니다.]
[원래 그런 사람이니까요. (0/1)]
[한소라에게 일반 등급의 퀘스트를 전달합니다. 퀘스트 클리어 보상을 등록하지 않았습니다. 플레이어 한소라는 보상을 받으실 수 없습니다.]

-마음이 편…… 해지더라고요. 이것저것 많이 챙겨주셔서……. 힘들지는 않아 하시던가요? 아, 모두 함께 다 모이기로 했었는데…… 그건 언제가 좋을까요? 역시 정하얀 님의 일이 해결되고 나면 모이는 걸까요?

'진짜 긴장했나 보네.'
쓸데없는 말이 길어지고 있었다. 게다가 온몸이 조금씩 땀으로 젖어가는 게 보일 정도였다.

-정하얀 님은…… 오늘 식사는 하신 건가요?

[오늘은 안 한 것 같은데…… 평소에는 잘 먹고 있는 것 같으니, 크게 걱정하지 않으셔도 됩니다. 조금 불안정해 보이기는 하지만

그래도 어찌어찌 생활은 하고 있으니까요. (0/1)]

-제대로 씻고 계신지도 궁금한데…….

[하얀이, 어린애 아닙니다. 그 정도는 혼자서도 해요. (0/1)]

-아니요. 그런 뜻이 아니라…… 간혹 한번 집중하시면 주위
에 아무런 신경 쓰지 않으시잖아요. 얼마 전까지는 계속 공부
만 하셨다고…… 부길드마스터가 말씀해 주셨잖아요.

[잘하고 있으니까, 걱정하지 않으셔도 돼요. (0/1)]

-그래도…… 알아둬야 할 것 같아서요.

[너무 걱정 안 해도 돼요. 어차피 지금부터 보러 갈 건데, 뭘 그
렇게…… 직접 눈으로 확인하고 오시면 되잖아요. (0/1)]

-……괜, 괜찮겠죠?

[아마 괜찮을 겁니다. 제가 지시한 대로 잘 움직여 주시면 돼
요. (0/1)]

정말로 괜찮냐고, 그 말에 책임질 수 있냐고 묻는 것 같은

한소라의 표정이 시야에 비쳤지만. 당당히 고개를 끄덕일 수 있다.

'너, 안 다칠 거야. 기껏해야 자갈 세례가 전부라고.'

정하얀은 한소라에게 해를 끼치지 않는다.

물론 정말 상황이 막장으로 치달으면 어떻게 될지는 장담할 수 없지만 정하얀은 이미 한소라를 자기 사람이라는 카테고리 안으로 집어넣지 않았는가.

한차례 설명해 줬음에도 불구하고 한소라는 여전히 불안해하는 얼굴이었다.

그리폰에서 내린 한소라가 곧바로 발걸음을 옮겼다. 당연하지만 얼굴에는 긴장감과 걱정이 감돈다.

한참이나 문에 서성거리고 있는 모습은 가관, 뭐라고 한마디 더 해주는 게 좋지 않을까 생각했을 때, 한소라가 문을 두드렸다.

-정…… 하얀 님…… 저 왔어요.

-…….

-정하얀 님? 저 왔어요.

-…….

-정하얀 님!

-소, 소라 왔어?

-네, 저 왔어요.

-왜, 왜, 왜 왔어?

-잠깐…… 정리할 게…… 있어서요.

-들어와.

끼이이익.

문소리가 왠지 모르게 불길하게 들려오는 것은 기분 탓일까.

한소라가 겁을 집어먹은 얼굴로 한 발자국, 한 발자국 내디뎠다. 아마 정하얀의 상태가 어떨지 걱정되지 않을까.

나 역시 그녀가 어떤 반응을 보일지 무서웠지만, 다행히 최악의 반응을 보여주지는 않았다. 정하얀의 반응이 어땠느냐고 묻는다면 굉장히 안심한 듯한 느낌이었다. 곧바로 표정이 밝아지는 것이 시야에 비쳤으니까.

굳이 튀어나가 마중 나가지 않은 것은 알량한 자존심 때문이라고 생각하는 게 맞으리라.

'쟤, 대외적으로는 화난 상태였지.'

이미 한번 한소라를 탓하기로 마음먹었고, 그 무엇보다 한소라가 자신의 메시지를 무시했다는 것에 화내고 있는 상태였다. 한소라는 응당 정식으로 사과해야 했고, 정하얀의 소중함에 대해 깨달아야 한다고 생각하고 있지 않을까.

나를 대할 때의 태도와 어쩌면 이렇게 다를까 싶었지만 아마 비슷한 양상을 보일 거라고 생각했다. 둘의 관계에서는 정하얀이 갑이었으니까. 어울리는 표현은 아니지만, 엄마나 누나 같은 느낌. 항상 옆에서 자신을 챙겨주고 도와주고, 자신이 무슨 짓을 해도 그 자리에 있어주는 사람이라고 생각하고 있을지도 모른다.

한소라는 정하얀의 거처로 들어오자마자 습관처럼 이것저것 정리하기 시작했다. 그동안 정하얀이 어지럽혀 놓은 것들이었다.

-식, 식사하셨어요?
-아…… 아니.

그런 대화를 나눈 후, 한소라는 곧바로 식사를 준비하기 시작했다.

아무 일도 없었던 것처럼 슬그머니 침대에서 일어나 방문 밖을 서성거리고 있는 정하얀은 무척 안심한 듯한 느낌, 무슨 생각을 하고 있는지 보인다.

'이제 모든 게 정상으로 돌아왔구나'라거나 '드디어 끝났네. 소라도 돌아왔나 봐. 사과하면 꼭 받아줘야지' 혹은 '문자 무시한 건 용서해 줘야겠다. 오늘부터 여기 있는 거네' 같은 생각 말이다.

-식, 식사 드셔야죠.
-…….

아무 말 없이 턱 하니 자리에 앉는 모습에는 숨길 수 없는 기쁨이 들어서 있었다. 아직은 냉정함을 유지해야 한다고 생각하고 있겠지만, 슬쩍 입꼬리가 올라가는 건 어쩔 수 없는 모양이다.

요리가 나온 후에도 마찬가지였다. 테이블을 꽉 채울 정도로 어마어마한 규모, 마치 파티라도 하는 것 같은 느낌이다.

기억 속에서 희미해지는 어머니의 맛을 맛본 사람처럼 아주 기분 좋은 표정이다. 어쩌면 이걸로 사과하려는 걸까? 그런 생각을 하는 것 같다. 정하얀은 이미 한소라를 용서했다. 물론 한소라가 중죄를 저지르기는 했지만 이제 충분히 용서해 줄 시간이 됐다.

정하얀의 표정이 구겨진 것은 한소라가 입을 연 직후였다.

-정하얀 님, 그러니까⋯⋯.
-⋯⋯.
-마지막⋯⋯ 인사를 드리러 왔어요.

항상 그렇듯, 나 역시 정하얀을 제대로 바라볼 수가 없었다.
급격하게 어두워진 얼굴이 가장 먼저 시야에 들어왔다. 한소라는 마지막이라는 단어 선택이 적절하지 않다고 생각했던 건지 급하게 입을 열었지만, 정하얀에게 다른 말이 들릴 리 없었다.

-제가 말을 좀⋯⋯ 그렇게 했네요. 마지막은 아니라 정확히 말씀드리면⋯⋯ 네, 그⋯⋯ 저도 준비할 게 조금 있어서요. 지

금 다른 팀에서 연구를 하고 있는데 그쪽에 조금 더 집중해야 할 것 같아서요. 금방 끝날 줄 알았는데, 그게 아니더라고요. 당분간은 그곳에서 지내야…….

-…….

-네, 그래서 이렇게 인사드리러 왔…… 어요. 짐도 챙길 겸 해서요.

-…….

-잘 지내시는 것 같아서 다행이네요.

-…….

침묵이 분위기를 말해주고 있었다.

괜스레 내가 정하얀의 눈치를 보게 된다. 잠깐 사고가 정지한 건지, 아니면 전혀 예상치 못한 상황 때문인지는 모르겠지만, 정하얀은 퓨즈가 나간 로봇처럼 멍하니 앉아 있었다. 상황을 받아들이기까지 시간이 조금 걸리지 않을까.

그녀가 정신을 차린 것은 시간이 조금 지난 후, 당연하지만 좋은 쪽은 아니었다. 입술을 꽉 깨문 것은 물론 부들부들 떨고 있다.

-싫어. 끄윽…….

-…….

-진짜 싫어.

커다란 목소리가 터져 나온 것은 바로 그때였다.

-한소라, 진짜 싫어!

-…….

-진짜 싫어! 진짜 싫다구! 내가 오지 말라고 했잖아! 얼굴 보기 싫, 싫, 싫다고 했잖아. 얼굴 보기 싫다고 했는데 왜, 왜 왔어! 나가! 나…… 나가! 나가! 나가라구!

-죄송…….

-나가아아!!

그렇게 외치면서 자갈을 집어 던지듯 음식을 집어 던졌다. 그 와중에도 캐릭터는 모양은 건들지 않았지만, 솔직히 본능에 가까워 보인다.

한번 자갈을 던져봐서 그런지는 모르겠지만 제법 솜씨가 늘어난 것 같은 느낌이었다. 포물선을 그리는 닭 다리의 곡선이 아름답다.

-죄송해요.

-박미진이지. 박, 박, 박미진이잖아! 배, 배신자! 배신자!! 배신자야! 소라는 배신자야! 끄윽…… 끄으윽…….

-아니요. 그런 게 아니라…… 그러니까.

-왜 왔어! 왜 왔냐구! 왜 왔어! 진짜 싫어. 진짜…… 바보, 멍청이! 다 네 탓이잖아! 전부! 진 것도 소라 때문이야. 끄윽……

메시지도 무시했잖아. 오지도 않고! 나도 필요 없어. 절, 절교할 거야. 절교할 거라고. 나도 소라 필요 없어. 필요 없다고! 내앞에 나타나지 말라고 했는데 왜 왔어! 왜 왔어! 이 멍청이! 멍청이!

'어우야……'

쉴 새 없이 말을 쏟아내며 몰아붙이는 것을 보면 배신감이 이만저만이 아닌 모양이다.

박미진 밑에서 일하기로 했다고 직접 언급하지는 않았지만 눈치는 챈 모양이다. 다행히 어째서 일이 이렇게 돌아가게 됐는지는 확실하게 인지하고 있다. 적어도 상황 판단을 하지 못하는 상황은 아니다.

조금은 더 들어가도 되지 않을까? 약간은 더 갈등을 조장해도 되지 않을까? 그런 생각이 들어와 꽂힌 것도 무리가 아니리라. 물론 조심스럽게 들어가야겠지만, 충분히 가능하다고 여겨진다.

곧바로 퀘스트를 생성해 한소라에게 보내자 그녀가 정말로 되겠냐는 듯한 표정으로 허공을 바라봤다.

[일반 등급의 강제 퀘스트를 생성합니다.]
[조금 더 밀어붙여요. 조금만 더. (0/1)]
[한소라에게 일반 등급의 퀘스트를 전달합니다. 퀘스트 클리어 보상을 등록하지 않았습니다. 플레이어 한소라는 보상을 받을

수 없습니다.]

-정말 그런 게 아니라…… 이해해 주세요.

-……오, 오빠.

-…….

-오빠가 그렇게 하라고 한 거지? *끄윽*, 내가 오빠한테 잘 말해줄게. 소라도 가기 싫잖아. 박, 박미진 싫잖아. 이상하다고 *끄윽*…… 이야기했잖아. 박미진 수상하다고 했었잖아. 박미진이랑 공부하면 재, 재미없잖아.

-아니요. 그런 게 아니에요. 다른 걸 다 떠나서 정말로 제게 필요한 일이라고 생각해서…….

[너무 심하게는 하지 말고 조금만 더 가봅시다, 우리. 한 발자국만 더 움직여 봐요. (0/1)]

불안해 보이는 눈동자. 하지만 한소라도 필요한 일이라는 걸 실감했는지 천천히 입술을 열었다.

-그리고 제…… 제 입장도 이해해 주서야죠.

-어…….

-제 입장도 이해해 주서야 하잖아요. 저도 나름대로 노력하……려고 하는 건데…… 정하얀 님도 이해해 주세요. 너무…… 너무 제 탓이라고만 하시면…….

'할 수 있다, 소라야. 할 수 있어.'

-저도…… 섭섭한 게 아예 없는 건 아닌데, 이렇게까지 하실 정도로 잘못한 일은 아니잖아요. 필요한 일이라고 말씀드렸는데. 정하얀…… 정하얀 님은 왜 자기 입장만 생각하세요?

목소리가 부들부들 떨리고 있었지만 이미 한차례 탄력을 받았다. 눈을 꽉 감고 결국에는 자신의 의사를 확실하게 전달했다.

본인의 몸에 뭔가 다른 이상이 생길까 걱정하는 것 같았지만 다른 사고가 일어나지는 않았다.

뭔가 자신감을 얻은 것일까. 아니면 첫 데뷔를 잘 마치고 싶다는 생각이 든 것일까. 이유가 뭔지는 모르겠지만, 한소라가 갑작스럽게 눈을 뜨고 정하얀을 바라봤다.

'시바, 와…… 연기 쩐다.'

안기모를 찍어 누를 수준의 메소드 연기를 선보이는 한소라의 모습은 말이 나오지 않을 정도로 완벽했다. 처음 발걸음을 내딛는 것은 힘들었지만, 막상 발걸음을 옮기니 생각보다 더 움직이기 쉬웠던 모양이다.

입술을 꽉 깨물고 지난날의 설움을 이야기한다. 한소라 본인도 약간 열이 올라온 느낌이었다. 시선 처리와 발성 모든 게 완벽하다. 주연 배우로도 손색이 없다.

-제가 이거 만…… 드려고 얼마나 노력했는지도 모르시면서…… 고맙다는 말도 안 하시고…… 그, 그리고 항상 그렇게 제 탓만 하시면 저도 섭섭해요. 저도 사람이라고요. 사람. 사람이에요. 사람이라고요.

-어…… 어…….

-그렇게 싫다고만 하시면…… 그렇게 싫다고만 하시면 저도, 네, 저도 싫어요. 저도 싫다고요.

-어?

-정하얀 님이 사과하셔야 돼요. 물론 제 잘못도 있었지만 정하얀 님이 사과하셔야 한다고요. 저도 열심히 노력했는데…… 저도 정말로 개인 시간까지 빼면서 같이 준비해 드렸는데…… 어떻게 그게 제 탓이라고만 하실 수가 있어요? 부길드마스터한테 제 탓이라고 그렇게 말하면 제가 뭐가 돼요? 제 입장은 항상 생각도 안 해주시죠?

그런데 이제 그만해야 될 것 같다.

-정하얀 님은 정말 안하무인이에요. 제가 밥해주는 사람이에요? 밥해주는 사람이냐고! 내가 밥해주는 사람이야! 캐릭터 도시락에는 손도 못 대게 하면서! 저도 감정 있어요. 나도 감정 있다고! 맛없다고 할 때마다 얼마나 상처가 되는지 알아!

-어…….

-매일 상담해 주는 것도 자기 좋은 것만 들으면서! 내가 부길드마스터가 심했다고 말하면 우리 오빠 욕하지 말라고 하잖아! 네가 우리 오빠에 대해서 뭘 아느냐고 말하면서!! 스크랩북 만들어도 칭찬도 안 해주잖아! 원하는 것만 많고! 내가 만화도 그려주고, 인형도 만들어줬는데! 원하는 것만 많잖아! 항상 그랬잖아! 항상 그랬잖아요! 하아…… 하아…… 하아…….

'거기까지 하는 게 좋을 것 같은데.'

-어, 어…… 내가, 내가…… 자, 잘…….

'아닌가, 이거 사과하려는 건가?'
깜짝 놀란 정하얀이 뭔가 미안함을 표시하려는 것 같은 느낌이 든다. 본인도 이야기를 듣다 보니 느끼는 게 있는 것인지, 아니면 한소라에게 미움받고 있다는 걸 인지해서인지는 모르겠지만 아마 후자이리라. 뭔가 이상하게 돌아가고 있다는 사실을 본인도 인식하고 있다. 진심에서 우러나오는 사과라기보다는 쏘아대는 한소라의 기백에 눌렸다는 것이 맞다.
당연하지만 지금 여기서 사과를 받아서는 안 된다.

[박미진! 박미진! (0/1)]

-그래요. 박미진 님한테 가니까 좋더라고요! 매일 칭찬만 해

주시고 공부하는 것도 박미진 님이랑 하는 게 더 재미있어요. 알아듣기 쉽게 잘 가르쳐 주시더라고요. 네! 정하얀 님보다 박미진 님이 더 좋아요.

-잘, 잘못이야. 소라 잘못이야…….

-박미진 님이랑!

-다 소라 잘못이야! 이익…… 소라 잘못이라고!!!

-그러니까…….

-이이익…… 필요 없어. 흐윽, 필요 없다고!! 끄윽, 필요 없으니까 나가라고! 배신자! 소라는 배신자야. 이이익, 끄윽, 이이익, 나가! 나가아아! 너 같은 사람 필요 없어. 꼴도 보기 싫으니까. 나가, 이 멍청아!

우당탕탕거리는 소리와 함께 정하얀이 한소라를 밀어붙였다. 앙증맞은 두 손으로 파악 하고 한소라를 밀치는 모습은 또 가관이다.

한소라가 균형을 잃으며 풀썩 땅바닥에 쓰러졌지만 정하얀은 아랑곳하지 않는다. 순식간에 마법을 발동시켜 한소라와 그녀의 짐을 밖으로 밀어붙이자 자연스럽게 한소라의 몸이 바깥으로 밀리기 시작했다.

콰앙!!

바깥으로 강제 추방된 한소라.

정하얀은 씩씩거렸지만, 아직 분이 풀리지 않는지 닫힌 문을 향해 음식들을 집어 던지고 있다.

하지만 이내 울음을 터뜨리는 모습이 눈에 들어온다.

-흐어어어어어엉…….

만신창이가 된 식탁을 부여잡고 눈물을 터뜨리는 모습을 보니 내 가슴이 다 아프다. 성대한 생일 파티를 열었지만 아무도 오지 않아 오열하는 것만 같다.

물론 이런 종류의 갈등이 한 번은 터져줘야 했다. 정하얀의 인간관계와 정신적인 성장을 위해서 당연히 있어야 하는 일이다. 지금 당장은 서럽고 눈물이 나오겠지만 이런 사건들이 정하얀을 더욱더 성숙하게 만드는 것 아니겠는가. 물론 이걸로 벽을 넘을 수는 없겠지만 말이다.

나름 만족스럽기는 했다. 원래 비극적인 상황이 오기 전에는 항상 이런 사건이 있어야 했으니 말이다.

-진짜 싫어. 너무 싫다고. 배신자. 배신자랑은 이제 말도 안 할 거야. 흐윽…….

'그래, 미워해. 너무 미워하지는 말고 적당히 미워해야 돼.'

-박미진…… 박미진 진짜 싫어. 진짜…… 흐윽, 한소라도 싫고 박미진도 싫고 다 싫어. 끄윽…….

'그래.'

-죽여 버릴 거야. 박미진…… 박, 박미진 죽여야 돼. 죽일 거야. *끄윽*…… 죽일 거야. 죽일 거야.

'안 돼.'

-죽여야지. 죽이자. 그래, 죽이는 거야. 어디 있지…… 어딘가에 있겠지. 두고 봐, 한소라. 두고 봐. 그, 그때 와서 돌아와도 용서 안 할 거야. 박미진 죽인 다음에 소라와도 용서 안 해 줄 거라고. *끄윽, 끄윽*…….

뭔가 슬슬 열이 오르는 느낌이다.

조금 위험한 게 아닌가 생각했지만 아직은 안전하다. 혼잣말을 주고받지 않으니, 이 정도라면 버틸 수 있지 않을까 하는 생각도 든다.

곧바로 여신의 손거울을 들자, 곧바로 안정을 찾아가는 모습. 벨이 울리는 곳으로 허겁지겁 달려가 전화를 받는 모습이 시야에 비쳤다.

"하얀아."

-*끄윽*…….

"하얀아, 왜 그래."

-*끄으윽*…… 흐어어어엉…….

목소리를 들으니 서러워졌는지 곧바로 울음을 터뜨렸다. 여러 가지로 궁지에 몰린 것은 확실했다.

-소라가…… 소라가 *끄*윽…… 흐어어어엉…… 소라가 *끄*윽…….

"일단 지금 갈게, 하얀아."

-흐어어어어어엉…… 오빠…… 그이그으윽…….

친구랑 싸운 연인의 서러움을 들어주는 포지션으로 변모한 것은 당연지사.

전화가 연결되어 있지만 정하얀이 무슨 소리를 하는지 잘 들리지도 않는다. 소라가 어쩌고, 배신했니 어쩌고, 상처받았네 어쩌고, 자기 입장에서 이야기를 풀어가고 있었지만, 울음소리와 뒤섞인 목소리는 구분하기 힘들다.

아마 망원경으로 상황을 지켜보고 있지 않았다면 무슨 일이 일어났는지 눈치채지 못했을 것이다.

-흐어어어어어엉…….

'장하네, 장해.'

정하얀이 다른 사람 때문에 이렇게 울면서 전화를 한다는 것 자체가 대견하게 느껴진다.

혹시나 이걸 빌미로 계속 붙어 있으려고 하지는 않을까 싶기도 했지만, 잠깐이라면 오히려 바라는 바였다. 정하얀이 눈치채 줬으면 하는 게 있었으니까.

외톨이 대마법사의 거처로 발을 들이자마자 꽉 하고 이쪽을 껴안아온다. 눈물 콧물로 얼굴이 범벅되어 있었고 실제 눈으로 확인한 장내는 망원경으로 봤을 때보다 더욱더 참혹했다.

"끄어어엉, 그러니까…… 그러니까……."

뭐라고 위로해야 좋을지 모르겠지만 일단 한마디 내뱉어 보자.

"소라가 나빴네."

한소라에게는 조금 미안했지만, 여기서는 무조건 한소라가 죄인이다. 일단은 분한 감정에 공감해 주는 게 옳다. 다른 사람이라면 그렇게 하면 안 된다고 정하얀을 꾸짖었겠지만 이런 상황에서 한소라의 편을 들 정도로 쓰레기는 아니다.

어찌 됐건 간에 이기영 명예추기경은 공식적으로 정하얀의 약혼자가 아니었던가. 어떤 상황이 들이닥치더라도 서로의 편이 되어주는 것이 참된 배우자의 자세라는 걸 생각해 보면 무작정 정하얀을 다그칠 수가 없다. 정하얀이 다소 잘못하고 있더라도 이해해 주고, 공감해 주어야 한다.

물론, 백번 생각해도 정하얀의 잘못이었지만, 그래도 일단은 하얀이의 편을 들어주는 게 옳은 선택이라고 여겨졌다.

"소라 씨가 잘못한 것 같네."

조금 의외였던 것은 정하얀이 곧바로 긍정하며 고개를 끄덕이지 않았다는 것.

'이게 아닌데……'라고 생각하는 듯한 표정을 짓고 있었지만, 달콤한 말을 거부할 리 없었다.

은근슬쩍 몸을 붙이며 다시 한번 입을 열자, 곧바로 고개를 끄덕인다. 조금 방지 턱이 있기는 했지만…… 계속해서 한소라를 다그치자, 확실히 한소라의 잘못이라고 생각하는 것만 같다. 결국에는 한 번 더 울음을 터뜨리며 그간의 섭섭했던 것들을 늘어놓기 시작했다.

"소라 때문에 진, 진, 진 거라구요. 끄윽…… 그게 어떻게 된 거냐면……."

차희라에게 패배의 빌미를 마련한 것부터…….

"말도 없이 갑, 갑자기……."

그 이후는 말없이 집을 나간 것.

"흐어엉…… 끄윽……."

그 이후에는 메시지를 무시한 것, 또 자신에게 소리를 지르고 화낸 것, 특히나 자신을 배신하고 박미진에게 향한 것까지 말했을 때는 제대로 말을 잇지도 못했다. 했던 이야기를 또 하고, 또 하고, 또 하는 모습을 보니 억울하기는 했던 모양. 약 9번 정도를 반복한 이후에야 겨우 진정한 모습이었다.

"소라가…… 끄윽…… 진짜 싫어요. 다, 다시는 안 볼 거야."

'어차피 다시 보게 될 거야.'

"소라도 시간이 지나면 분명히 사과하러 올 거야."

"끄윽…… 끄윽……."

"본인이 실수했다고 생각하고 있을 테니까. 물론 하얀이도 사과해야지. 소라 씨도 섭섭한 게 많았던 것 같은데. 만약 하얀이가 먼저 사과한다면 소라 씨도 사과하지 않을까."

"……."

'사과해'가 아니라 '사과하지 않을까'라고 은근슬쩍 제안했지만 정하얀의 마음은 이미 얼어붙었다.

"먼저 사과하기 전까지는 절, 절대로 용서 안 해줄 거예요. 흐윽, 절대로 용서 안 할 거라고."

'그래, 그런 자세 좋다, 하얀아.'

혹시나 사과해야겠다고 달려가면 어쩌지 싶었지만 역시나 고집을 부리고 있다. 마지막에 박미진과 정하얀을 비교한 발언이 비수가 되어 꽂힌 것이 분명하리라.

'한소라도 참 그래. 어떻게 그렇게까지 말해?'

정하얀이 박미진에게 열등감을 느끼고 있다는 걸 생각하면 도저히 입에 담을 수 없는 발언이다.

물론 정하얀이 빌미를 제공해 주기는 했지만, 한소라의 한마디는 정하얀의 어린 마음을 고슴도치로 만들어 버렸다. 이렇게 섭섭해하는 것도 무리가 아니다.

'너무 심하긴 했어.'

하지만 어느 정도는 실드의 빌미를 마련해 주는 게 좋다고 여겨졌다. 중재자라면 응당 그래야 한다. 이기영은 갈등을 조장하는 종류의 사람은 아니었으니까.

"그렇게 말하면 안 되는 거였는데…… 아마 소라 씨도 순간적으로 화가 나서 마음에도 없는 소리를 했던 걸 거야."

정도로만.

"분명히 먼저 사과하러 와줄걸. 그때는 꼭 하얀이도 사과하는 게 좋을 것 같아."

물론 한소라가 사과하러 먼저 찾아올 확률은 제로였지만

정하얀은 한소라가 사과하러 온다는 걸 확정적으로 받아들이고 있는 모양새다.

"오늘은 밖에 나가서 기분 전환 좀 하는 게 좋겠네."

"정, 정말…… 요? 공부는……."

"이런 상태로 공부도 손에 안 잡히지 않을까. 하루 정도는 쉬어도 될 거야. 쉴 때도 있어야지."

"다, 다행이다."

"쉬는 시간이 있어야 내일도 열심히 할 수 있을 테니까."

"네, 네. 맞아요, 맞아요."

기분이 조금 풀렸는지 금방 히죽거린다.

정말로 이래도 되는 건가 싶은 생각이 잠깐 머릿속을 스쳐 지나갔지만, 오늘 하루 훈련에 집중해도 크게 성장하지는 못할 거라고 장담할 수 있다.

물론 박미진을 죽이겠다는 일념으로 책을 붙잡는다면 소소한 성장이야 있겠지만 현재 정하얀에게 필요한 것은 소소한 성장이 아니다.

'벽만 뛰어넘으면 돼, 벽만.'

커다란 벽 앞에 서 있는 것이 현재 정하얀의 상태, 반 발자국 전진해 봤자 옆으로 움직이는 것밖에 되지 않는다. 계기만 생긴다면 단시간 안에 몇 배나 더 성장할 수 있다.

그게 가능하다는 걸 차희라가 이미 한차례 보여주지 않았는가. 현재 정하얀에게 필요한 건 공부가 아니라 계기다. 벽을 뛰어넘을 수 있는 계기.

'초조해할 필요 없어. 16일이면 충분해. 오히려 길게 보는 게 좋아. 우당탕탕 처리하는 것보다는 조금씩 조금씩 빌드업 하는 게 훨씬 좋을 거야. 급하게 생각하지 말자.'

갈등이 더욱더 커지면 그만큼 후회와 자책도 커질 테니까.

정하얀 쪽으로 살짝 손을 넘기자, 오랜만에 데이트를 나가는 분위기가 조성되었다. 순간적이기는 했지만 정하얀은 한소라에 대해서는 까맣게 잊은 것 같다. 오히려 더 당당해진 느낌이다.

'그래, 없어도 돼. 소라는 필요 없어'라거나 '먼저 사과할 때까지는 다시는 연락도 안 할 거야. 누가 더 손해인지 한번 보자' 혹은 '박미진이랑 잘살아봐. 어차피 필요 없어. 이제 신경도 안 쓸 거야'라고 생각하는 듯한 얼굴. 진심으로 한소라 없이도 잘 헤쳐 나갈 수 있다고 생각하는 표정이었다.

만약 내가 오지 않았더라면 한없이 구멍으로 들어갔겠지만, 현재의 정하얀은 한소라를 신경 쓰는 것 같지 않았다. 그만큼 행복한 시간이었으니 말이다.

그런 그녀의 표정이 달라진 것은 내 손을 잡고 떠들어대고 있던 때였다. 일단 한소라 때문은 아니었다. 정확히 말하자면 내 몸에 벌어진 소소한 변화 때문이 아닐까.

'어?'

의문을 가진 것이 첫 번째. 다시 한번 손을 잡아보는 것이 두 번째. 고개를 갸웃거리는 듯한 모습.

'눈치 깠다.'

뭔가 이상하다는 것을 눈치챈 것이 분명하리라. 평소와 몸 상태가 다르다고 생각하지 않을까.

지금까지는 경황이 없어 제대로 눈치챌 수 없었겠지만, 조금 여유가 생기자 곧바로 캐치해 내는 모습. 자꾸만 손을 꼼지락거리며 맥박을 재듯 몸 상태를 확인하고 있다. 계속해서 고개를 갸웃거리며 몸 안에 있는 생소한 기운에 의문을 품는다.

'능력은 능력이야.'

정하얀에게 마음의 눈이 있는 건은 아니다.

예상은 했지만 정말로 이걸 찾아낼 거라고는 생각하지 못했다. 오히려 정하얀이 눈치채지 못하면 어쩌나 걱정했을 정도로 희미한 기운이었다.

만약 선희영에게 버프나 디버프를 받은 채로 곧바로 이동했다면 가능성이라도 있었겠지만, 그런 것도 아니다. 연금술을 이용해 몇 번이나 성질을 바꿨고, 가장 희미하다고 생각하는 기운의 일부만 몸 안에 집어넣었다.

아마 그녀라면 처음부터 뭔가 이상하다는 걸 느끼지 않았을까. 이를테면 평소와 다르다는 걸 자각하지 못하다가 뒤늦게 자각한 것과도 같은 상황이라고 생각했다. 머리 스타일이 미묘하게 달라졌다거나 평소보다 조금 더 얼굴이 상기되어 있다거나. 평상시였다면 곧바로 캐치해 낼 수도 있었겠지만, 아무래도 한소라의 일 때문에 경황이 없었겠지.

"오, 오, 오빠."

"응?"

"요즘 몸…… 은 조금 괜찮으세요?"

"응, 괜찮은데. 오히려 조금씩 건강해지고 있는 것 같아. 왜?"

"아니요. 조금 이, 이상…… 이상한 것 같아서."

"뭐?"

"조금 이상한 것 같은데……."

"뭐가?"

"뭐, 뭐라고 딱 표현하지는 못하겠는데…… 뭔가 이상……
이상해요. 조금 이상한데……."

"……."

"잠깐만 확, 확인 좀…… 해봐도 될까요?"

말없이 고개를 끄덕이자, 정하얀이 천천히 이쪽을 들여다
봤다.

혹시나 선희영이 발신지라는 걸 눈치채지는 않을까 불안했
지만 그럴 리가 없을 거라고 생각했다. 지금 내 몸속에 있는
희미하게 흐르고 있는 에너지는 어떤 효과도 없는 에너지, 그
자체다. 버프도 아니고 디버프도 아닌, 마력처럼 몸에 맴돌고
있는 자원이었다.

물론 정하얀이 단순한 자원이라고 생각할 리 없다. 평소였
다면 그냥 두고 넘기며 자신의 진단에 확신을 내렸겠지만, 이
제는 그런 게 아니지 않은가.

정하얀의 상식으로도 이해할 수 없는 마법을 사용하는 사
람이 이제는 존재한다. 천재 마법사 정하얀조차 이해할 수 없
는 천재가 이제 존재하고 있다.

심지어 그 천재가 나와 가까이 붙어 있지 않은가.

중요한 건 정하얀이 착각하게 만드는 것이지 다른 게 아니었다. 정체불명의 마법사 박미진의 마법에 이기영이 영향을 받고 있다는 확신. 정체불명의 마법사 박미진이 어디에서부터 왔고, 누구인가에 대한 의문. 정체불명의 마법사 박미진이 정말로 원하는 게 무엇인지에 대한 의심. 정하얀에게 필요한 건 그것들이다.

당연하지만 정하얀은 박미진에 대해 파헤치지 못할 것이다. 정체불명의 마법사 박미진 같은 건 존재하지 않으니까.

이번 파트는 정하얀의 추리극과 후회극이라고 하는 게 가장 올바른 표현이 아닐까.

"무슨 일인데……."

"확, 확실하지는 않아서 뭐라고 말로 표현하지는 못하겠는데요, 네."

"말해도 괜찮아."

"오, 오, 오빠 몸 안에 생소한 기운이 있는 것 같아서요. 혹, 혹시 언제 마법…… 같은 거."

"피로 회복 마법 정도라면 받은 적이 있긴 한데."

"……."

대답을 듣자마자 혼자 중얼거리는 모습, 이게 정말로 피로 회복 마법이 맞는지 의심하는 것 같다.

무척 간단한 마법이지만 이런 종류의 마법은 듣지도 보지도 못했을 거다. 애초에 피로 회복 마법이 아니었으니까.

자신이 제대로 파악하지 못한다는 사실에 짜증이 일었는지 입술을 꽉 깨무는 것이 시야에 들어온다. 다른 사람의 마력이 몸 안에 있는 것도 마음에 들지 않는지, 곧바로 마력을 보내왔다.

'뭐야, 시바. 근데 아무 느낌도 안 들어.'

김현성이 예전에 마력 마사지를 해줄 때와는 완전히 다른 느낌이다. 마음의 눈이 없었다면 정하얀의 마력이 이쪽으로 들어오는 것도 눈치채지 못했을 거다.

몸 안으로 투입된 백신이 마치 몸 안에 있는 바이러스들을 잡아먹듯 바깥의 힘을 공격하고 있었고, 이내 몸 안에 서린 기운은 금방 소멸되어 버렸다. 어처구니없을 정도로 쉽게 말이다.

"아, 아니에요. 제가 착각했네요. 착, 착각했어요."

하지만 표정에는 여전히 의문이 남아 있었다.

'생각하고 있구나.'

어쩌면 한소라가 해준 말을 떠올리고 있을지도 모르겠다. 박미진이 뭔가 수상하다는 대화를 나눴던 때를 떠올리고 있을지도 모르겠다.

물론 아무런 증거 없는 의심이다. 몸 안에 자신이 이해할 수 없는 생소한 잔향이 남아 있다고 하더라도 그게 박미진의 것이라고 확정 지을 수는 없다. 심지어 그게 정말로 부정적인 영향을 끼치는지도 확신할 수 없겠지.

지금 당장 뭘 어떻게 움직여야 할지도 판단이 서지 않을 거다. 아무런 증거도 없이 괜히 말을 꺼낸다면 오히려 자신이 이상한 사람이 될 수도 있으니 말이다. 뭔가 속으로는 의심이 가지만 아무런 증거도 없는 상황, 단서조차 없으니 어떻게 판단을 내릴 수도 없다.

현시점에서 할 수 있는 건 이상한 기운을 제거하는 것밖에 없었을 것이다. 위험 요소를 제거한 것으로도 일단은 기분이 좋아 보이기는 한다.

하지만 이내 깨닫지 않았을까. 소라한테서도 이상한 기운이 느껴졌었던 것 같다고……. 확실하지는 않지만, 소라의 몸속에도 뭔가 이상한 게 있었던 것 같다고……. 정말로 피로 회복 마법일 수도 있지만 그렇지 않을 확률도 있다고…….

정하얀의 눈이 흔들린다. 입술을 꽉 깨무는 것이 뭔가 결심한 것 같다. 조금 불안하기는 했지만……. 한소라 따위는 신경 쓰지 않을 거라고 결심한 것 같다. 내 생각이 틀렸는지, 맞았는지는 확신할 수 없지만 아마 비슷한 방향을 향해 가고 있을 것이다.

아니나 다를까 곧바로 들려오는 목소리.

"이, 이, 이제 신경 안 쓸 거야. 정말로…… 신경 안 쓸 거라구……."

자신에게 한소라가 얼마나 중요한지 아직 모르니, 내뱉을 수 있는 대사였다.

당연하지만 정하얀이 지금의 결정을 후회할 거라고 장담할 수 있다.

회귀자
사용설명서 27

199장
드래곤

"됐어."

'일단은 된 거야.'

갈등 구조도 만들었고 복선도 마련했다. 후회할 만한 요소들도 집어넣었으니, 거의 모든 게 준비됐다고 해도 무방하다.

정성스럽게 밥상을 만들어 정하얀의 앞으로 대령한 상황, 그녀가 천천히 숟가락을 들어 올린다면 일이 알아서 진행될 것이다. 사실 조금 무리하면 억지로 들어 올려 입안으로 옮겨 줄 수도 있었지만, 조금이라도 더 퀄리티를 높이고 싶은 이쪽의 입장에서는 한 걸음 정도를 멈출 수밖에 없었다. 지금부터는 정하얀 본인이 움직여 주는 게 가장 좋다.

정확히 3일이 지난 지금까지는 별다른 반응을 보이지 않았지만, 그리 초조해지지는 않았다.

'오히려 당연한 거지, 뭐.'

미끼를 물 시간을 주지 않았으니까.

요 3일간은 나와 계속 함께 있었다. 온종일 붙어 있었던 것은 아니었지만, 최소한 한소라를 떠올릴 만한 시간에는 나와 함께 있었던 거로 기억한다.

일부러 여유를 주지 않았다고 하는 것이 가장 올바른 표현이지 않을까. 정하얀이 조금이라도 외로움을 느끼지 않게 하기 위해 사용할 수 있는 시간은 최대한 할애하고 있었으니까.

아니나 다를까 곧바로 여신의 손거울이 울렸다.

[오빠, 오늘도 오시나요?]

[꼭 오셔야 해요. 공부 열심히 하고 있을게요.]

[언제 오세요?]

[지금 오시나요?]

조금 문제가 있다면 한소라와 나눠 받았던 집착이 더욱더 심해졌다는 것이지만, 이 정도를 받아주는 것 정도는 일도 아니다.

손거울을 집어 들자, 그 외에 읽지 않은 메시지들도 시야에 비쳤다.

[자기, 무한의 가방 남는 것 좀 있어? 있으면 하나만 가져다 줘. 사례는 할 테니까.]

이건 희라 누나.

'선물 받은 건데, 괜찮을까.'

어차피 내 물건이니 상관없을 것 같았지만, 왠지 모르게 찝찝하다. 진열대에서 가방 하나가 사라진 걸 알면 둠현성이 뭔가 반응을 보이지 않을까.

[아니면 김현성한테 내가 입찰한 가방 상회 입찰하지 말라고 전해. 짜증 나 죽겠네, 진짜. 시발, 그 정신 나간 새끼.]

'뭐야, 이건.'

잠시 차희라의 말을 이해할 수 없었지만 베니고어 넷 공식 경매장에 접속하자, 차희라의 말이 뭘 뜻하는 건지 눈치챌 수 있었다.

[붉은 용병 님이 샤넬리아 에르메스의 장비 수납 가방(전설 등급)을 33만 골드에 입찰하셨습니다.]
[김현성 님이 샤넬리아 에르메스의 장비 수납 가방(전설 등급)을 35만 골드에 상회 입찰하셨습니다.]
[붉은 용병 님이 샤넬리아 에르메스의 장비 수납 가방(전설 등급)을 43만 골드에 상회 입찰하셨습니다.]
[김현성 님이 샤넬리아 에르메스의 장비 수납 가방(전설 등급)을 55만 골드에 상회 입찰하셨습니다.]

[붉은 용병 님이 샤넬리아 에르메스의 장비 수납 가방(전설 등급)을 60만 골드에 상회 입찰하셨습니다.]

[김현성 님이 샤넬리아 에르메스의 장비 수납 가방(전설 등급)을 80만 골드에 상회 입찰하셨습니다.]

'아니, 뭐 하는 거야, 얘는……. 훈련 안 해? 베니고어 넷 경매장 이용하는 건 또 언제 배웠어. 아니, 그리고 얘는 왜 아이디에 본명을 적어놨어.'

조금 당황스러울 수밖에 없었다.

며칠 전, 망원경으로 봤을 때는 분명 미친 듯이 훈련에 임하고 있었던 거로 기억한다. 그 정신없는 와중에도 경매장을 체크하고 있었던 모양, 이 새끼 정말로 괜찮은 건가 싶기도 했지만…….

'취미 생활이니까 나쁘지는 않은데.'

머리를 식힐 시간이 있는 건 나쁘지 않아 보였다. 안 그래도 여유가 없을 테니, 이런 거로라도 스트레스를 풀어야지.

문제는 차희라가 스트레스를 받고 있다는 것이었지만, 나중에 적당한 가방을 따로 빌려주면 되지 않을까.

아니나 다를까 녀석이 한참 전에 보낸 메시지가 있었다.

[기영 씨, 바쁘신 와중에 갑자기 죄송합니다. 잘 지내고 계시는지요. 요즘 너무 무리하고 계신 건 아닌지 걱정이 생깁니다. 물론 대륙을 위하는 기영 씨의 마음이야 이해할 수 있지만 정

작 일이 시작될 때 지치실까 염려됩니다. 조금은 자신의 몸을 생각해 주셨으면 좋겠습니다. 그리고 경매장에 새로운 시리즈가 올라왔더군요. 힘든 와중에 조금이나마 힘이 되었으면 좋겠습니다.]

뭐라고 답장해야 할지 모르겠다.

솔직히 장비 수납의 가방은 희라 누나한테 갔으면 싶었지만, 회삿돈까지 투입하는 김현성과는 다르게 차희라는 순수하게 자신의 연봉으로만 대결을 펼치고 있는 상황이다. 이 승부는 김현성의 승리로 결정될 거라고 확신할 수 있다.

[오빠, 지금 베니고어 넷 경매장 가봐요. 차희라 개 털리는 중 ㅋㅋㅋㅋ]

이지혜는 현재 상황이 즐거운가 보다.

[이기영 님, 저번 일은 잘 마무리되셨습니까?]

이건 선희영.

[머리는 조금 괜찮은 겁니까? 바쁜 시기라는 건 알지만, 건강 좀 챙기세요. 괜히 쓰러지지 않을까 걱정되네요. 아 그리고 전에 제가 보내준 동영상 봤습니까? ㅎㅎ]

이건 조혜진이다.

그 밖에도 다른 사람들에게 온 메시지들이 보였지만 대충 답장을 보내는 것으로 마무리. 조금 특이했던 것은 박덕구에게서 온 메시지가 없었다는 것이었다. 아무래도 전술 훈련을 하느라 정신이 없는 모양이다.

그 와중에 프로필 사진을 바꾸고 [노력은 결코 배신하지 않는다] 같은 명대사를 적어놨지만, 솔직히 기대되지는 않는다. 어차피 돌격할 일이 없을 테니, 상관없지만 녀석을 쓸 일이 있을지 모르겠다.

아무튼, 오랜만에 손거울에 쌓인 메시지들을 확인하자, 나도 모르는 사이 시간이 꽤 흘렀다.

'이 여편네는 왜 이렇게 안 와.'

조금 더 시간을 때워야 했기 때문에 다시 한번 정하얀 쪽으로 시선을 돌린 순간, 문을 열고 들어오는 인형이 시야에 비쳤다.

"또 무슨 쓰레기 같은 생각을 하는 겁니까?"

방 안으로 들어온 것은 오랜만에 보는 디아루기아. 긴 여행을 마치고 곧장 온 것인지, 정리되지 않은 모습이었다.

"뭐, 디아루기아 님은 크게 신경 쓰지 않으셔도 됩니다. 여러 가지로 준비할 일이 많아서요. 세상에 종말이 들이닥치는 상황인데, 대륙의 구원자인 제가 가만히 있을 수는 없지 않습니까. 그보다 어때요?"

"……."

"성과는 조금 있었습니까? 그러니까……."

"……."

"다른 드래곤들은 찾아봤어요?"

내가 내뱉은 말이었지만, 목소리에 기대감이 묻어나온다.

'몇 명은 응답했을 거야, 그렇지?'

아직 약간은 부족한 전력을 보충해 줄 수 있는 종족, 과거 대륙의 수호자이며 균형을 유지하던 이들, 천사들 666마리를 전부 채우지 못한 현시점에서 그나마 기댈 수 있는 이들이었다.

1회차에서는 드래곤들이 직접 움직였다는 말은 듣지 못했지만, 2회차에서는 조금 다를 거라고 생각했다. 디아루기아라는 연결 고리가 있었으니까.

'스무 명쯤은 되겠지? 그렇잖아.'

바쁘게 전 대륙을 돌아다닌 만큼 당연히 성과가 있을 것이다.

하지만 디아루기아의 표정이 점점 더 어두워지는 것이 문제. 아니나 다를까 조심스럽게 입을 열기 시작했다.

"은둔해 있거나 수면기에 들어간 이들이 대부분이라……."

"그래서요."

"솔직히 많은 분을 만나지는 못했습니다."

"이거 터지고 나서 계속 돌아다닌 거 아니에요?"

"네, 계속 찾아다니기는 했습니다만……."

"얼마나 응답한 겁니까?"

"세, 셋…… 입니다."

"……그게 말이 돼요?"

"어쩔 수 없었습니다. 워낙 폐쇄적이고 개인적인 성향이 강하다 보니, 솔직히 셋이나 응답해 준 것도 다행이라고 생각합니다."

"이제 13일 남았는데, 겨우 셋이라고요?"

"……."

"뭐, 중간계를 수호하니, 어쩌니 하지 않았어요?"

"그것 역시 과거의 일입니다. 지금은 모두 뿔뿔이 흩어져 자신들의 삶을 살아가는 이들이에요. 인간계에 숨어 살고 있는 이들도 있으니, 최소 셋 정도는 도움을 줄 수 있을 것 같습니다."

"아니, 셋이 응답했다고 하지 않았어요? 인간계에 숨어 살고 있는 이들까지 합하면 셋은 넘어야죠."

"그 셋 중에 함께하겠다고 확답을 받은 드래곤은 한 명……."

"……."

"……."

"와, 이거 너무하네. 정말 너무 하네요. 모두가 함께 사는 대륙이 아닙니까. 어떻게 자기들만 살자고 이렇게…… 중간계의 수호니, 뭐니 전부 거짓 설정 아니에요? 그냥 있어 보이려고 막 둘러댄 거 아닙니까? 대륙의 위기가 들어왔는데, 무슨 이딴 식으로…… 뭐, 그렇게 이기적인 놈들이 다 있어? 자기들만 살면 그만이랍니까?"

"다시 한번 말씀드리지만 그건 과거의 일입니다. 애초 일을 이 지경까지 만든 것은 인간입니다. 오히려 반감을 품은 이들이 더 많다는 걸 생각하면, 이 정도도 감지덕지예요. 오히려 현재 일어나고 있는 상황을 좋게 받아들이는 이도 있었습니다. 긴긴 역사 동안 인간이 대륙과 드래곤들에게 남긴 상처들을 생각해 보세요. 이미 고통받을 만큼 고통받은 이들입니다. 그들의 마음도 헤아려야 해요. 오히려 셋의 도움을 받을 수 있다는 것 자체가 무척 희망적인 상황이라, 이 말입니다."

"겨우 셋밖에 안 도와준다는데 무슨 희망적인 상황이에요?"

"적어도 그들은 진심으로 함께 싸워줄 겁니다."

"그 셋의 진심, 인류에 아주 큰 보탬이 되겠네요. 아주 대단하십니다, 진짜. 아주 대단한 종족이야. 이렇게 이기적인 종족이 또 있을까."

"……."

"애초에 전선이 밀리면 드래곤들도 위험하다는 사실을 제대로 전하긴 한 겁니까? 사태의 심각성을 잘 모르는 것 같아서 말씀드리는 건데 그놈들은 인간이고, 드래곤이고 가리지 않는 놈들입니다. 뭐, 처음에는 호의적으로 다가올지 몰라도 엔딩은 파국뿐이라고요. 우리 똘똘이가 살아갈 세상이 삭막한 폐허였으면 좋겠어요?"

"디아루리아는……."

"뭔가 수를 써봐야죠. 이대로라면 죽도 밥도 안 돼요. 종족 전체가 나서서 도와달라고 말한 것도 아니고, 대륙 보호 관리 위원회에 들어오라고 말한 것도 아닌데…… 거, 아무리 종족이 다르다고는 해도, 함께 살아가는 삶의 터전을 지켜달라고 말한 건데…… 겨우 세 명? 이건 농락이에요. 오히려 놀리는 거라고요."

'시바, 틀린 말도 아니지.'

도와달라고 정식으로 요청한 것이 아니었던가. 괜찮은 특사까지 파견했건만 달랑 셋만 온다는 소리에 당황할 수밖에 없었다. 심지어 그 셋도 확실하지가 않단다. 말 그대로 놀리는 거나 다름없다. 동맹국이라고 생각했던 나라에 파병을 요청했건만 겨우 삼백 명의 인원을 보내온 것이나 진배없다. 이게 농락이 아니면 뭐가 농락이겠는가.

'이 새끼들이 아직 전술 김현성을 안 맞아봐서 모르지?'

당장 전술 김현성을 끌고 가 드래곤 레어를 불바다로 만들고 싶은 심정이었다.

내 표정이 심상치 않다는 걸 눈치챘는지 디아루기아 역시 불안해하는 분위기다. 본인도 면목이 없겠지. 자칭 대륙을 수호하는 이들이, 적폐 세력이 되어서는 나 몰라라 하고 있는데…… 항상 이쪽을 야비한 인간이라고 생각하고 있을 테니, 더욱더 고개를 들 수 없을 것이다.

'시바, 약간은 믿고 있는 구석이었는데…….'

정하얀 각성 프로젝트가 순조롭게 흘러가고는 있었지만, 아쉬운 부분이었다. 아니, 단순히 아쉬운 정도가 아니다. 조금이라도 확률을 높여야 하는 현재 상황에서 드래곤들의 합류는 필수적으로 이루어져야 한다.

허벅지를 툭툭 두드리면서 생각에 빠질 수밖에 없었다.

"종족 커뮤니티는 거의 없는 거예요?"

"네, 아예 없다고 봐도 무방합니다. 예전에는 회의 같은 것도 열렸다고 들었지만, 지금은 전혀 없습니다."

"그런데 디아루기아 님은……."

"저도 어렸을 때 기억을 토대로 찾아가 본 것에 불과합니다. 한둘 정도는 서로 연락을 취하고 있지만, 그것마저 몇백 년에 한 번씩 일어나는 일입니다. 아예 안 일어나는 것 또한 부지기수구요."

"뭐, 종족 간의 정이나 그런 것도 없어요? 보편적인 인류애 같은 것도 없냐고요. 힘든 사람이 있으면 도와주고 싶고, 위험에 빠진 이가 있으면 손길을 내밀어주는 게 보통 아니에요? 인간은 그렇다 칩시다. 디아루기아 님은 드래곤 아닙니까. 같은 드래곤이 도움을 청했는데도 이렇게 개무시해요? 이거 안 될 종족이네, 안 될 종족이야."

"그런 것은 아닙니다! 저희 드래곤들 역시, 보편적 가치에 대해서는 인지하고 있습니다. 물론 개인적 성향이 강한 종족이라는 것은 부정하지 않겠습니다만, 성체가 되지 못한 이들에게 도움을 주거나……."

"네?"

"……."

"다시."

"그러니까…… 성체가 되지 못한 이들에게는 도움을 주거나……."

"한 번만 더요."

"성체가……."

그 말을 하던 디아루기아 얼굴이 창백해졌다. 말실수했다는 얼굴.

솔직히 디아루기아의 얼굴을 보고서는 조금 실망할 수밖에 없었다.

'무슨 생각을 하는 거야, 진짜.'

내가 우리 딸을 위험에 빠뜨리기라도 할까 봐? 아무리 이기영이 썩었어도 그 정도로 쓰레기는 아니다.

"뭐, 그렇게 걱정하는 표정 짓지 않으셔도 됩니다. 제가 설마 우리 디아루리아를 전쟁터로 내몰기라도 하겠습니까."

"……."

"아니, 오해하지 말라니까요. 정말로 그런 생각은 한 적도 없으니까. 그런 표정 좀 짓지 마세요. 한 대 치겠습니다, 진짜. 한 대 치겠어요."

"만약…… 혹시라도 우리 루리아에게 손댄다면 당신 죽고, 나 죽는 겁니다."

"……."

'와, 얘 봐라. 나한테 그렇게 신뢰가 없나?'

그런 생각을 잠깐 해볼 정도로 디아루기아의 표정은 적대적으로 변해 있었다.

신뢰라고는 눈곱만큼도 없는 표정에 약간이지만 섭섭함을 느꼈다. 솔직히 이런 대우를 받을 만한 짓을 저지른 기억은 없다.

"아니, 이번 일에서 루리아는 완전히 배제하셔야 합니다. 그

아이는 아직 싸울 준비가 되지 않았어요."

"왜 벌써 제가 그런 생각을 하고 있을 거라고 생각하세요. 누가 디아루리아를 전쟁터로 내몹니까. 그런 쓰레기 같은 생각은 추호도 한 적이 없으니까. 마음 놓으세요. 할 일이 있기는 한데, 다치는 것과는 거리가 멉니다."

"무슨 일을 시키시려는지는 모르겠지만 전부 거절하겠습니다."

"아이 건강에는 영향 없는 일입니다. 과민 반응하지 말라니까요. 솔직히 저도 내키지는 않지만 필요한 일인데 어떻게 하겠습니까. 드래곤들이 아이들에게 민감하게 반응한다면 최대한 써먹어야죠. 다른 용들 만나서 설득은 어떻게 했어요? 디아루리아 이야기라도 하면서 도와달라고 부탁한 거 맞아요?"

"……."

"제가 그럴 줄 알았습니다. 말씀드렸잖아요, 이번 일 잘못되면 다 죽는 거라고. 할 수 있는 한에서는 수단과 방법을 가리지 않아야죠. 무슨 수를 써서라도 그 이기적인 용들을 전선에 세워서 고기 방패로 써야 합니다. 저도 우리 똘똘이한테 해 끼치기 싫어요. 이번 일로 신경 쓰이게 하고 싶지도 않다, 이 말입니다."

"그렇다면…… 그렇게 하시면……."

"근데 어떡해요. 뭐 하나 삐끗하면 전부 다 깡그리 날아가는 건데. 저도 가정을 지켜야죠. 노아의 방주 타고 도망간들, 그게 잘 풀릴 거라는 보장이 있어요? 이후에 무슨 일이 일어날지 모릅니다. 최선은 애초에 방주를 탈 일이 없게 하는 거예요.

그리고 정말로 아무 이상 없으니까, 그냥 지금 가서 디아루리아 좀 데려오세요."

"……."

"빨리요."

"뭘…… 뭘 하려는 겁니까."

"뭘 하겠어요. 공익 광고 찍으려는 거지."

"공익 광고?"

"뭐, 그런 게 있습니다. 공익 광고 말고도 찍을 게 있으니까. 빨리 데려와요. 시간 없으니까."

"그런 걸…… 왜……."

"맨 처음, 캐슬락 몬스터 웨이브. 비겁하고 더러운 인간들이 디아루리아를 인질로 잡았을 때는 왜 다른 드래곤들이 잠자코 있었겠습니까. 몰라서 그런 거 아니에요? 괜찮은 광고 하나 찍고 전 대륙에 방송해야 합니다. 여신의 거울을 하늘에 꽉 깔아두면 드래곤 여러분도 사태의 심각성을 깨닫는 계기가 될지도 모릅니다. 인간 사이에 숨어 사는 이들 역시 마찬가지고요. 이럴 게 아니라 빨리 데려와요. 아, 데려오는 김에 막스도 같이요. 다른 이종족 꼬마들도 섭외할 테니까. 그렇게 알고 계시면 됩니다."

"네…… 이, 일단은 알겠습니다만……."

애초에 공익 광고가 뭔지 제대로 이해하지 못한 것 같았지만, 메시지를 효율적으로 전달하는 것이라는 설명을 덧붙이자, 디아루기아가 고개를 끄덕였다.

여전히 얼굴에 미심쩍은 표정이 서려 있었지만 별로 개의치는 않았다. 공익 광고라는 게 정말로 효과가 있는지 의심하는 게 아닐까.

나 역시 이게 잘될 거라고 확신할 수는 없었지만…….

'아예 효과가 없지는 않을 거야.'

무조건 효과가 있을 거다. 드래곤들이라면 더욱더 그렇지 않을까.

지구에서 각종 매체를 통해 방송되는 공익 광고들만 봐도 그렇다. 물론 일부의 인간, 이를테면 이율하 같은 애들은, 또 감성팔이 시전한다면서 비웃고 넘기겠지만, 모든 이가 그렇게 생각하는 것은 아니다. 지구에 있는 수많은 비영리 단체와 봉사 단체, 기부 단체가 괜히 돈을 들여 광고를 내보내는 게 아니다.

한번 전파를 타는 것이 그만한 자본을 투자하는 것 이상의 영향력을 끼친다는 걸 의미한다. 아직 매체에 오염되지 않은 대륙민들이나 이종족, 특히나 아예 세상과 담을 쌓고 살아가던 드래곤들이라면 더욱더 영향을 많이 받을 거라고 장담할 수 있다.

'아, 이거 오늘은 조금 늦거나 아예 못 가겠는데.'

갑작스럽게 스케줄이 잡혀, 정하얀에게 향할 수 없다는 사소한 문제가 생기기는 했지만……. 오늘 하루 정도 혼자 있는다고 해서 한소라의 빈자리를 느끼지는 않을 것이다.

손거울을 열자, 그새 또 메시지들이 쌓여 있었다.

[시발, 진짜. 김현성 미친 새끼. 진짜, 이 정신 나간 새끼. 이 새끼, 길드 공금 횡령죄로 조사 한번 들어가야 해. 김현성 연봉이 얼만데 걔가 골드가 그렇게 많아? 대륙 보호 관리 위원회에서 한번 해줄 거지? 자기 길드라고 눈감아주지 말고, 일 끝나면 제대로 한번 조사 때려. 무조건 길드 자금이야, 무조건.]

'희라 누나…… 졌구나.'
아니나 다를까 김현성의 메시지도 눈에 들어왔다.

[아까 말씀드린 신상, 매입에 성공했습니다. 지금 직접 수령하러 가는 중입니다. 바쁘실 것 같아 전화는 드리지 않지만, 힘든 와중에 힘이 되실까 해서 한 번 더 메시지를 남깁니다.]

본인이 내 스트레스를 풀어주는 것처럼 묘사하고 있지만, 본인의 스트레스를 풀고 있다는 느낌이 강하다. 심지어 사진까지 찍어 보내놓았다.
그다음 사진은 진열대에 주차된 장비 수납 가방의 모습, 한 치의 흐트러짐 없이, 각도까지 딱 맞게 전시된 자태를 보니 뭐라고 대답해야 할지 모르겠다.
'그거 희라 누나 가져다주세요'라고 할 수도 없고, '돈 얼마 썼어요?'라고 물어보기도 조금 그렇지 않은가. 굳이 가격 이야기하지 않은 걸 보니, 저번에 상승의 가방을 샀을 때보다도 돈

이 더 들어간 모양이다.

　읽고 답장하지 않는 건 좀 아니다 싶어 일단은 여신의 거울
을 두드렸다.

[큰 힘이 됐습니다. 훈련하느라 바쁘실 텐데 감사해요.]
[별로 바쁘지는 않았습니다.]

'손거울 붙잡고 있었나 보네.'
곧바로 답장이 온 것을 보니 마침 쉬고 있었던 것 같다.

[큰 힘이 되셨다고 하니 다행입니다. 혹시 언제 시간 되십니까?]
[아, 네. 안 그래도 길드원들을 한번 모아서 자리를 만들어
보려고 생각했었습니다. 스케줄을 맞춰볼 테니, 그때 다 함께
보면 좋겠네요. 다시 한번 감사합니다, 현성 씨.]
[아니요. 너무 고마워하지 않으셔도 됩니다. 제가 더 감사합
니다.]
[네, 그럼 저는 할 일이 있어서…… ^^]
[다시 또 연락드리겠습니다.]
[네.]
[너무 무리하지 마시고, 건강하시면 좋겠습니다.]
[네.]
[네, 내일 또 연락드리겠습니다.]

'장비 수납 가방은 진짜로 쓸 일 없는데.'

"나중에는 쓸 일이 있으려나."

쓸 일이 있을까 싶었지만, 그렇지는 않을 것 같았다.

포대 자루를 들고 다니는 차희라가 잠깐 머릿속에 맴돌았지만, 전투력 상승에 도움이 되는 가방은 아니니 굳이 넘겨줄 필요는 없을 것 같다.

정하얀에게도 간단히 오늘은 조금 늦거나 내일 갈 수 있을 것 같다는 말로 상황을 마무리했다. 혹시나 하는 마음에 망원경으로 그녀를 살펴봤지만 조금 풀이 죽은 것 외에는 다른 반응을 보이지 않아서 안심할 수 있었다.

[정하얀 님은…… 조금 괜찮으신 건가요? 아무래도 사과드리는 게 낫지 않을까요?]

오히려 한소라 쪽이 불안해하고 있지 않은가. 얘네 문제는 잠깐 뒤로 넘기고 일단은 눈앞의 문제부터 해결해야지.

[엘레나 님, 잠깐 시간 되십니까?]
[네, 뭔가 도움 드릴 일이 있을까요?]

여기도 칼답.

대충 상황을 설명하자, 곧바로 알겠다는 문자가 날아온다.

얼마 지나지 않아 바깥에서 똑똑 소리가 들리는 것을 보니,

그리 멀지 않은 곳에 있었던 모양이다.

"이기영 님."

"오랜만에 뵙는군요, 엘레나 님도."

"네."

확실히 이전과 다를 바 없는 모습이었다. 조금 재미있었던 것은 그녀가 들어온 뒤부터 계속 내 눈을 바라보고 있었다는 것.

처음에는 잠깐 이상하다는 느낌이 들었지만, 들려온 목소리에 어째서 내 눈을 바라보고 있었는지 이해할 수 있었다.

"오랜만에 만나서 갑작스럽게 이런 말씀을 드리는 것도 황당하시겠지만……."

"네."

"이기영 님의 눈에서 엘룬 님이 느껴지시네요."

"아…… 그렇습니까?"

"네."

"최근에 엘룬 님이 느껴지지 않아 무척 걱정했었는데……."

"……."

"아무래도 이기영 님의 눈으로 저를 바라봐 주고 계셨던 모양이네요."

엘룬의 메인 신도답게 무척 애틋함이 느껴지는 얼굴이었다는 것은 굳이 설명할 필요가 없으리라.

아직도 자신이 엘룬에게 버림받았다는 걸 제대로 인지하지 못한 얼굴. 보는 내가 다 안타깝게 느껴졌지만 지금 당장 그런 걸 설명할 수 있을 리 만무했다.

"그런가요…… 저는 잘……."

"네, 분명한 것 같습니다. 그 어느 때보다도 엘룬 님이 지켜봐 주고 계신다는 느낌이 드네요. 아, 이럴 게 아니라…… 그동안 잘 지내셨나요? 너무 바쁘실 것 같아 연락드리기도 힘들었네요."

"아무래도 주어진 책임이 막중하다 보니 조금은 바쁘게 지냈던 것 같습니다. 엘레나 님께 제대로 신경 써드리지 못해서 죄송하네요. 덕구와 함께 훈련하고 있다고는 전해 들었습니다."

"아, 이미 전해 들으셨군요!"

"훈련은 조금 어떻습니까?"

"생각보다 더 괜찮은 것 같아요. 사실 시작하기 전에는 조금 걱정이 되는 부분도 있었는데, 덕구 씨가 생각보다 더 잘 이끌어주시는 것 같더라고요. 파티원분들이나……."

"네."

"다른 곳에서 모집한 분들도 전적으로 덕구 씨를 신뢰하시고 계세요."

"네?"

"듣지 못하셨나요? 덕구 씨가 선원들과 용병들을 모집해서 지금은 부대 단위로 훈련이 이루어지고 있거든요."

'뭐?'

"물론 부대라고 하기에는 조금 초라하지만 모두 훈련에 잘 임해주고 있어요. 모여주신 분들도 처음에는 조금 어색해했지만, 지금은 모두 만족하고 계신 것 같아요. 아무래도 주어진 임무가 막중하다 보니 모두 책임감을 느끼는 거겠죠. 저 역시 마찬가지고요. 솔직히 조금 무섭기는 하지만 저도 할 수 있는 일이 있다는 게 기분이 좋더라고요."

"……."

"물론 나이스 보트를 사용할 상황이 오지 않는 게 가장 좋다는 건 알지만 말이에요."

'뭐야, 이 새끼. 무슨 훈련을 이렇게 스케일 크게 해?'

당연하지만 따로 부대를 구성하라는 소리는 하지 않았다.

녀석의 추진력에는 잠깐 혀를 찼을 정도, 뭔가 불안한 감이 있기는 하지만 나쁘지는 않다고 생각했다. 박덕구를 중심으로 뭉치는 세력이 있다면 그건 그것대로 좋은 일이다. 수성전에서 유기적으로 움직일 수 있다는 것 자체가 아군에게는 도움이 되는 일이었으니 말이다.

"아, 그리고……."

"네."

"말씀하신 대로 이종족 아이들을 데리고 왔어요. 응접실에서 쉬고 있고요. 아까 말씀하신 걸 제대로 이해하지 못했는데 정확히 어떤 광고를 내보내실 건가요?"

"대륙에 살아가는 모든 이에게 도움이 되는 영상입니다. 이제 시간도 얼마 남지 않았으니까요. 덕구와 함께 훈련하시는 분들처럼 책임감을 느끼고 열심히 움직여 주시는 분들도 있지만 그렇지 않은 이들도 있으니…… 이 땅 위에 살아가는 모든 종족의 화합과 우리 아이들이 아름다운 미래를 꿈꿀 수 있는 세상을 만들어가자고, 우리는 그렇게 살아갈 수 있다고, 대륙 위에 살아가는 이들에게 제 뜻을, 작은 메시지를 전하고 싶습니다."

"아……."

'봐봐…… 감동하자녀.'

이종족들은 물론이거니와 용들까지 영향받기를 기대할 수밖에 없었다.

콰직!

커다란 문이 부서지는 소리가 들려온 것은 그런 훈훈한 공기가 장내에 감돌고 있을 때였다.

"헥헥! 헥헥헥!"

"어?"

"헥…… 헥헥! 키에에엑! 키에에에에엑!"

"똘똘이?"

눈에 보이는 것은 방 안을 꽉 채운 용.

'왜 이렇게 커졌어.'

그렇게 생각할 수밖에 없는 모습이었다.

"키엑! 키에에에엑! 헥헥헥!"

꼬리를 한 번 흔들 때마다 쾅쾅거리는 소리가 들리고, 진동이 느껴졌다.

이전에 한번 봤을 때만 해도 이 정도는 아니었던 거로 기억한다. 항상 인간형으로 지내다 보니, 내 기억 속에 남아 있는 똘똘이의 모습은 딱 호랑이 정도의 크기. 코끼리보다 더 커다란 듯한 모습을 보니 당황스럽다.

커다랗고 똘망똘망한 눈에 그렁그렁 눈물을 달고 있는 걸 보니, 어지간히 반가웠던 모양이다. 계속 안기려고 발버둥 치고 있지만, 본인의 커다란 몸을 주체하지 못하는 모양새였다.

애초에 저런 모습을 하고 있는데 어떻게 안아줄 수 있을까.

"너무 흥분해서 본 모습이 튀어나온 것 같습니다. 디아루리아, 집중해야지."

"헥헥! 헥! 키에에에엑! 헥헥!"

내 몸보다 커다란 혓바닥이 얼굴을 한 번 쓸어내렸다. 무척이나 반가워하는 모습에 너무 신경 쓰지 않은 건가 하는 생각이 들기도 했지만……

'만나지 못한 시간 대부분은 수면기였으니까.'

"디아루리아, 디아루리아?"

깜짝 놀라 어버버거리는 엘레나의 모습도 눈에 들어왔지만, 시선을 빼앗는 쪽은 인간형으로 변하고 있는 디아루리아.

곧바로 꽈악 안기는 게 느껴졌다.

"아빠! 아빠!"

"오이구! 우리 디아루리아. 그동안 잘 지냈지?"

"응, 응, 응!"

매미가 나무에 달라붙어 있듯 매달려 있는 모습. 그 뒤로 디아루기아가 막스의 손을 잡고 천천히 걸어오는 게 눈에 보였다.

"수면기에서 깨어나자마자 곧바로 보러 가지 못해서 미안해, 루리아."

"아니야, 이해할 수 있어요. 엄마도 아빠가 매일 바쁘다고 했으니까."

"동생이랑은 잘 지냈지?"

"웅!"

막스와 처음 만났을 때 몸통 박치기를 꽂았던 게 아직도 기억에 남아 있다. 이전처럼 몸통 박치기를 꽂는다면 아마 갈비뼈가 부서지지 않을까. 아직도 디아루기아의 손을 잡고 있는 막스의 표정이 정상인 것을 보니, 이제 몸통 박치기는 완전히 끊은 모양이다.

기벽은 그대로인 것 같았지만 정신적으로 성숙한 것 같다. 디아루기아의 말을 한 귀로 듣고 한 귀로 흘리던 예전과는 다르게, 그녀의 포지션을 인정하는 느낌.

"아빠 무거우시잖니."

"……."

그래도 말을 듣지 않는 건 여전했다.

'아니야, 괜찮아'라고 말하고 싶었지만 계속해서 매달려 있으니, 서서히 숨이 차기 시작한다.

결국에는 디아루기아가 손을 뻗어 그녀를 떼어냈다.

"많이 컸네, 우리 루리아."

"웅, 그래도 엄마만큼 커지려면 한참이나 걸린대요. 나도 빨리 컸으면 좋겠다."

"금방 클 수 있지 않을까. 학교는 잘 다니고 있고? 이제 막 다시 다니기 시작했지?"

그녀의 질문에 답한 건 디아루기아였다.

"1년이나 자고 있었는데, 다시 재입학하자마자 진도도 금방 따라잡았지 뭡니까? 특히 체육 쪽이나 기본 전투 같은 과목은 곧바로……."

'쟤, 드래곤인데…… 그게 당연한 거 아니야?'

최상위 모험가 정도라고는 볼 수 없지만, 전투 능력으로만 따지면 상위에 발을 들였을 거다. 똘똘이와 수업하는 꼬맹이들은 물론이거니와 수업을 진행하는 선생님들보다 우리 똘똘이가 더 강할 거라고 장담할 수 있다.

그럼에도 불구하고 자랑스러워하는 디아루기아의 모습이 참 재미있다.

"게다가 얼마나 똑똑한지 모릅니다."

'당연하겠지, 용인데.'

"물론 똑똑하기는 막스가 더 똑똑하지만."

'그래도 차별 대우하지는 않은 모양이네.'

기본적으로 디아루기아가 막스를 바라보는 눈에 애정이 담겨 있다. 막스도 마찬가지였고 말이다.

어쩌면 이미 예견된 결과가 아니었을까. 아무리 자기 혈육이라고는 하지만 말 안 듣고 자신만의 길을 거침없이 걸어가는 똘똘이와는 다르게 막스는 말 잘 듣는 자식의 정석이다. 디아루기아의 속을 썩인 일이 한 번도 없었을 거라고 장담할 수 있다. 오히려 고통받는 디아루기아를 위로해 주고, 지지해 주지 않았을까.

"이제 뭐 하면 돼요, 아빠?"

'아니, 그렇게 말하면 괜히 미안하잖아. 필요할 때만 부르는 것 같자녀…….'

"그렇게 미안해하지 않으셔도 돼요. 저도 대충은 알고 있으니까. 대륙이 어떤 상황에 처해 있는지, 그리고 아빠가 얼마나 중요한 사람인지도 알아요."

'많이 컸구나, 똘똘아, 진짜.'

나뿐만이 아니라 디아루기아도 똑같은 생각을 하는 것 같다. 우리 애가 언제 이렇게 생각이 깊어졌을까 하는 듯한 표정.

솔직히 대본 쓰고 적당히 연기하려고 했지만, 약간은 생각을 바꾸는 것도 나쁘지 않아 보였다.

"우리 디아루리아가 어떻게 잘 지내는지 보려고 불렀지. 일단 밖으로 나갈까? 막스도 같이 나가자."

살짝 엘레나에게 눈짓하자 곧바로 고개를 끄덕이는 게 느껴졌다.

"어떻게 하실 생각입니까?"

"뭘 어떻게 해요. 애들 뛰노는 거나 찍으려는 건데."

"……."

"그럼 뭐, 역병 드래곤이라도 하자는 줄 알았어요?"

정말로 역병 드래곤이라도 시킬 줄 알았던 모양이다.

경험자의 연기 팁을 전수해 주지 못해 아쉬워하는 디아루기아가 보이기는 했지만 그렇게 기분이 나쁘지는 않은 것 같았다. 오랜만에 함께 시간을 보내는 것이 아닌가.

거기에 이종족 꼬마들 몇 명이 추가되기는 했지만, 오히려 똘똘이한테는 더욱더 잘된 일이다. 그녀가 드래곤이라고 해서 지나치게 성숙한 것도 아니다. 정신적인 성장이 빠르기는 하지만 아직 아이의 모습을 하고 있지 않은가.

디아루기아와 함께 앉아 있자, 엘레나가 디아루기아에게 아이들을 소개해 주는 모습이 시야에 비쳤다.

당연하지만 엘프, 드워프는 사뭇 긴장한 얼굴, 특히나 드워프 꼬마의 얼굴은 창백하게 굳어 있었다. 다른 소수 종족들도 별반 다르지 않다. 두려움과 어색함이 공존하는 얼굴이었고, 심지어 디아루리아는 심드렁했다. 눈앞에 있는 또래보다는 나와 함께 있고 싶은지, 자꾸만 고개를 돌리고 있었다. 그래도 멀리서 손을 흔들어주자 안심했는지 고개를 끄덕인다.

'나쁘지 않네. 솔직히 보기 좋아 보여.'

대충 봐도 그림이 되지 않는가. 이종족 아이들이 처음 만나 서로 어색하게 인사를 주고받고, 조금씩, 조금씩 가까워지는 모습은 가슴을 따뜻하게 만들었다.

예상했던 대로 천천히 조금씩 조금씩 어색함이 가시고 있다. 물론 본능적으로 디아루리아에게 두려움을 느끼고 있었지만, 순수한 꼬맹이들은 이내 하나가 되어 재미있게 뛰어놀기 시작했다.

똘똘이는 '유치하다, 하등한 놈들아' 같은 표정을 짓고 있었지만, 막상 뛰어노니 신나는지 잔뜩 흥분한 얼굴이었다. 막스도 마찬가지였고 말이다.

디아루리아도 디아루리아였지만, 매번 어른스러운 모습을 보여주던 막스의 새로운 모습에, 나도 저 꼬맹이들을 바라보는 게 즐거워졌다.

"디아루리아랑 막스가 처음 만난 친구들이랑도 잘 어울리는 것 같습니다. 이 순간이 너무 소중하네요."

디아루기아의 한 줄 평도 나쁘지 않다. 어느 쪽이냐고 묻는다면 꽤나 감격한 듯했다.

"이게……."

"네?"

"이게 명예추기경님이 바라시는 세상이었군요."

엘레나의 평 역시 절로 고개가 끄덕여진다.

"이기영 님께서 바라시는 세상이었어요."

"……."

"시간이 많이 지났지만, 아직도 저희 엘프 중에서는 인간들을 믿지 못하는 이가 많아요. 대륙을 위해 함께 나아가자고, 그렇게 생각했지만, 과거의 상처들과 서로 대립했던 시간, 그 기억들이 완전히 사라지는 건 아니니까요."

"당연히 그럴 겁니다. 네, 그럴 수밖에 없겠죠."

"정말로 인간과 이종족들이 화합할 수 있는지 끊임없이 목소리가 터져 나오고…… 여전히 의심의 시선을 거두지 않는 이들도 있고요."

"그것 역시 이해할 수 있습니다."

"부끄럽지만, 저 역시 그래요. 물론 이기영 님이나 파란 길드

분들이 좋으신 분들이라는 건 알고······ 인간 중에서도 바른 생각을 품은 이들이 있다는 걸 깨달았지만, 여전히 더럽혀진 영혼을 가진 이들 역시 적지 않으니까요. 하지만······ 그 모든 안 좋은 생각들도 지금 이 모습을 보면 날아가는 것 같네요."

"······."

"이기영 님이 정말로 원했던 가치가 어떤 것인지, 이기영 님이 뭘 지키고 싶었던 건지, 이기영 님께서 그리는 미래가 어떤 미래인지, 아마 모두가 이해할 겁니다."

"······."

심지어 디아루기아마저 새삼 다른 눈으로 나를 바라보고 있었으니, 무슨 말이 더 필요하겠는가. 확고하게 나를 쓰레기라고 생각하고 있는 디아루기아의 썩어버린 마음마저 정화할 정도의 광경.

다른 게 정화가 아니다. 이 아이들이 뛰어노는 광경을 보는 것만으로도 마음이 벅차오른다. 그 어떤 쓰레기라도 예전의 그 순수했던 모습을 되찾을 거라고 장담할 수 있다.

심지어 우리 똘똘이는 용 폼까지 선보이고 있었으니, 무슨 말이 더 필요할까. 솔직히 저 폼으로 놀아주기를 더욱더 바라고 있기는 했다.

'친구들한테는 진실된 모습을 보여줘야지.'

당연히 깜짝 놀란 꼬맹이들이 다시금 경계하거나 울음을 터뜨렸지만, 다시 한번 적응 기간을 거친 이후에는 디아루기아의 등이나 꼬리에 타서 함께 노는 모습이 보인다.

특히나 꼬리를 이용해 미끄럼틀을 타는 모습이 재미있어 보인다. 드워프 꼬마는 미끄럼틀 타기는 무서운지 발에 꼭 달라붙어 있었지만, 저것만으로도 경계심이 허물어졌다는 걸 증명하는 것 같다.

"아이들 배고프겠네요. 식사 준비라도 해야겠습니다."

"저도 같이 갈게요, 디아루기아 님."

"저도 같이 갑시다."

"아니요. 아이들을 볼 사람도 있어야 하니까요."

솔직히 움직이기 싫었는데, 그렇게 말해줘서 고맙다.

'왜 이렇게 표정이 따뜻해, 디아루기아.'

인연을 맺은 이래로 가장 따뜻한 얼굴이 적응되지 않는다. 아마 이것도 나쁘지 않다고 생각하는 게 아닐까.

엘레나가 이빨을 잘 털어준 덕분이다. 즐거워하는 똘똘이를 보며 이게 똘똘이가 자랄 환경이라고 생각하고 있겠지.

솔직히 나 역시도 비슷한 생각을 하기는 한다. 굳이 아이들이 자라게 한다면 이런 환경이 좋다. 아마 모두가 같은 생각을 하지 않을까.

드래곤도 다르지 않을 것이다.

애초 대륙에 퍼져 있는 용들 역시 엘프들과 다르지 않다. 그들은 대륙을 수호하고 인간들에게 도움을 주는 존재였으나 인간들에게 배신당했다. 용 사냥도 용 사냥이지만 다른 무엇보다 그들을 실망하게 한 것은 인간 그 자체였을 거다.

지구의 암은 인간이라는 누군가의 표현처럼, 그들의 눈에도 대륙의 인간들이 암처럼 비치지 않았을까. 인간은 바뀌지 않을 거라고, 화합할 수 없을 거라고 생각하는 모든 드래곤들이 이 장면을 봤으면 좋겠다. 거짓 하나 없는 투명한 진심이었다.

어느 정도 시간이 지나자, 흙투성이가 된 꼬맹이들의 모습, 막 아들이 가장 재미있게 논 것 같다.

디아루리아까지 인간 형태로 되돌아와서는 이쪽으로 뛰어온다. 아마도 내게 할 말이 있는 것 같다. 친구를 소개해 준다거나 뭐 필요한 게 있으면 가져다 달라고 하려는 거겠지.

내 안에 있는 순수한 마음이 자극됐기 때문일지는 모르겠지만, 자꾸만 빛이 몸 밖으로 빠져나오려고 한다. 아이들의 눈 때문인지 자꾸만 참으려고 해도 날개가 튀어나오려고 한다.

진짜 하늘에 맹세컨대 좋은 그림을 노린 것은 아니다. 아니, 솔직히 조금은 노렸지만, 여기서 대놓고 노렸다고 하면 너무 쓰레기 같으니까……. 10장의 찬란한 날개가 나오는 것은 내 따뜻한 마음 때문이라는 걸로 하자.

"우와아아아아아아!"

"우와……."

"아빠! 아빠…… 너무 예쁘다. 너무 예뻐…… 아빠."

"와아아아아아아아아아!"

나는 대륙의 미래를 향해 날개를 뻗었다.

본인들이 흙투성이라는 걸 깨달았을까. 너무나 깨끗한 빛의 날개에 손을 대기 힘들어 보였지만, 나는 이종족 아이들을 꼭 감싸 안았다.

'대륙의 미래, 절대로 포기하지 않을 거야.'

그리고 내 기대에 부응하듯. 광고를 본 드래곤 고기 방패들이 속속들이 모여들기 시작했다.

넓은 들판 위를 뛰어노는 아이들의 모습이 시야에 비쳤다.

종족의 구분 없이 자연을 벗 삼아 즐겁게 노는 꼬마들의 모습이 어떤지 굳이 설명할 필요가 있을까. 정말로 즐겁다는 듯 꺄르르거리는 소리가 들려오고, 이야기를 나누며 함께 밥을 먹는 모습에도 순수한 동심이 들어가 있었다.

마치 우리가 살아가야 할 대륙은 이래야 한다고 말하고 있는 듯했다. 우리 아이들은 응당 이런 미래를 누릴 자격이 있다고, 이런 미래를 위해 싸워야 한다고 하는 것만 같다.

실제로 비슷한 나레이션도 나오고 있지 않은가.

-우리 아이들이 마음 놓고 지낼 수 있는 대륙, 우리의 손으로만 지킬 수 있습니다.

괜스레 클로즈업되는 디아루리아의 얼굴에 카메라로도 담을 수 없는 순수함이 자리한 것은 당연하다.

사실 깔끔한 모습도 아니다. 작정하고 메이크업을 하고 찍은 것도 아니었으니까.

하지만 그 모습이 오히려 예전의 잃어버린 동심을 불러일으킨다. 이 꼬마의 웃음을 지키기 위해서라면 마땅히 전쟁터로 나가야 한다. 그게 옳다. 그런 생각이 들게 한다.

-대륙의 모든 이가 하나가 된다면 우리는 지킬 수 있습니다. 작은 촛불들이 모여 어둠을 밝히는 커다란 빛이 될 수 있습니다.

여러 가지 장면들이 스쳐 지나갔지만 역시 압권은 이종족 아이들을 따뜻한 빛의 날개로 품어주는 빛기영. 내가 보기에도 성스러워 보이는 모습이었다.

품에 안기는 디아루리아와 막스, 그리고 이제는 이름도 까먹은 여러 꼬맹이까지 함께 빛의 날개에 안겨 있는 장면은 그 어떤 연출보다 더 효과가 있을 거라 장담할 수 있다.

-화합, 사랑 그리고 평화 우리가 꼭 기억해야 하는 가치입니다. 이 땅 위를 살아가는 아이들에게는 당신의 힘이 필요합니다. 부디 대륙 보호 관리 위원회에 당신의 힘을 빌려주세요. 새로운 미래를 향해 한 걸음 더 나아갈 수 있도록 손을 뻗어주세요.

"그리고."

-대륙 보호 관리 위원회.

로고가 나오면서 광고는 마무리.

다소 급하게 만들어, 효과가 있을까 염려되기는 했지만, 오히려 이런 엉성함이 좋다. 대놓고 노렸다기보다는 정말로 자연스러운 모습을 담아낸 것이었으니 말이다.

옆에서 함께 여신의 거울을 바라보던 디아루기아가 저도 모르게 입을 열어왔다.

"정말로…… 효과가 있군요."

"효과가 없을 리 있겠습니까. 우리 드래곤님들 사이에서 아직 성체가 되지 못한 드래곤은 지켜야 한다는 기본적인 가치가 남아 있다는데. 먹히고말고요. 무조건 먹히는 게 맞습니다."

"그것 역시 예전의 일이라고 들어서…… 솔직히 확답을 드리기에는 조금…… 불안했습니다만……."

"종족 불문 만국 공통이 아니겠습니까. 세상에 순수한 어린아이를 싫어하는 이가 어디 있겠어요? 개인주의적 성향이 강해서 아이도 가지지 않는 것과는 별개로 마음이 움직이는 건 어쩔 수 없었을 겁니다. 우리 디아루리아 얼굴 좀 보세요. 얼마나 순수합니까. 용들이 이걸 보면 어떻게 생각하겠어요?"

"……."

"아마 세상이 달라졌다고 생각했을 겁니다. 이종족과 드래곤이 어울리는 광경 자체가 흔하게 볼 수 있는 그림은 아니니까요. 일부 우월주의자들이 있을지도 모르겠지만, 기본적으로는 고개를 끄덕이겠죠. 세상이 달라졌구나. 정말로 화합의 때가 다가왔구나. 아마 확인하러 온 드래곤들도 있을 겁니다. 그만큼 믿을 수 없는 광경이잖아요."

"네."

"세상에 은둔한 드래곤이 표면적으로 모습을 드러냈다는 거로 모자라 세상에 녹아들고 있다니, 아마 우리를 찾아와 주신 드래곤 분들에게는 무척 감동적으로 비쳤을 게 분명합니다. 그래서 지금 이 자리에 계신 거고요. 물론 그중에서도 가장 큰 영향력을 끼친 건 우리 똘똘이의 순수한 모습이라고 장담할 수 있습니다."

"하지만……"

"네?"

"뭔가…… 잘된 것은 부정할 수 없습니다만…… 마음이 편하지 않습니다. 왠지 모르게 아이들의 순수함을 이용한 것만 같은 느낌이 들어서……."

"……그런 마음가짐으로 대륙을 지킬 수 있겠어요? 우리 똘똘이 얼굴을 보고 다시 한번 생각해 보세요. 이건 모두 똘똘이를 위하는 길입니다."

"그건 알고 있지만……."

"디아루리아는 방에 있죠?"

"네."

"슬슬 일어나죠. 손님들 계속 기다리게 하기도 조금 그런데…… 이렇게 빨리 찾아올 줄 알았으면 미리미리 준비해 놓

을 걸 그랬네요. 다섯이나 모일 줄 누가 알았겠어요. 게다가
그…… 뭐라고요?"

"네, 제 기준으로도 고룡이라고 부를 수 있는 분이 한 분 와
계십니다. 저 역시 어렸을 때 한번 스쳐 지나며 뵌 게 전부고
요. 당연히 자연의 품으로 돌아가신 줄 알았는데……."

"강하기도 하겠네요."

자연의 품으로 돌아갈 정도로 나이를 먹은 고룡이라면 가
진바 무력도 상당하지 않을까?

정확히 어느 정도인지는 판단을 내리기가 어렵겠지만 커다
란 지역 하나를 단신으로 메워줄 수 있을 정도 일지도 모른다.
어쩌면 사대 천사 중 하나를 상대할 수 있을 정도로 강할지도
모르지.

입꼬리가 올라가는 것도 무리가 아니리라. 안 그래도 전력
이 달린다고 생각하는 상황이었는데, 든든한 아군이 합류하기
직전이나 다름이 없었으니 말이다.

절로 미소가 번졌지만 아직은 마음을 놓을 수가 없는 상황
이다. 광고 자체에 의구심을 느끼거나 자신이 직접 눈으로 본
것을 확인하려고 온 이들이 있을지도 모른다. 그렇게 생각하
면 이 만남을 잘 마무리 지어야 했다.

물론 디아루기아와 사이좋은 모습을 연출하는 것도 당연한
거고…… 기본적으로 신뢰할 수 있는 인간이라는 인상을 남겨
야 한다. 저들은 인간에게 미비한 적대감을 가지고 있기도 했
으니 말이다. 이제 모두 끝났다고 안심하는 것이 아니라, 여기

서부터 시작해야 했다.

"응접실에서 기다리고 계십니다."

"아아, 네, 먼저 들어가시죠."

살짝 고개를 숙인 디아루기아가 곧장 응접실 안으로 들어 갔다.

나 역시 곧바로 뒤를 따라가자 의자에 앉아 있는 다섯 명의 인형이 시야에 들어왔다. 노인이 한 명 그리고 디아루기아와 비슷하거나 조금 더 연배가 있어 보이는 이가 대다수.

기본적으로 인간형이 실제 수명의 영향을 받는다는 걸 생각하면 아마 흰머리를 한 저 할머니가 디아루기아가 말한 고룡이 아닐까. 어떤 종인지는 알 수 없지만, 황금색 눈동자를 보니 어떤 색깔인지 대충 예상이 간다.

"이렇게 찾아와 주셔서 감사합니다, 존경하는 대륙의 수호자들이시여."

아주 잠깐의 침묵 이후 곧바로 목소리가 들려왔다.

"우리는 더 이상 대륙의 수호자가 아닐세. 그런 이야기를 듣기에는 너무나도 오랜 시간이 흘렀으니 더 이상 우리를 그렇게 칭하지 말게."

"……어떻게 그렇게 할 수 있겠습니까. 저는 다른 차원에서 넘어온 인간에 불과하지만, 그동안 여러분들의 어머니, 그 어머니의 어머니들이 대륙을 위해 헌신하신 걸 알고 있습니다. 제가 지금 이렇게 땅을 밟고 있을 수 있는 건 드래곤들의 노고와 희생이 있었기 때문이라는 것을 어찌 모른 척할 수 있단 말입니까."

"……."

"잊혀지고 있는 표현이라 한들, 여러분은 마땅히 대륙의 수호자로 불릴 자격이 있으십니다."

"부끄럽군."

"……."

"부끄러워."

혀를 차는 소리는 뭘 뜻하는 건지 모르겠다.

"대륙의 신들에게 선택받은 인간아, 네가 나를 부끄럽게 만드는구나."

"그렇지 않습니다."

"어떻습니까, 제노지르아 님."

"마르세린, 눈앞에 있는 이 신성한 인간에게 거짓은 없네. 빛을 향한 마음에 아주 조금의 거짓조차 느껴지지 않아."

'뭐야, 거짓말 탐지기 가지고 있었어?'

마음의 눈을 발동시켜 확인해 보고 싶었지만, 굳이 트집 잡힐 일을 만들고 싶지는 않다. 오히려 아무것도 모르겠다는 표정으로 제노지르아라는 드래곤을 바라보자, 미안하다는 얼굴로 나를 응시하는 모습이 시야에 비쳤다.

다소 안 좋은 반응을 보인 용은 마르세린. 믿을 수 없다는 듯이 커다란 소리를 내는 게 들려왔다.

"그럴 리가…… 있겠습니까? 아무리 대륙의 신에게 선택받은 인간이라고 한들, 그럴 리가 없습니다. 제노지르아 님. 수

세기 동안 나타났었던, 용사라고 불리는 이들도 결국에는 자신의 탐욕과 이해관계에서 벗어나지 못했지 않습니까. 그런 인간이 있을 리가 없……."

푸른 머리를 한 드래곤이 말을 멈춘 것은 내 눈을 바라본 직후였다.

'저는 대륙을 위해서라면, 이 땅과 이곳에 살아가는 모든 이를 위해서라면 내 모든 걸 내던질 수도 있어요.'

"그런 인간이…… 있을 리가…… 없…… 습……."

'제가 원하는 것은 권력이나 명예 그리고 물욕 따위가 아니에요. 제 안위를 지키고 싶어서도 아니고요. 애초에 그런 게 뭔지도 잘 모르죠. 다른 건 필요하지 않아요. 그냥 지키고 싶을 뿐이에요. 순수하게 이 땅을 사랑하는 마음으로 그냥 지키고 싶을 뿐이에요. 저는 빛이랍니다.'

"없습니……."

'사랑과 평화, 화합 그리고 미래. 그게 제가 원하는 전부인 걸요? 다른 건 잘 몰라요. 정말이라니까요? 기영이는 아무것도 몰라요.'

"있을 리가…… 없는데."

"내 눈이 틀린 게 아닌 모양이구나, 마르세린. 그렇지 않으냐. 속을 들여다보지 않아도 겉으로만 보이는 게 있는 법이다. 그걸 느낀 게로구나. 어떻더냐."

"송구합니다."

"이 인간은 달라. 진심으로 대륙을 위하고 있으며 숨어버린 우리보다 더 수호자라는 이름에 걸맞은 이다. 네가 인간을 남편으로 뒀다고 했을 때는 이해하지 못했다만…… 네 선택이 틀리지 않은 모양이다, 디아루기아."

"감사합니다, 제노지르아 님."

"이 인간이 너를 무척 사랑하고 있다는 것 역시 느껴지는구나. 좋은 짝을 얻었어. 아주…… 아주 좋은 짝을."

"……."

"일단 사과부터 하고 싶네. 자네를 믿지 않았던 것과, 쓸데없는 시험을 한 것은 미안하게 생각하네……."

무슨 시험을 한 건지 도통 모르겠지만, 역시나 마음속에 있는 빛은 그 어떤 시험도 프리패스하게 해주는 모양이었다.

"하지만 우리에게는 꼭 필요한 행동이었다는 걸 이해해 주게나. 너무 오랜 시간을 상처받았기 때문이라고 이해해 줬으면……."

"무슨 상황인지는 정확히 모르겠지만, 그렇지 미안해하지 않으셔도 됩니다, 제노지르아 님."

'뭐가 어떻게 된 건지는 확실히 모르겠지만, 일단 땡큐죠.'

그리고 찾아온 잠깐의 침묵, 정말로 미안했던 모양이다. 오히려 본인이 무슨 말을 먼저 꺼내야 할지 고민하는 것이 눈에 보인다.

입꼬리를 올릴 수 있는 상황이 찾아왔다는 생각이 든다. 일단 상대방에게 빚을 지우고 시작할 수 있다는 건, 협상에서 유리한 위치를 차지할 수 있다는 것과 진배없으니까.

아니나 다를까 제노지르아가 곧바로 말을 이어왔다.

무슨 이야기가 나올지 잠깐 긴장했지만, 그녀의 입에서 나온 말은 조금 의외의 발언이었다.

"괜찮다면 두 사람의 이야기를 들어도 되겠나."

"정확히 어떤……."

"두 사람이 어떻게 만났는지, 어떻게 인연을 맺었는지, 어떻게 디아루기아가 이 인간을 짝으로 선택했는지, 듣고 싶네."

'뜬금없네.'

부드러운 미소, 확실히 종족 어른의 얼굴이라는 듯한 느낌이었다.

아주 어릴 때 디아루기아를 한번 본 게 기억에 있는지 그녀에게도 관심을 가지고 있는 모양, 마치 할머니가 손녀의 연애 스토리를 듣고 싶어 하는 것만 같다.

이건 조금 부끄럽지만 입을 열 수밖에 없었다. 기왕이면 잘 보이는 게 좋으니 말이다.

"실은……."

"음."

"실은 캐슬락이라는 도시의 인간들이 디아루기아의 딸을 납치한 적이 있었습니다."

순식간에 장내가 얼어붙은 것만 같다. 하지만 천천히 내 이야기를 들은 후에는 이들 역시 고개를 끄덕이기 시작했다.

작은 바위 길드가 디아루리아를 볼모로 디아루기아를 협박하고 결국 디아루기아가 죽을 위기에 처해 있던 이야기였다.

그런 그녀를 내가 돌보며 결국 인연을 맺게 되었다는…… 별 것 아닌 이야기.

이전의 일을 떠올리자 괜스레 얼굴이 붉어진다. 당시에는 디아루리아의 아빠가 될 거라고는 상상도 못 했으니 말이다.

말을 이으며 디아루기아를 바라보자 그녀 역시 조금 어색한 미소를 보내고 있었다.

"사실 제가 디아루리아의 아버지가 될 거라고는 상상도 하지 못했습니다. 덜컥…… 그렇게 되어버려서."

"코가 꿰어버린 모양이구나, 하하하. 어지간히 이 남자가 욕심이 났던 게야. 내 말이 틀린 게냐, 디아루기아."

"부…… 끄럽습니다."

"목숨을 구해준 이후에 덜컥 배우자로 선택당했으니 대륙 신들의 축복을 받은 인간이 조금은 억울할 만도…… 할 것 같습니다, 제노지르아 님."

"역시 너도 그렇게 생각하는 게냐, 마르세린."

"네, 순수한 인간에게는 안 된 일이지만 디아루기아가 부럽기도 하군요."

맨 처음에는 불안감을 가지기도 했지만, 장내의 분위기는 밝은 미래를 향해 거침없이 나아가고 있었다.

"이제 그만해야 할 것 같구나, 마르세린. 디아루기아의 표정이 안 좋아지고 있으니……."

"너무 진지하게 받아들이지 마십시오, 디아루기아 님. 저 역시 배우자를 선택해야 할 날이 온다면 이런 이를 선택하는 것도 나쁘지 않다고 생각했을 뿐이니까요."

"아, 아닙니다, 마르세린 님."

"마르세린이 네 짝을 탐한 것이 아니니, 그런 표정을 짓지 않아도 된단다, 디아루기아."

왠지 모르게 계속해서 찝찝한 표정을 짓고 있는 디아루기아가 신경 쓰였던 모양이다.

'그런 것 때문이 아닌데.'

마르세린의 대사 때문이 아니다. 다른 용들은 디아루기아의 상태에 위화감을 느끼지 못하고 있었지만 나는 알 수 있다. 아마 예전 이야기를 하다 보니, 과거에 있었던 아픈 기억을 떠올리게 되는 모양이다. 정확히 무슨 생각을 하는지는 알 수 없지만, 그녀에게는 트라우마로 남을 정도로 괴로운 기억이 아니었던가.

손을 잡아주자 떨리는 몸이 천천히 잦아드는 것이 느껴졌다. 그 모습을 본 제노지르아가 천천히 미소를 지으며 고개를 끄덕인다. 그녀 역시 대충 어떤 상황인지 눈치챈 것이 아닐까.

디아루기아가 곧바로 말을 돌리며 입을 여는 것을 보니, 역시나 내 생각이 맞았다는 걸 깨달을 수밖에 없었다.

조금 갑작스러운 태세 전환이 아닌가 하는 생각해 봤지만 그다지 위화감은 없다. 어떻게 보면 여기 자리한 이들이 제일 기대하던 이벤트였으니까.

"디아루리아도 함께 인사드려야 했는데…… 지금 불러오도록 하겠습니다, 제노지르아 님."

"그렇지. 여기에 온 목적도 깜빡 잊을 뻔했구나. 아직 채 10년도 지나지 않은 용이라니……."

"조금 떨리네요."

"나도 그렇다."

"기대되는군요."

장내가 곧바로 복작복작해진다. 두 명 정도는 디아루리아를 보기 위해서 찾아온 게 아닌가 생각했지만, 정말로 본 목적이 디아루리아인 것 같은 이들이 눈에 비쳤다.

'진짜 특이한 종족이네.'

인간의 기준으로는 잘 이해되지 않는 것도 무리가 아니리라. 아이를 가지기 싫어해 개체 수도 얼마 남지 않은 종족이 이토록 아이를 좋아할 줄 누가 알았을까.

이들의 유전자에 새겨진 행동 같은 것일 수도 있고, 용들의 문화와 사고방식이 완전히 이쪽과 달라서일지도 모른다. 크게 상관은 없지만 이후 용들의 생태에 관해 논문이라도 쓰면 잘 팔리지 않을까.

드래곤들은 기대되는지 모두 디아루리아에 대한 이야기를 나누는 중이었다.

'종족의 미래……'라거나 '이게 얼마 만인 줄 모르겠습니다' 같은 대사들을 내뱉고 있는 이들의 얼굴에는 기본적으로 설렘이 장착되어 있었다.

똘똘이가 응접실로 발을 들인 것은 바로 그때였다.

"안녕하십니까, 디아루리아입니다."

꾸벅 인사하는 모습은 평소의 디아루리아의 모습과는 무척 다르다.

'뭐야, 왜 이렇게 얌전해.'

물론 평소에도 얌전한 모습을 보이기는 했지만, 이번에는 작정하고 얌전한 태도를 보여야겠다고 생각한 모양이다. 따로 코멘트나 코칭을 하지 않았는데도 불구하고 자신의 포지션을 잘 이해하고 있는 모습이었다.

"오오."

"제노지르아라고 한단다. 만나서 반갑구나, 디아루리아."

"마르세린 이모라고 부르면 된단다."

"만나서 반갑다, 디아루리아."

"정말 작네요. 아직 10살도 되지 않았는데, 벌써 이런 모습으로 변할 수 있다니 굉장히 영특한 아이로군요."

"너무 귀엽구나."

곧바로 달려들어 껴안고 싶은 걸 필사적으로 참고 있는 모양새.

여러 가지 칭찬들이 곧바로 들이닥치자 디아루기아의 입가는 벌써부터 흐뭇해지는 중이었다. 매일 자신의 입으로 똘똘이 자랑을 하던 그녀였으니, 저런 칭찬들이 얼마나 듣기 좋을까. 대충 봐도 수다쟁이처럼 입을 열고 싶어 하는 것이 느껴진다.

결국에는 참지 못하고 입을 열기 시작했다.

"심성도 곱고 또 새로운 환경에도 잘 적응하고 있습니다. 반에서도 매번 상위권을 유지하고 있고…… 짧은 수면기를 가졌음에도 불구하고 곧바로 진도를 따라갈 정도로 똑똑합니다."

"반이라니……."

"아, 네, 디아루리아는 인간들 그리고 이종족들과 함께 생활하고 있습니다, 제노지르아 님."

"여신의 거울이라고 불리는 물건으로 본 것이 정말이었구나."

"네, 사실은 제 배우자의 추천으로……."

"어째서 그런 생각을 하게 되었는지 물어도 되겠나."

"다른 이유는 없습니다. 그저 또래의 아이들과 함께 어울리며 지내기를 바랐을 뿐입니다. 여러분은 어떻게 생각하실지 모르겠습니다만…… 그게 정상적인 거라고 생각했으니까요. 타인과 원만하게 지내는 능력이나 다양한 사람과 긍정적인 관계를 형성하는 것들을 배웠으면 했습니다."

"어째서입니까?"

"그런 것들이 중요하다고 생각했습니다. 감히 말씀드리건대 이것이야말로 용에게 꼭 필요한 것이라고 생각했습니다."

"재미있군. 아무리 여신의 선택을 받고 용의 짝이라고 한들, 그대가 우리가 필요로 하는 것에 대해 말할 줄이야."

공격적인 어투로 말을 이어온 것은 아까부터 입술을 내밀고 있던 은색 머리였다.

'쟤는 아까부터 표정이 안 좋더라니. 저 새끼, 저럴 줄 알았어.'

굳이 표현하자면 건수 하나 잡았다는 느낌이다. 한낱 인간이 자신들에 대해 정의 내리려고 하는 것을 아니꼬워하는 모양새.

'하…….'

극단적이지는 않지만 종족 우월주의가 깃들어 있는 모습인 것 같았다.

전술 김현성에게 날개와 꼬리가 잘리지 않았기 때문에 저런 말을 내뱉을 수 있는 거겠지만, 굳이 자신의 무력함을 깨닫게 해줄 필요는 없다. 일단 지금은 비위를 맞춰주는 게 먼저였으니 말이다.

"물론 기분 나쁘실 수도 있습니다…… 대륙을 수호하는 역할을 맡은 여러분에게 인간이나 이종족들은 함께 걸어가야 하는 대상이 아닌 보호해야 할 이들로 느껴지시는 것도 무리는 아니니까요. 여러분은 긴 세월을 살아가고 또, 그에 걸맞은 커다란 힘을 가지고 계십니다. 저 역시 용의 배우자가 되지 않았다면 여러분과 같은 생각을 했을 겁니다."

"……."

"대륙 위에 있는 신들처럼 드래곤 여러분 역시 우상화되어야 마땅한 종족이라 그런 생각을 했을 겁니다."

"그럼 그렇지 않다는 말인가?"

"죄송스럽지만 그렇습니다."

덜컹하면서 곧바로 몸을 일으키는 성질 급한 놈.

"드래곤들이 맡은 책무와 그 능력과는 별개로 용들은 조화롭게 살아야 하는 종족이라고 생각했었습니다. 다른 이들과 부대끼며 소통하고 화합하며 살아가야 하는 종족이라고요. 누군가의 위에 서지 않고 같은 선상에서 살아가야 하는 종족이라고 느꼈습니다."

"네 말에 책임을 져야 할 것이다, 인간."

'난 책임 안 져도 돼. 나 때리면 전술 김현성 달려온다.'

"그렇기 때문에 여신님께서 여러분들을 그렇게 만드신 거라고 생각합니다."

"무슨 말인가."

"들을 가치가 없는 궤변입니다, 제노지르아 님."

"제가 여신님의 뜻을 왜곡하는 것은 아닐지 무섭지만, 평생의 배우자를 선택하고, 그 배우자와 영혼과 마음을 공유하며, 그 배우자와 함께 눈을 감는 여러분의 능력은 그것을 위해 있는 거라고 생각합니다."

"그러니까 그게 무슨."

"어째서 종족의 구분 없이 배우자를 선택할 수 있는지, 고민해 본 적 있으십니까."

"……."

"어째서 여러분이 하등하다고 생각하는 이와 평생을 함께 살아갈 수 있는 능력이 있는지 떠올려 본 적이 있으신지 궁금합니다."

"말 같지도 않은 소리를……."

"여신님이 진정으로 여러분들에게 원한 것은…… 어쩌면 타종족들과 함께 더불어 살아가는 것일지도 모릅니다. 위에 서는 것이 아니라, 함께하는 것일 수도 있습니다. 최소한 저는 그렇게 생각하기에 디아루리아에게 그런 것들을 느끼게 해주고 싶었습니다. 여러 문화와 여러 유형의 생활, 각기 다른 방식으로 대륙을 살아가는 이들의 모든 것을 느끼게 해주고 싶었습니다."

"기가 차는군."

"카셀리아나!"

"제노지르아 님…… 이 인간은 지금 우리를 무시하는 말을 쏟아내고 있습니다."

"그런 것이 아니다, 카셀리아나."

"무슨……."

"이 인간의 말이 맞다. 이 인간의 말이 맞아."

솔직히 맞는지는 잘 모르겠다. 되는대로 지껄인 것뿐이었으니까. 하지만 이미 빛에 취해 버린 제노지르아에게 다른 목소리가 들어올 리 없다.

내가 한 말이었지만 그럴듯하기는 하다. 솔직히 이 대륙에 드래곤들을 설계한 양반이 무슨 생각을 가지고 용에게 그런 능력을 내렸는지는 모르겠지만, 귀에 걸면 귀걸이고 코에 걸면 코걸이가 아니겠는가. 경우에 따라서는 충분히 생각해 봄 직한 이야기였다.

"여신님께서 그렇게 말씀하시던가, 디아루기아의 배우자여."

"그런 것은 아닙니다."

"어째서 우리 종족이 실패한 것인지…… 이제야 알 것 같네."

"무슨 말씀을 하시는 겁니까, 제노지르아 님."

"우리 종족은 항상 외부에서 원인을 찾아왔어. 그게 문제였던 게야. 디아루기아의 짝이 하는 말을 들어보니, 이제야 이해가 돼. 어째서 여신님께서 우리에게 그런 능력을 내린 것인지, 이 인간처럼 깊게 생각해 본 이가 있나? 어째서 종족의 구분 없이 짝을 선택할 수 있는지 그 누구도 진지하게 생각해 적이 없었을 게야. 쇠퇴하는 것도 당연해. 자신이 그 누구보다 위에 있다고 생각하며 그 누구와도 어울리지 않으니, 잊혀지는 것도 당연한 일이야……."

"……."

"인간의 욕심과 탐욕이 모든 것을 망친 것이 아니네. 우리가 잘못된 방법으로 살아왔던 게야. 그들의 위에 서려고 했고, 그들과 반목하려고 했지. 그들이 힘을 키우면 경계하고 인간들이 손을 뻗으면 손을 쳐내면서 살아왔네. 다른 종족들에게도 비슷했지 않은가. 우리는 수많은 이종족의 삶의 방식을 바라볼 수 있는 긴 세월이 있었음에도 불구하고 그렇게 하지 못했어."

"……."

"일이 이렇게까지 된 모든 원인은 하등한 이들에게 있다고 떠넘기며 각자의 공간에서 숨어 사는 게 고작이었지. 우리의 책무를 내팽개쳐 버린 채 그 어떤 것도 이해하려고 하지 않았다, 이 말일세."

"……."

"우리가 가장 귀찮아하고, 거추장스러워하며, 쓸모없는 능력이라고 여겼던 이 능력이야말로, 우리 종족이 나아갈 길을 제시해 주는 등불이라네. 함께 어울리며 부대끼며 살아가야

해. 그게 진실로 여신님이 우리에게 원하는 삶의 방식이야."

"……."

"수호하는 것을 바라신 게 아니라 함께 살아가는 것을 원한 것이야."

"하지만……."

심상치 않은 분위기, 은발 머리 드래곤이 입술을 꽉 깨무는 것을 보니, 어떻게 봐도 인정할 수 없다는 게 느껴진다.

다소 싸늘해진 분위기에서 애매한 포지션이 되어버린 디아루리아가 신경 쓰인다. 갑작스레 이상한 말들이 튀어나오고 있으니 많이 당황하지 않았을까.

역시나 슬쩍 눈치를 보고 있는 모습, 하지만 곧바로 입을 여는 모습이 눈에 보였다.

"저도 친구들이 좋아요."

"디아루리아."

"함께 있는 게 좋고, 재미있어요. 물론 생각의 차이 같은 것들이 느껴질 때도 있지만, 그래도 제 친구들이 좋아요. 인간들과 함께 살아가는 것도, 엘프 언니들이나 제 동생과 이야기를 하는 것도, 지금 제가 살아가고 있는 대륙이 좋아요."

어린아이의 순수한 말이 괜스레 콕콕 들어와 박힌다.

"저는 이렇게 살아가고 싶어요. 아빠가 말씀한 것처럼 다른 이들과 함께 자라고 싶어요."

"모든 이가 너보다 먼저 죽게 될 것이다, 디아루리아. 너의 친구들은 너를 이해하지 못하게 될 거야."

'이 새끼는 못 하는 말이 없네.'

하지만 디아루리아는 거침이 없다.

"그건 제가 가지고 있는 힘, 제가 가지게 될 힘에 따라오는 책임이에요, 카셀리아나 님. 우리 종족은 슬픔을 감당할 수 있는 영혼을 가지고 있어요."

'키야아! 한 방 먹였죠. 우리 딸, 누구 딸인지 말 한번 잘한다.'

"염치없지만 부탁드리고 싶어요. 앞으로 다가올 종말에, 어머니와 아버지와 함께해 주시기를……."

심지어 슬쩍 고개를 숙여온다. 안 그래도 어떻게 말을 꺼내야 할지 걱정했는데, 그 문제가 해결된 셈.

디아루리아의 짧은 발언에 장내에는 침묵에 휩싸인다.

그 누구도 쉽사리 말을 내뱉지 못하고 있었지만 제노지르아는 조용히 디아루리아를 머리를 쓰다듬고 그녀의 손을 잡으며 발걸음을 옮겼다.

갑작스러운 연출에 잠깐 할 말을 잃었지만, 나 역시 그녀의 뒤를 따라간 것은 당연한 일이었다.

이윽고 공터로 나온 제노지르아의 몸이 찬란하게 빛나며 용의 형상으로 뒤바뀌기 시작한다.

디아루기아의 2배 정도는 될 것 같은 크기의 용, 고풍스럽다는 말이 어울릴지는 모르겠지만 제노지르아의 외형은 마치 잘 만들어진 조각상처럼 느껴졌다.

목을 길게 뺀 이후에는.

"워어어어어어어어어어어어어어!!"

엄청난 포효를 내뱉었다.

그 직후.

대륙 곳곳에서 비슷한 소리가 들려오기 시작했다.

-크워어어어어어어어어어!!
-그워어어어어어어어어어어!!!
-크워어어어어어어어어어어어어!!

정확히 뭐가 어떻게 되고 있는 건지는 모르겠지만, 긍정적인 것만은 확실하다.

내가 봐도 야비하게 입꼬리를 올리고 있는 똘똘이의 모습이 시야에 비쳤기 때문이다.

'우리 딸…… 장하긴 한데…….'

고기 방패들이 생겼다고 좋아하는 모습은 아닐 것이다.

'그렇지?'

아빠는 우리 딸 믿어.

200장
준비하십시오

하늘을 뒤덮은 거대한 그림자들이 아직도 기억에 남는다.

제노지르아의 영향력이 어느 정도였는지, 또 그 외침이 뭘 의미하는 것인지는 정확히 알 수 없었지만, 확인할 수 있었던 것은 드래곤들이 이쪽 일에 대해 진지하게 고민해 보기로 마음먹었다는 것이었다.

마음에 들지 않는다는 듯한 은색 머리 빌런의 표정과 제노지르아의 대사로 미루어보면 아마 내 생각이 맞지 않을까.

'긴 회의가 될 것 같네만…… 긍정적인 답을 가지고 올 수 있도록 노력해 보겠네. 로드가 돌아가신 이후 이게 얼마 만인지…… 우리에게 새로운 방향성을 제시해 줘서 고마울 뿐이네.'

그녀의 말 그대로일 것이다.

'좋은 대답을 가져오겠지? 무조건 그렇게 돼야지.'

얼마 남지 않은 시간을 떠올리며 툭툭 허벅지를 두드리자, 눈을 가늘게 뜬 이지혜가 말을 걸어왔다.

손거울로 계속해서 연락을 주고받기는 했지만, 얼굴을 보는 건 무척 오랜만이다. 평소보다 더욱더 피로에 찌든 얼굴이 눈에 띄었다.

"벌써 1주일이네요."

"그러게."

"그래서……."

"……."

"튼튼하고 맛 좋은 용 고기 방패들이 투입된다는 건 확실한 거죠? 승률이 조금은 올라갈 것 같은데……."

"아직 확정된 사안은 아니니까. 디아루기아의 말을 들어보면 분위기는 나쁘지 않다만 분탕질을 칠 것 같은 놈이 눈에 밟혀서."

"작업 칠 거예요?"

"그럴 시간 없어. 디아루기아가 잘해주기를 빌어야지."

"손 놓고 구경하고 있겠다는 거 아니죠? 그 은발, 이번 기회에 악마에게 영혼을 판 용으로 만들어 버리고 쓱싹 해버려요. 나쁘지 않잖아요. 드래곤 중에서 악마와 내통하던 녀석이 있었다는 거, 아예 말이 안 되는 소리도 아니고…… 조금 귀찮기야 하겠지만 확실하게 하는 게 낫죠. 장비 같은 것도 드래곤

본이나 심장으로 만들 수 있을 테고 일석이조 아니에요?”

“그게 하루아침에 되면 그렇게 하겠는데. 그런 게 아니니까. 이제 7일밖에 안 남았는데 거기까지 신경 쓸 시간이 어디 있어? 다른 드래곤들이 이쪽 말에 귀를 기울여야 가능한 일이야. 드래곤 로드 대리가 나를 철석같이 믿어주고 있기는 한데, 여론을 잡았다고 하기에는 무리가 있지. 엄연히 종족의 법도나 문화 같은 게 있으니까. 그걸 파악하는 데도 시간이 걸리는데, 괜히 발 들였다가 소강상태로 들어가면 아깝게 얻은 고기 방패들 묶이는 거라고.”

“일리는 있네요.”

“만약 작업을 치려면 전쟁 중에 치는 게 가장 좋을걸. 건수가 잡히면 그대로 밀어붙이면 되는 거고, 그게 안 되면 캐슬락의 작은 바위 길드처럼 처리해야지, 뭐. 나중에 동상 세워주면 돼. 이른바 명예로운 죽음이라는 거지.”

“진짜 악랄하네요.”

‘누나한테는 그런 소리 듣기 싫어.’

“그래서 확률은 어느 정도인데요.”

정확히 데이터로 측정된 것이 아니라 제대로 감이 잡히지는 않는다. 하지만 그전보다는 높아질 거라고 장담할 수 있다. 정하얀은 아직 존버 중이지만 일단 차희라가 벽을 뛰어넘었다는 것에서 플러스 점수, 드래곤들이 합류한다고 가정하면 10% 정도는 더 높일 수 있지 않을까.

그 외에도 자잘한 문제들이 많이 해결된 상황이었다. 이미 인류는 싸울 준비를 마쳤다는 거다. 전 병력을 전부 원하는 곳으로 집어넣었고, 터져 나올 것만 같았던 불만들도 금세 가라앉았다.

다소 강압적으로 밀어붙인 것은 아닌가 하는 불안감도 있었지만, 적폐 측 대형 길드의 길드마스터가 의문사를 당하면서 그런 불안감도 확실히 사라졌다. 로비를 위해 찾아가기로 했던 바로 전날이라 다소 황당하기도 했고, 혹시나 김현성이 저지른 짓은 아닐까 의심하기도 했지만, 뜻밖에도 범인은 부길드마스터. 악마들 쪽에 붙으려고 했기 때문에 직접 배신자를 처단했다는 비보가 날아들어 왔다.

아마 진짜 원인은 길드 내의 알력 다툼이었을 거다. 불 보듯 뻔한 일이었지만 일단은 눈을 감아줄 수밖에 없었다. 오히려 이쪽에는 호재라고 부를 만한 상황이었으니 말이다.

잠깐 조금 뒤숭숭한 분위기가 유지되기는 했지만 이런 사소한 사건들을 제외하면 무척 스무스하게 진행되고 있는 편이다.

'예언의 날이 다가올 것이다'라는 분위기가 퍼져 있는 것 역시 나쁘지만은 않다고 생각했다. 공식적인 발표를 한 것은 아니었지만, 분위기 자체가 그랬다. 병력은 전부 전선과 전진 기지에 자리 잡았고, 근처 도시의 민간인들은 전부 후방으로 이송 조치되는 상황. 커다란 빛이 계속해서 북부를 가득 메우고 있으니, 뭔가 벌어질 것이라는 걸 눈치채지 못하는 게 이상하다.

며칠 안에 전투가 벌어질 것이라는 소문을 의도적으로 퍼뜨리는 와중에 대륙의 용들까지 울부짖었단다. 말은 하지 않았지만, 모두가 아는 것도 무리가 아니리라.

혹시 부정적인 여론이나 패배주의, '의문의 적을 향한 공포가 고개를 내밀면 어떡하지?' 같은 고민을 하기는 했지만 의외로 병사들은 침착했다.

의문을 느낄 필요도 없는 일이었다. 이들에게 침착함을 심어준 계기가 뭔지 아주 잘 알 수 있었으니까.

'우리 아이들의 미래.'

드래곤을 위해 만들어놓은 공익 광고가 인간과 이종족들에게까지 영향을 미치기 시작한 것이다. 순수한 어린아이의 미소를 지키고 싶었던 것은 드래곤뿐만이 아니었다.

물론 감성팔이라는 여론도 슬그머니 대두되기는 했지만 본래 이런 절망적인 상황일수록 인간들은 이상적인 그림을 그리는 법이 아니겠는가.

그들은 공포를 이겨낼 방법으로 희망찬 미래를 그리는 것을 선택했고 대륙 보호 관리 위원회에서는 그들이 바라는 이상적인 미래를 완벽하게 그려 넣었다. 대륙 전반에서 우리의 것은 우리의 손으로 지켜야 한다는 여론이 들끓고 있었다는 거다.

군이 강제 징집을 하지 않아도 될 정도였으니 무슨 말이 더 필요할까. 매일 같이 군에 지원하는 이들이 늘어났고 결과적으로 군의 사기가 올라가는 현상이 일어나고 있었다.

희생하기 좋아하는 이들은 '우리 것은 우리가 지켜야 한다고', '우리의 미래는 우리의 손으로 불을 지펴야 한다고', '작은 힘이라도 모인다면 어둠을 밝히는 등불이 될 수 있다고', '자신에게도 쥐어진 역할이 있을지도 모른다'고 말하며, 각지에서 모여들어 저마다의 각오와 신념을 걸고 대륙을 위해 목숨을 바칠 준비를 하고 있었다.

굳이 데이터로 환산하자면…….

'3%? 아니, 5% 정도는 올라갔다고 판단해도 되려나.'

어쩌면 조금 더 평가를 좋게 내려야 할지도 모르겠다. 분위기와 사기라는 건, 수치화하기에는 애매하고 민감한 문제이기도 했고…… 경우에 따라서는 상정하고 있는 것보다 더 커다란 힘을 내기도 하니 말이다.

"……그렇게 안 좋아요? 빨리 좀 대답해 줘요."

"글쎄, 수치화하기 애매한 부분이 많아서 개인적인 견해로는 45% 정도까지는 왔다고 생각해."

"거기에 정하얀까지 벽을 넘으면…… 어때요?"

"50% 훌쩍 넘겠지, 아마."

"걔 하나로 확실히 많이 달라지기는 하네요. 그래서 그렇게 버티고 있는 거예요?"

"기왕이면 극적일 때 터뜨리는 게 좋지 않을까 싶어서. 최소 사흘 전, 아니면 하루 전."

"너무 오래 버티는 게 아닌가 싶은데, 나만 불안한 게 아닌가 봐. 혹시나 잘못되면 어떻게 하려고요. 그동안 걔가 저지른 일이 몇 개인지 생각해 보면, 이번에도 상황 다 꼬아버리고 개판으로 만들 수도 있어요. 솔직히 나도 정하얀이 벽을 넘을 거라고는 생각하지만, 불안 요소가 없는 건 아니잖아요. 그걸 생각해야 돼요."

"어차피 정하얀이 벽을 못 넘으면 다 돼져. 바로 드래곤들 앞세운 다음에 노아의 방주 계획 실행이라고. 그래서 그렇게 보고 있는 거야, 누나. 벽을 못 두드리느니, 상황을 꼬아버리는 게 나아. 도망칠 수 있는 시간도 벌 수 있고 좋지, 뭐."

"걔가 그 정도예요?"

정하얀의 가치가 엄청나다는 건 이미 이지혜 역시 알고 있었지만 지금의 질문은 조금 더 포괄적인 의미를 담고 있었다.

"누나가 상상하는 거 이상일 거야. 장담할 수 있어."

'상황이 그렇게 안 좋은 건 아니니까.'

"뭐, 오빠가 그렇다면 그런 거겠죠. 아. 라파엘 쪽은……."

"일단 유지 장치는 계속 꽂고는 있는데…… 혹시나 일어나면 도움이 될지도 모르니까. 정 안 되면 어쩔 수 없지. 누나는 좀 어때?"

"힘들죠. 이렇게 수다 떨 시간이 있나 싶을 정도로요. 그래도 나쁘게 진행되고 있는 건 아니에요. 붉은 용병도 꽤 괜찮은 길드고, 차희라가 요구한 선까지는 가까스로 맞출 수 있을 것 같아요. 가다듬을 부분이 아직 많기는 하지만…… 너무 거기에만 매달릴 수는 없잖아요. 특히 오늘 같은 날에는."

이지혜가 슬쩍 고갯짓하는 것이 보인다.

시선이 따라간 곳에 위치한 것은 여신의 거울, 화면에 비치는 인물은 교국의 지도자 오스칼이었다.

강단에 서서 기자들에게 발표하는 건 그녀에게 익숙한 일이었지만 오늘따라 다소 긴장한 것 같은 얼굴이었다. 하지만 이내 그 긴장감도 서서히 사라진다.

"의외이긴 해요. 솔직히 발표는 오빠가 할 줄 알았는데."

"나는 전투 직전에 들어가는 게 좋지 않을까 싶어서. 무엇보다 오스칼도……."

"네, 뭐…… 인정해요. 고유 능력으로 스피치 능력이라도 달고 있는 건 아닌가 했다니까요. 말도 잘하고 전달력도 좋아요. 이런 일을 전하는 것도 어울리고요."

이지혜의 말이 맞다.

솔직히 오스칼에게 달변가라는 말은 어울리지는 않는다. 조리 있게 말하는 타입은 아니었지만, 어투나 행동에서 신뢰감을 주는 타입이라 할 수 있으리라. 같은 말을 하더라도 그녀가 입을 열면 조금 더 신뢰감이 생기는 느낌이랄까. 신성제국을 혁명으로 바꾼 그녀야말로 이번 일에 대해 발표하는 데 적절한 인물이었다.

예상했던 대로 한 치의 망설임도 없이 말을 이어나가는 모습. 시작할 때는 조금 뜸을 들였지만, 이내 거침없이 입을 열고 있었다.

별다른 내용이 있는 것은 아니었다. 어찌 보면 단순한 발언들, 모두 예상하고 쉬쉬하고 있었던 이야기를 입 밖으로 꺼내는 것에 불과했다.

북부에서 쏟아지는 빛의 원인.

-베니고어를 비롯한 대륙의 신들께서는…….

예언에 대한 발언, 대륙 보호 관리 위원회와 교황청을 비롯한 여러 대형 길드들과 단체들의 조사 과정, 또 그 과정으로 얻어낸 결론까지.
길면 길다고 할 수 있는 시간 동안, 그녀는 공식적인 입장을 발표한 이후 끝까지 말을 이어갔다.

-이에 예언의 날이 정확히 일주일이 남았다는 것을 여러분에게 전하게 되었습니다.

"말했네요."
"응."

-…….

"생각보다 더 조용한 반응이기도 하고요."
"예상은 하고 있었겠지만, 씁쓸하겠지. 아니었으면 하는 마음을 가진 사람들이 대부분이었을 거야."

-마지막으로, 대륙에 살아가는 모든 분께 감히 말씀 올리겠습니다.
-준비하십시오.

-여신이 세우고 여신의 아들이 가꾼 이 땅을 지킬 준비를 하십시오.

"여신의 아들은 오빠 말하는 거죠?"
"글쎄."

-충분히 이겨낼 수 있습니다. 힘을 하나로 모은 인류라면 충분히 해낼 수 있는 일입니다. 물론 커다란 희생이 따를지도 모릅니다. 하지만 이는 그 누구의 희생 없이는 쟁취할 수 없는 과업입니다. 여러분에게, 여러분이 희생하라고 말하는 것이 아닙니다. 제가 여러분에게 준비하라고 말한 것은 희생이 아닌 승리입니다.
-제가 먼저 희생하겠습니다. 우리가 승리를 쟁취할 수 있도록 제가 희생하겠습니다. 그 누구보다 앞장서 여신의 아들이 가꾼 이 땅을 지킬 것입니다. 그 누구보다 먼저 희생해 앞장서 싸울 것입니다. 우리의 후대에 온전한 미래와 꿈을 전하기 위해 검과 방패를 들 것입니다.
-준비하십시오.
-싸움을 준비하십시오. 승리할 준비를 하십시오. 우리는 이겨낼 수 있습니다. 인류는 항상 위기를 맞아왔고 그렇게 이겨내 왔습니다. 이번에도 다르지 않을 것입니다. 우리의 선대는 이미 수많은 싸움을 통해 이 땅을 지켜왔다는 것을 기억하십시오. 이념의 싸움, 자연과의 싸움, 갈등과 종족 간의 싸움, 권

력과의 싸움, 보이지 않는 적과의 싸움, 이미 우리들의 몸에 새겨진 것들입니다. 우리의 선대들이 우리에게 전한 것은 패배하는 법이 아니라 승리하는 법입니다.

-불안해하지 마십시오. 우리는 이 모든 싸움에서 승리했기에 이 자리에 있는 것입니다. 언제나 그렇듯, 우리의 역사가 증명하듯 우리는 승리를 손안에 넣을 것입니다.

-준비하십시오.

-대륙을 지키기 위한 싸움을.

-승리를.

"기사 헤드라인이 기대되네."

이지혜의 말에 고개를 끄덕일 수밖에 없었다.

[신성교국의 지도자 오스칼, '승리를 준비하십시오' 단호한 연설에 뜨거운 반응. - 교국신문 김성경 기자.]

[7일이 남은 시점에서 갑작스러운 발표, 대륙의 운명은 어디를 향해 흘러가는가. 카스가노 유노 공식 입장 표명 거부. - 실리아 주간일보 요네즈 켄지.]

[바젤 교황, 결국은 베니고어 님의 예언대로…… 모두가 성전에 참가해 마땅한 승리를 누릴 것. 하지만 노을빛의 검사 옆에서 함께 싸운다는 용사에 대해서는 묵묵부답. - 린스패치 강유미 기자.]

[대륙의 명운이 달린 이때, 파란 길드마스터는 가방 쇼핑 중? 한가로운 모습은 자신감의 표현인가 아니면 단순한 사치인가. 길드 자금을 횡령했다는 익명의 제보도…… - 린스패치 강유미 기자.]

[개인 안전 대책 공지. - 대륙 보호 관리 위원회.]

[대륙 곳곳에 이상 징후. 멸망의 정황들이 속속들이 드러나고 있어. 전문가들이 이야기하는 천사의 탈을 쓴 악마들이란 무엇인가. 그들의 전력과 대륙의 전력을 비교한다면 어떤가. - 칼럼니스트 박성경.]

[천재 검사와 연금술사 오랜 흥행 끝에 드디어 막바지로…… 외전 연재에 대해서는 알려진 바가 없어. - 린델 문화부 기자 강유미.]

[아직도 공식 석상에는 모습을 드러내지 않고 있는 이기영 위원장, 대륙 보호 관리 위원회에서 내놓은 영상 말고는 다른 대외 활동이 전혀 없어…… 건강 적신호 우려. - 교국일보 김성경 기자.]

"진짜 난리 났네."

"……."

"난리 났잖아."

"어이! 김 양!"

"……."

"김 양!"

"네, 아저씨. 저 여기 있어요."

"훈련은 다 끝났고? 오늘도 손거울 보고 있네…… 그거 너무 보면 눈 안 좋아진다니까 그러네."

"시력 나빠져도 마력 넣으면 멀리 있는 곳까지 볼 수 있어요,

아저씨. 애초에 나빠질 일도 없고요."

"거기 분위기 좀 어때."

"그냥…… 좋지는 않아요. 그렇게 나쁘지도 않고요. 자극적인 기사에 비해서 댓글도 클린하고 그래요. 최 씨 아저씨는 오늘 일 끝났어요?"

"뭐 그렇지. 사실 내가 할 일은 잔업 같은 것밖에 없어서. 다른 쪽도 분위기는 거진 마찬가지여."

"매일 보지만 진짜 의외네요. 아저씨가 자진해서 남을 줄은 몰랐는데."

"어차피 지원 중대인데…… 나보다는 김 양이 더 의외지. 내일 중앙으로 차출된다고 하지 않았었나? 우리 김 양도 진짜성공했다니까."

"저 원래 스텟 높다고 했잖아요."

"그게 아니라 안 씨나 박 씨한테 불려가는 거 아니야? 나는몰라도 김 양 정도면 파란에……."

"쉿!"

"큼……."

"몰라요, 그럴 수도 있고요."

"정말로?"

"아니요. 솔직히 파란에 가입하는 건 오바인데…… 그래도박 씨 아저씨가 있으니까 인맥으로 어떻게 비빌 수 있지 않을까 생각하고는 있어요. 아저씨한테도 틈틈이 연락한다면서요. 저도 그렇거든요. 중앙 지원 중대로 불려 가는지 아니면 수성전 병력으로 편입되는지도 몰라요. 제 수준이면 수성전 병력 편입은 불가능한데…… 혹시 아나요. 뒤에서 화살이라도 나를지."

"병과도 안 쓰여 있고?"

"중앙으로 차출한다는 것 외에는 아무것도 안 적혀 있었단 말이에요. 아마 알릴 수 없는 거겠죠. 궁금해서 메시지 남겼는데. 자기는 모르는 일이라고 하네요. 뭐, 별것 아닐 수도 있고…… 아무튼 잘 지내세요. 최 씨 아저씨랑 저 사이에 이런 말 하는 게 낯부끄럽기는 하지만…… 뭐 살아남으시고요."

"나야 무슨 걱정이 있겠어? 위험하면 뒤로 빼면 되는 거고…… 쯧. 나보다는 김 양이랑 박 씨, 안 씨가 걱정이지. 따로 배웅은 안 할 테니까 잘 다녀와. 열심히 싸워주고……."

"가는 건 내일이에요."

"그럼 내일 다시……."

"굳이 나오실 필요 없어요. 일 끝나고 다시 만나게 되겠죠. 뭐, 박 씨 아저씨가 일 끝나면 맥주나 한잔하자고 했어요."

"나야 좋지."

고개를 끄덕이며 이빨을 보이는 최 씨 아저씨의 모습이 시야에 비쳤다. 여기서 또 만날 거라고는 생각 못 했는데 생각보다 인연이 더 질긴 모양이다. 처음에는 꼴도 보기 싫었지만 계속 보다 보니 정이 드는 건 어쩔 수 없는 것 같았다.

'저 아저씨는 잘 살아남으려나.'

사실 남 걱정할 처지는 아니다. 최 씨 아저씨의 말대로, 자신이 가장 치열한 격전지로 차출된다는 건 부정할 수 없는 사실이었으니 말이다.

박 씨 아저씨나 안 씨 아저씨 외에도 수많은 강자가 즐비한 본부가 가장 위험한 지역이 될 거라는 건 조금만 추리해 봐도 알 수 있다. 위치상으로도 커다란 빛을 바로 마주 보고 있었고, 무엇보다 이기영 명예추기경, 아니, 이기영 위원장과 파란 길드마스터가 주둔하고 있다고 알려진 지역이지 않은가. 북부에 자리 잡은 모든 전진 기지를 잇는 만큼 가장 강한 전력이 상시 대기하고 있는 지역이다.

기득권으로 분류할 수 있는 강자들이 대부분이라는 것을 생각해 보면 자신들이 앞장서겠다는 것은 거짓말이 아닐 것이다.

당연하지만 댓글 여론도 그렇게 나쁘지는 않다.

물론 파란 길드마스터의 갑작스러운 기행이 논란을 일으키기는 했지만, 예언의 날이 6일밖에 남지 않았다는 상황에 누가 그런 걸 신경 쓰겠는가.

80억에서 100억을 사용했다거나, 길드 자금까지 횡령했다거나 하는 익명의 제보자 이야기도 금방 사그라들었다.

살아남은 떡밥은 천연사가 끝나간다는 것 정도가 전부, 물론 아직 책을 읽어보지 않은 자신이 신경 쓸 이야기는 아니었다. 아마 천연사러버 님이 가장 신경 쓰고 있는 소식이 아닐까.

최 씨 아저씨가 떠난 자리에서 시선을 다시 손거울로 올리자, 역시나 활성화된 방이 시야에 들어왔다.

[제목: 예언의 날, 이제 6일밖에 안 남음.]

[린델마을주민: 생각보다 더 고요하고, 사람들도 담담하게 받아들이는 것 같아서 내가 다 당황스러운데…… 옛날에 친구들이랑 농담 삼아 대륙이 망하기 일주일 전에 뭐 할 거냐. 나는 뭐 한다. 이런 생각 많이 했었는데 막상 터지니까 담담함. 뭣 때문에 이러는지는 잘 모르겠는데 그냥 일상적인 생활 계속하게 되네. 동네도 걍 조용함. 뭐, 범죄 저지르는 사람도 없고, 미친 척하고 버킷 리스트에 밑줄 긋는 인간들도 없음. 다들 괜찮은 거임?]

[흙수저: 대륙이 안 망할 거라는 걸 알고 있어서인가 봄. 오스칼 님 말대로 질 거라는 가정 자체를 안 하는 것 같은데…… 생각해 보면 대륙 망할 뻔한 게 어제오늘 일은 아니잖아.]

[흙수저: 공화국이랑 교국이랑 전쟁 났을 때도 그랬고, 라이오스나 악마 소환 사건 때도 전부 다 그런 식이었잖음. 맨 처음에 튜토리얼 던전 열렸을 때도 대륙 주민들끼리는 말 많았다고 들었는데…… 이번에도 어떻게 잘 풀릴 거라고, 괜찮을 거라고, 그렇게 생각하고 있어서 그런 것 같은데…… 나도 잘 해결될 거라고 생각하고 있고.]

[린델마을주민: 조용해도 너무 조용한 것 같아서…….]

[아이디미정: 그럼 뭐 이리저리 불났다고 뛰어다니고, 종말론자들이나 미친놈들이 날뛰는 걸 바란 거임? 범죄자들이 신전에 불이라도 지를 거라고 생각한 건 아니지?]

[린델마을주민: 그런 건 아닌데…….]

[아이디미정: 오스칼이랑 대륙 보호 관리 위원회가 정말로 일주일 전에 이 사실을 알았을 거라고 생각하는 거면 너무 멍청한 거임 ㅋㅋㅋ

ㅋ 진짜.]

[흙수저: ?]

[아이디미정: 적어도 몇 달 전에는 이 사태를 파악하고 있을 거라고 봄. 민간인들이 최대한 받아들이기 편한 분위기를 조성해 놓고 터뜨린 거지. 공식 발표만 어제 났을 뿐이지. 이미 모두 다 알고 있는 이야기였잖음.]

[흙수저: 그렇기는 한데.]

[아이디미정: 여론은 물론이거니와 치안 상태를 신경 안 썼을까. 종말이라고 떠들면서 미친 짓 하려는 놈들은 쥐도 새도 모르게 콰직 당했을걸? ㅋㅋㅋㅋㅋㅋㅋ 옆 동네 길드마스터 죽은 거 보면 모름? 부길드 마스터가 직접 처리했다는 말을 누가 믿어? 지금 당장 전진 기지나 주요 전선만 봐. 바쁘게 뛰어다니는 놈들 하나 없음.]

[린델마을주민: 그러면 지금 분위기가 좀 어떤데?]

[아이디미정: 나는 전선에 없어서 모르지. 근데 그렇게 바쁘게 뛰어다니지 않는 이유가 뭐겠음? 벼락치기 하는 놈들이 아니라 이거야. 이미 준비는 옛날 옛적에 다 끝내놓고 시험 며칠 전에 컨디션 조절한다고 침대에 누워서 책장이나 넘기고 있는 수준이라니까. 병력 배치도 이미 옛날 옛적에 끝냈고 보급은 물론이거니와 훈련도 끝남.]

[린델마을주민: 뇌피셜은 좀…….]

[아이디미정: 킹리적 갓심이라고 불러주셈. 니들 입장에서 기분 좋을 만한 이야기는 이거임. 이미 대륙은 적이랑 싸울 준비를 마쳤음. 못 믿겠으면 천연사러버 불러보든가. 파란 직원이라며. 걔가 제일 잘 알고 있을걸.]

'애는 도대체 뭐야.'

자신도 모르게 고개를 끄덕이게 되는 이야기였다.

조금 편안하다는 생각이야 하고 있었지만 이제야 아귀가 떨어지는 것 같은 느낌. 억지스러운 부분이야 있지만 아이디미정의 말도 틀린 말은 아니다. 그런 분위기가 깔려 있는 것 역시 사실, 그 무엇보다 현장이 말해주고 있다.

하지만 크게 나쁜 느낌은······.

'아니지.'

준비를 다 끝내놓고 있었다는 건 어떻게 생각해도 박수를 칠 만한 상황이지 않은가. 문제가 되는 부분은 대륙 보호 관리 위원회가 시기를 숨겼다는 것밖에 없다.

테이블에 걸터앉아 손가락을 올리자 곧바로 새로운 글 하나가 시야에 들어왔다.

[천연사러버: 그럼 준비를 하지, 안 하겠음? 예언이야 이미 몇 년 전부터 있었던 이야기인데. 괜한 음모론 퍼뜨리지 마.]

[아이디미정: 내가 뭐 이상한 이야기 했나. 준비 잘했다고 한 것뿐인데 뭐······ 그렇게까지 반응해? 타이밍이 공교롭다는 생각은 안 드시나 봄? ㅋㅋㅋㅋㅋ 이미 다 알고 있는 사실인데 모르는 척하지 말지.]

[천연사러버: 현장에 가본 적도 없고 손거울이나 두드리고 있는 사람이 뭘 알겠어요?]

[아이디미정: 뜨끔하니까 존댓말 쓰면서 선 긋기 나오시죠?]

[아이디미정: 교국 지도자 오스칼은 준비하라고 말했지만 이미 준비는 다 되어 있다니까. 그러니까 남은 기간은 그냥 개인적인 준비 하라는 걸로 받아들이면 되지 않을까 싶은데⋯⋯ 유언장을 쓰거나 가족들이랑 통화 한번 하라거나. 뭐 그런 거지.]

[아이디미정: 지금쯤 파란 길드도 업진살이나 뜯으면서 하하호호 마지막 회식이라도 하고 있을걸. 천연사러버만 봐도 손거울 두드릴 시간 있잖음. 지금 파란 상태도 그래. 거기도 이미 고일 대로 고여 가지고⋯⋯.]

[린델마을주민: 천연사러버 님, 진짜예요? 준비 다 끝난 거 맞아요?]

[천연사러버: 아니에요. 세세하게 잡을 부분이 얼마나 많은데. 자세한 건 기밀이라서 말씀 못 드리는데 아이디미정 말 믿지 마세요. 안 그래도 심정 복잡해 죽겠는데⋯⋯ 뭐 아는 척이야?]

[역천사홍보위원장: 아이디미정 님 말이 맞을 걸요? 제가 보증할게요.]

[천연사러버: 님이 뭐라고 보증을 해요?]

[역천사홍보위원장: 확실히 맞을 거예요.]

[천연사러버: 어⋯⋯.]

[흙수저: 천연사러버 님 차단 풀었음?]

[천연사러버: 아니요. 안 풀었는데⋯⋯ 제가 왜 차단을 풀어요?]

[역천사홍보위원장: 아직 퍼즐이 몇 조각 남아 있기는 하지만 준비는 끝났다고 표현하는 게 맞지 않을까 싶어요.]

[천연사러버 님이 역천사홍보위원장 님을 차단하셨습니다.]
[역천사홍보위원장은 존재하지 않는 아이디입니다.]

"어……."

[천연사러버 님이 역천사홍보위원장 님을 차단하셨습니다.]
[역천사홍보위원장은 존재하지 않는 아이디입니다.]

"뭐야?"
순식간에 위로 올라가는 채팅방이 눈에 보인다.
다들 물음표만 찍어내고 있을 뿐 다른 말이 없는 상황, 계속해서 손거울을 바라보고 있던 자신 역시 마찬가지였다.
'지금까지는 오류 난 적 없었는데.'
베니고어 넷은 지구의 인터넷과는 그 원리부터가 다르다. 애초에 서버 오류 같은 게 존재하지 않는다고…….
"그렇게 알려진 거 아니었어?"

[역천사홍보위원장: 물론 해결되지 않은 문제야 있죠. 벽을 넘어야 하는 사람이 넘지 못하고 있고…… 뭐, 이건 해결될 게 뻔한데…….]
[천연사러버: 지금 서버 이상해요? 베니고어 넷 왜 이래?]
[역천사홍보위원장: 우리 불쌍한 회색 아이가 깨어나지 못하고 있는 것도 걸리네요. 대신이라고 하기에는 뭣하지만 대륙의 수호자들을 포섭했다는 건 박수를 드릴 만하니…… 아마 대륙 보호 관리 위원회, 우리 이기영 님이 그리고 있는 그림에 문제는 없을 거라고 보는데…… 변수야 많지만…… 이겨내시지 않을까요.]

[린델마을주민: ㅎㄷㄷ 전쟁 터지면 서버 닫힌다고 누가 그랬어요? 뭐예요? 지금 뭐예요?]

[천연사러버: 차단 안 돼요. 존재하지 않는 아이디라고 떠요.]

[아이디미정: 너 누구임?]

[역천사홍보위원장: 그래도 가장 궁금한 건 김현성이 어떤 선택을 할지예요. 뭐가 어찌 됐든 나한테는 나쁘지 않은 내기지만 이기영 님이 주사위를 던진 것 역시 상당히 의외고…… 역시 인간은 재미있다는 생각을 해버렸지 뭐예요.]

[천연사러버: 너, 누구야. 당신 누구인지 지금 당장 이야기 안 하면.]

[역천사홍보위원장: 뭐가 어찌 됐든 간에 당신들한테는 좋은 이야기일 겁니다. 외적인 것들에 대해서는 준비가 끝났으니까요.]

[아이디미정: 지금 역천사홍보위원장 아이디 검색해 보고 있는데 아무것도 안 뜸;;; ×나 무서워. 쟤 뭐야. 누구야.]

[린델마을주민: 역천사홍보위원장 님이 썼던 글들도 사라지고 있는데요? 회원 정보는 아예 없는 것 같고 가입은 어떻게 함? 추적 안 돼요. 아무것도 안 떠요, 진짜.]

[흙수저: 저 그냥 나갈게요. 무서워요.]

[역천사홍보위원장: 뭐, 결과가 어떻게 나오든지 간에…… 저는 흥미롭게 지켜볼 수밖에 없겠네요.]

[역천사홍보위원장: 그럼 다음에 또 봐요, 여러분.]

"저건 누구야……."

[역천사홍보위원장 님이 퇴장하셨습니다.]

"누구냐고……."

"덕구 늦는다고?"

"훈, 훈련 끝나고 오신다는 것 같은데요? 듣, 듣기로는 모자란 인원을 보충한다고…… 방금 도착했대요."

'이 새끼는 지가 먼저 다 같이 모이자고 했으면서.'

"먼저 가서 기다리고 있으면 되겠네. 하얀이는 어때? 괜찮겠어?"

"네? 아…… 네, 괜찮아요, 네."

정하얀이 자신은 아무 문제 없다는 듯 고개를 끄덕였다.

사실 굳이 물어볼 필요도 없는 이야기였다. 정하얀의 상태는 내가 가장 잘 알고 있었으니까. 정신 상태 자체는 조금 불안정하다고 진단했지만 그나마 이쪽과 함께 보내는 시간이 길어졌다는 것 때문인지 궁지에 몰린 반응을 보여주지는 않고 있었다.

물론 그것 역시 내가 함께 있을 때의 이야기다. 온종일 함께 있던 한소라의 빈자리가 사라질 리가 없지 않은가. 본인은 최대한 아무렇지 않은 척, 별로 상관없는 척, 이제 한소라는 절교했으니 안중에도 없는 척을 하기는 했지만 지금도 굉장히 마음을 굳게 먹고 있는 것이 눈에 보인다.

'내가 다 불편할 것 같은데.'

솔직히 조금 불편하기는 하다. 길드원들이 모두 모이는 건 좋았지만 알다시피 정하얀과 한소라는 절교한 상태였으니까. 저번에 있었던 큰 싸움 이후로 둘은 완전히 갈라선 상태였다.

물론 한소라가 간혹 정하얀의 상태를 묻는 메시지를 보내 온다든가, 정하얀이 한소라에게 사과의 메시지를 썼다 지웠다 한다든가 하는 일은 있었지만 표면적으로는 냉전 상태라는 거다. 사이좋은 그룹이 함께 자리를 가지는 장소에서 두 명이 서로 눈도 마주치지 않는 상황을 상상해 보자. 내가 다 민망해지기 시작했다.

아니나 다를까 정하얀도 꽤나 긴장한 듯한 모양새.

"소, 소라도 온대요?"

"당연히 오겠지. 소라도 같은 길드원인데. 이럴 게 아니라 이번 기회에 제대로 대화라도 해보는 게 어때?"

"안, 안, 안 할 거예요."

"……."

"하, 하나도 신경 안 쓰여요. 아무렇지도 않고…… 어차피 이제는 모, 모르는 사람이니까. 정말로 신경 안 쓰여요."

'아니야. 너 신경 쓰고 있는 것 같아.'

최소한 어떻게 지내고 있는지 궁금해 보인다. 박미진과 얼마나 친해졌는지도 정하얀의 주요 관심사 중에 하나겠지. 이런 상태라면 오늘 길드 모임이 끝난 이후에 터뜨려도 나쁘지 않을 것 같다.

그렇게 별 쓸데없는 생각을 하며 정하얀과 함께 들어가려고 하던 찰나였다.

"부길드마스터."

어디에선가 목소리가 들려온 것. 곧바로 고개를 돌리자 조금 애매한 표정의 인형이 시야에 비쳤다.

정하얀 역시 함께 뒤를 돌아보자, 슬쩍 고개를 꾸벅인다.

"김미영 팀장님. 오랜만이군요. 그동안 잘 지내셨습니까?"

"네, 덕분에…… 그보다 잠깐 드릴 말씀이 있는데……."

"아…… 바쁘지 않으시면 자리가 끝난 이후에 괜찮을까요?"

"중요한 이야기라서…… 이런 말씀 드리기도 굉장히 죄송하지만 아주 잠깐만 시간을 내주시면……."

"네, 뭐, 그렇다면……."

슬쩍 정하얀을 바라봤다. 본인은 괜찮다는 듯, 어른스럽게 고개를 끄덕였지만 내가 괜찮지 않다. 혹시나 내가 없는데, 정하얀과 한소라가 마주치는 상황이 걱정됐기 때문이다. 우리역시 약속 시각보다 일찍 도착했기 때문에 저 안에 한소라가 혼자 기다리고 있지는 않을지 신경 쓰였다.

"안에는……."

"길드마스터가 일찍부터 기다리고 계셨어요."

"아, 네. 그럼 뭐, 잠깐 가시죠. 하얀이는 먼저 들어가 있어. 얼마 안 걸릴 거야."

"네…… 네."

"그래서, 무슨 문제라도 생긴 겁니까?"

"생각하시는 것처럼 큰 문제는 아니지만, 꼭 알고 있으셔야 할 것 같아서…… 다시 한번 죄송하다고 말씀드리고 싶네요. 오랜만에 가지시는 휴가인데……."

"아니요. 급한 일인데 어쩔 수 없죠."

"별일 아닐 수도 있지만…… 저…… 잠깐."

조금 긴장한 것 같은 모습이다. 정말로 무슨 일이라도 터진 건 아닌지 걱정됐지만…… 뜻밖에도 눈에 보인 것은 베니고어 넷의 채팅 로그였다.

혹시나 얘가 일이 너무 많아서 정신이 없나 싶은 생각으로 로그를 읽어 내려가자, 그녀가 어째서 나를 따로 불렀는지 이해가 됐다.

'뭐야, 이거.'

오히려 보고하는 게 당연하다는 생각까지 든다. 아마 직접 이 방에 있던 사람들이라면 누구나가 다 깜짝 놀라지 않았을까. 기겁하고 조사했어도 전혀 이상하지 않다.

물론 이런 걸 보고서로 올리는 입장에서는 베니고어 넷 똥글에 낚여 반응하는 멍청이가 되지 않을까 하는 걱정을 할 만도 하지만…….

'그래서 긴장한 거구나.'

세세한 변수 하나라도 민감하게 반응해야 한다는 걸 알고 있기에 불안함을 무릅쓰고 보고를 올린 것이리라.

아마 그녀의 이목을 첫 번째로 잡아끈 것은 회색 아이라는 단어일 터. 라파엘이 생명 유지 장치로 간신히 명을 유지하고 있다는 건 대외적으로 알려진 사실이 아니다.

심지어…….

'대륙의 수호자를 운운한 것도 그렇지.'

"단순한 오류라면 좋겠지만…… 아무래도 이해되지 않는 부분이 있어서요. 혹시나 싶어 베니고어 넷에 직접 문의해 봤지만, 서버 내에 없는 아이디라고 뜨는 것은 물론 추적망에 잡히지도 않고, 정황상 외부에서 서버를 뚫고 들어온 게 확실한데, 어디에도 흔적 같은 건 없었어요."

"막스를 통해서 확인해 본 거예요?"

"네."

"이건 누가 발견한 겁니까?"

"익명으로 제보가 들어와서…… 찾아보려고 하지는 않았지만 원하신다면……."

"아니요. 뭐, 거기까지 갈 필요는 없습니다. 대충 무슨 상황인지 알 것 같기도 하니…… 팀장님은 신경 쓰지 않으셔도 되는 문제 같네요. 현 시간부로 이 보고서는 폐기해 주시고, 베니고어 넷에 있는 기록도 전부 치워 버리세요. 같은 방에 있던 인원들이랑 이거 보고서 올린 직원분도 입단속 시켜주시고요."

"네."

"그 정도로만 처리해 주시면 됩니다. 내일 안으로만 처리하면 되니, 팀장님도 오늘은 조금 쉬시는 게 좋겠네요."

"아니요. 명령하신 일은 처리한 이후에 합류할게요."

"네, 그게 편하시다면 그렇게 해주시면 되고요. 그럼 저는 잠깐."

"네."

별것 아니라는 소식에 안심됐는지 김미영 팀장이 가슴을 쓸어내렸다.

괜찮다는 듯 미소를 보내며 그녀에게 인사를 건넸지만 보고 받은 입장에서는 가만히 있을 수가 없었다.

'이거 루시퍼 같은데…….'

확실하지는 않지만, 아마 가장 확률이 높다고 생각했다.

'거의 확실해…….'

물론 다른 이들일 확률이 아예 없는 것은 아니지만, 이게 인간이라고는 느껴지지 않는다. 베니고어 넷을 뚫고 들어오는 게 보통 사람이 할 수 있는 일은 아니지 않은가. 막스가 모르게 일을 처리했다면 더욱더 그렇다.

일단 인간은 논외, 위쪽 두 진영 중에 한쪽 진영일 거라는 생각이 들었지만, 빛 쪽 같지도 않다.

그렇다면 용의선상에 선 것은 악마 놈들 쪽, 그중에서도 빛 쪽의 눈을 피해 이런 장난칠 수 있는 악마를 꼽아보라면 당연히 하나밖에 떠오르지 않는다.

'어디에서 뭐 하고 있나 했는데.'

이런 곳에서 놀고 있었어?

본인 취미 생활 열심히 즐기기도 하고, 사고 쳐놓고 지켜보기 좋아하는 성격이기도 하니, 위화감이 들지는 않지만……

어처구니없기는 마찬가지다. 이런 식으로 한번 존재감을 드러내는 이유가 뭔지 알 수가 없었다.

물론 단순한 유희일 수도 있다. 솔직히 그게 확률이 높다. 생각할 가치도 없는 일이고, 본인 나름대로 베니고어 넷에 떡밥을 투척하고 싶었을지도 모른다.

하지만 그 주인공이 루시퍼라고 생각하니, 괜스레 기분이 묘해지기 시작했다. 가면 쓰레기 진청이 나와 보드게임을 했을 당시에 이런 기분이었을까.

'이딴 거에 의미 부여 안 해도 되는데, 시바. 그냥 지 놀고 싶어서 논 거라고.'

심지어 평가도 아주 좋지 않은가. 정하얀이 벽을 뛰어넘는 건 이미 예정된 이야기고, 이기영이 그리고 있는 큰 그림에는 이상이 없단다.

'신경 쓰지 말자. 그래.'

"아니, 어떻게 신경을 안 써? 시바, 그렇게 뒤통수를 맞았는데."

지난 로그에서 이상이 없었다는 걸 보면 이번에는 대놓고 본인의 존재감을 드러내고 싶었다는 이야기이지 않은가.

잘되던 차단이 풀려 버리기도 했고, 심지어 아이디도 찾을 수 없는 상태가 되어버렸다. 대놓고 '이것 좀 봐줘'라고 외치는 것만 같다.

모르긴 몰라도 이 역천사홍보위원장은 내가 이걸 봐주기를 원하고 있을지도 모른다.

여러 가지로 재미있는 부분이 많았지만, 특히나 내 시선을 잡아끄는 부분은 여기.

[그래도 가장 궁금한 건 김현성이 어떤 선택을 할지예요. 뭐가 어찌 됐든 나한테는 나쁘지 않은 내기지만 이기영 님이 주사위를 던진 것 역시 상당히 의외고…….]

뭘 말하는 건지 모르겠다.

'김현성이 어떤 선택을 할지?'

빛 아니면 어둠, 대류 아니면 빛기영인가.

'루시퍼 본인한테는 나쁘지 않은 내기?'

그냥 상투적인 표현일 수도 있지만 그녀와 나는 내기를 한 적이 없다. 결과적으로 나는 주사위를 던진 적도 없다.

"대류에 올인하고 있다는 걸 주사위를 던졌다고 표현한 거야? 아니면 현성이를 유지시키는 걸 선택했다는 걸 도박했다고 표현한 거야?"

꼭 그녀와 내기가 있었고 내가 주사위를 던졌다고 말하는 것 같지 않은가.

정하얀과 한소라의 관계처럼 나와 루시퍼의 우정도 냉전 상태를 향해 달려가고 있는 상황이다.

둠현성 사건 이후로 나는 따로 루시퍼와 대화를 나눈 적도 없다. 그녀가 먼저 내게 접근한 적도 없고, 내가 그녀에게 먼저 다가선 적도 없다.

이 미친 까마귀가 어째서 갑작스레 이러는지는 모르겠지만, 분명히 뭔가 있을 거라는 생각이 든다.

'아이, 시바. 이거 그냥 별것 아닌 거에 크게 낚인 거 아니야?'

수없이 가면 쓰레기에게 뒤통수를 맞아 온 김현성의 심정이 이러했을까. 한번 뒤통수를 맞았더니 모든 게 의심이 간다.

'PTSD 생길 만하네.'

이제야 김현성의 의심병이 이해가 가기 시작했다.

[결과가 어떻게 나오든지 간에…….]

'무슨 결과를 이야기하는 거지?'

뭘 이야기하는 건지도 모르겠다. 있는 그대로 생각해 보면 대륙의 명운이겠지만, 그녀가 전에 던진 김현성과 내기라는 단어가 신경 쓰여서 참을 수가 없다.

"시바."

'위화감이 있어.'

이유는 알 수 없다. 하지만 분명히 나 자신에게 위화감이 있다. 이렇게 예를 드는 게 맞는지 모르겠지만 마치 안개가 껴 있는 것 같은 느낌이다. 일반적인 단어를, 일반적으로 받아들이지 못하는 이유는 PTSD가 생겼기 때문은 아닌 것 같다.

원인은 분명히 나에게 있다. 분명히 나와 루시퍼가 내기했다는 사실을 알고 있는 것만 같다. 지금까지는 확신하지 못하고 있었지만, 이걸 보니 알 것 같다는 느낌이 든다.

조금 더 파볼까? 무슨 일인지 한번 확인해 보는 게 좋지 않을까.

'아니, 하지 마.'

뭐?

'하지 마.'

잠깐 머리를 붙잡고 있었을 때였다. 나를 바라보는 시선이 느껴졌다.

서둘러 고개를 돌리자 멍하니 나를 바라보는 조혜진이 시야에 비쳤다. 아직 기억 상실 떡밥이 완전히 해결되지 않았다는 걸 깨닫는 것은 순식간.

이제는 질리는 떡밥이 될 것 같아 머리를 손에서 떼어냈을 때, 조혜진이 슬픈 표정으로 내게 다가왔다.

"이거……."

"뭐…… 뭐예요? 지금 아픈 거 아닙니다."

"이거 받으세요."

"혜진 씨? 뭡니까, 이건."

'뭐야 너, 표정이 왜 그렇게 슬퍼. 눈에 눈물 고이고 있어, 시바.'

"저도 모릅니다."

"근데 이걸 왜."

"저도 몰라요. 부길드마스터 본인이 직접 전해준 물건입니다."

"제가 언제요."

"이야기하지 말라고 했었습니다."

"뭔 소리예요? 약 먹었어, 혜진아?"

"그런 게 아니라 정말로 부길드마스터가 이야기하지 말라고 했었습니다. 아무것도 이야기하지 말고 가지고 있으라고요. 머리를 붙잡는 모습을 보거나 초조해 보이면 꼭 전해달라고 말했습니다."

"아니, 무슨 말도 안 되는……."

조혜진이 내민 것은 편지 한 장.

반신반의하며 편지를 뜯어내자 이게 어떻게 된 일인지 단번에 이해할 수 있었다.

눈에 보이는 것은 익숙한 필체. 모를 리가 없다. 누가 봐도 나 자신의 필체이지 않은가.

[기억하려고 하지 마. 그대로만 가면 이기는 내기니까.]

여전히 기억은 나지 않았지만 한 가지는 알 수 있었다.

"개시바……."

나는 루시퍼와 다시 한번 만났고.

"하……."

스스로 그 기억을 지웠다.

201장
기억을 지웠다

'뭐 이딴 거지 같은 상황이 다 있어.'

일단 내가 가만히 있어야 유리한 상황이라는 것에는 의심의 여지가 없다. 내가 나에게 보내는 이 메시지를 판단하기 이전에, 루시퍼가 힌트를 줬다는 점에서 수상한 냄새가 나고 있었으니까.

내기를 건 당사자가 뭔가 눈치채 주기를 바라고 있었고, 나 자신은 가만히 있으면 네가 이기는 게임이라 못을 박았으니, 어느 쪽에 손을 들어야 할지는 명백한 이야기다. 그 미친 까마귀는 우리 현성이를 둠으로 만들지 않았던가.

하지만 이 모든 상황에 당혹스러움을 느끼는 것은 어쩔 수 없었다. 갑작스럽게 미스터리 스릴러 영화의 한가운데로 들어오게 된 사람의 기분이 이러할까.

정말로 이런 일이 일어날 거라고는 상상도 하지 못했다. 당장 며칠 후에 들이닥칠 놈들의 문제로만 머리가 꽉 차 있었던 시점이다. 다른 문제를 신경 쓸 여유 따위는 애초부터 없었고, 사실 길드원들이나 주변을 챙기는 게 고작이었다.

'이딴 짓을 할 시간이 어디에 있었다는 건데.'

천천히 기억을 더듬어봤지만 내 머리에 이상은 없다.

하루하루가 완벽하게 기억나지는 않지만, 구멍이 뚫린 듯한 느낌이 있을 리는 없다. 기억을 지운 시점을 둠현성 사태부터 지금 사이로 봐야 하는 건지 의심이 될 정도였으니, 무슨 말이 더 필요할까.

정황상 나와 루시퍼가 내기한 것은 북쪽에서 빛이 떨어진 시점이라고 판단되기는 했지만…….

'그 전일 수도 있어.'

어쩌면 훨씬 전일 수도 있다. 기억에 없으니, 일단은 모든 가능성을 고려해 보는 게 옳다.

이런 상상은 하기 싫지만, 루시퍼와 내가 처음 만난 게 훨씬 더 앞이었다고 가정하면 어떨까?

'뭘 어떻게 해. 그 까마귀 연기력이 보통이 아닌 거지.'

가능성은 적었지만 여러 가지 변수를 생각해 봄이 옳지 않은가. 까마귀도 까마귀지만 지력 90을 넘은 시점에 얻은 특성도 신경 쓰이기 시작했다. 다시 기억하지 못하게 할 정도로 강한 암시를 줬다는 것 자체가 일반적으로 이해하기 힘든 이야기였으니 말이다. 아마 다시 떠올리기 위해서는 계기나 조건이 필요하지 않을까.

지금 아무리 생각해 봐야 답이 나오는 문제가 아니라는 사실은 알지만 그래도 계속해서 붙잡고 있게 된다. 속 편하게 잘될 거라고 생각하며 룰루랄라 조용히 버티고 있으면 모든 게 해결될 거라지만 아무것도 모른 채 휩쓸리게 된다는 것만으로도 불안감이 증폭된다.

이지혜가 컨트롤 프릭이라고 말했던 게 틀리지는 않는 모양, 아니, 솔직히 누나 말이 맞다.

'시바…… 그래, 나 컨트롤 프릭 맞는 것 같아.'

가만히 있지를 못하겠다, 시바.

내가 스스로 기억을 지우고 조혜진에게 안배 아닌 안배를 해놓은 것 역시 그런 연유겠지. 분명히 나는 내가 기억을 찾으려고 발버둥 칠 거라는 걸 알고 있었을 테니까.

절대로 가만히 있지 않을 거라는 걸 예상했을 게 뻔했다. 그렇기에 충고의 의미로 이 쪽지를 남긴 것이 분명하리라.

'아니지, 시바. 그렇게 쉽게 생각하면 안 되지. 이게 함정일 가능성도 생각해 봐야 하지 않아?'

내가 비밀을 캐낼 것을 예상했다면 분명히 다른 안배를 준비해 놨을 게 뻔하지 않은가. 분명히 이기영 이 개 같은 놈이 중간중간에 개수작을 부려놨을 게 당연하다는 거다.

장담하건대 함정들도 몇 가지 뿌려놨을 거란 사실에 모든걸 걸 수 있다. 정말로 중요한 보물을 숨겨놨다는 것처럼 보물지도를 이쪽으로 슬쩍 넘긴 후에 내가 그 보물 지도에 집착하기를 기다릴 수도 있고, 이걸 미끼로 다른 곳으로 꿰어낼 생각일지도 모른다.

정리하면 조혜진에게 쪽지를 주라고 말한 것 자체가 함정일 가능성이 크다. 이건 무조건 함정이다, 무조건.

'조혜진부터 시작하기를 바라고 있는 거지. 그렇지? 여기서부터 시작하기를 바라고 있는 거잖아. 내 말 맞잖아.'

"진짜 씨발 놈이네…… 이거."

확실히 함정을 파놓는 것보다 파헤치는 게 더 어렵다. 조금 다른 예지만 선동하는 것보다 해명하는 게 더 어려운 거랑 비슷한 느낌이었다.

괜스럽게 입술을 꽉 깨물자, 조혜진이 걱정스럽게 나를 바라봤다. 이미 눈에는 눈물이 한가득했다. 가끔 기억을 잃는 것으로 모자라 정말 모든 걸 잊어버리는 이를 바라보는 눈빛이었다. 얼굴에는 초조함이 감돌고 있었고, 당연하지만 말을 잘 잇지도 못하는 게 보인다.

"부길드마스터……."

"이거 언제 받았어요?"

"다시 한번 말씀드리는 거지만……."

"네."

"부길드마스터께서 절대로 말하지 말라고 하셨습니다."

'그래, 그랬겠지.'

"빨리 말…… 아니, 아니다. 말하지 않으셔도 될 것 같습니다. 어차피 시기는 의미가 없을 것 같으니까. 굳이 물어볼 필요도 없네요. 어차피 뻔한데……."

기억 상실 떡밥이 등장한 시점부터 지금까지라고만 생각하면 된다. 어차피 거짓말을 해도 된다고 언질해 놨을 테니까.

내가 미친놈처럼 닦달하지 못할 거라는 것도 알고 있었을 것이다. 계속해서 초조한 모습을 보이면서 조혜진을 압박한다는 건, 이미 유통 기한이 끝난 기억 상실 떡밥의 재등장을 의미하는 것이나 다름없다.

조혜진 자체는 문제가 없지만, 조혜진이 둠현성에게 알린다면 분위기 갑자기 둠될 수도 있고……. 최대한 의연하게 대처하는 것이 옳다. 마치 아무 일도 아니고, 별것 아닌 것처럼 말이다.

무엇보다 여기서부터 파고든다는 것 자체도 마음에 들지 않는다. 남이 깔아놓은 판 안에서 움직이는 것과 진배없다.

클리어할 수 없는 미궁을 굳이 입구부터 시작할 필요는 없다. 나 스스로 기억을 지웠다는 건 분명한 사실이었고, 답은 분명히 숨겨져 있을 것이다. 길을 잃을 수 있는 숲에 들어가는 건, 주변을 전부 뒤지고 난 이후여도 늦지 않는다.

"……"

"아직 전부 다 잊어버린 건 아니네요. 혜진 씨랑 만났던 기억에만 문제가 있는 것 같은데…… 다른 건 전부 기억이 납니다. 아마 그때 제가 조금 피곤했던 모양이네요. 쓸데없이 찾아가 이런 쪽지까지 전해줄 정도면, 정신적으로 몰렸나 봅니다. 스트레스도 심했기 때문에 딱 그날 기억에만 문제가 있었던 것 같고요. 그러니까 신경 쓰지 마세요. 쪽지 안에 있는 내용은 전부 기억하고 있습니다."

"……."

"머리를 붙잡고 있었던 것도 다른 생각할 거리가 있어서 그런 거고요."

"……."

'제기랄, 시바, 시바……'

당연하지만 크게 믿어주지는 않는 것 같은 눈치다. 오히려 의심의 눈초리가 매섭게 나를 압박하기 시작했다.

김현성에게 알릴 것 같지는 않았지만, 그럼에도 불구하고 신경이 쓰이기는 마찬가지였다.

"일단 들어갑시다."

"피곤하신 거라면 오늘은 그냥 쉬는 것도 나쁘지 않을 것 같습니다. 제가 길드마스터에게는 잘 말씀드려 볼 테니……"

"저번에 그 사달이 났는데 뭘 말을 해요? 그리고 현성 씨도 대충은 알고 있어요. 혹시 불안해하실까 봐 하는 소린데…… 이미 노을로 당사자랑 합의 봤으니까. 현성 씨는 신경 쓰지 마요. 아, 그리고 길드원들이랑 이런 시간을 보내는 게 저한테는 쉬는 시간입니다. 스트레스 풀어주는 느낌으로요. 정 걱정이면 하루 정도 같이 어울려 주세요. 그게 스트레스 푸는 데 도움될 것 같은데…… 이틀 후에 시간 돼요?"

이틀이면 작은 단서 하나 정도는 건질 수 있지 않을까. 만약 건지지 못한다면 미궁 안으로 걸어 들어가면 되는 거고.

"내일이 더 좋을 것 같습니다."

'아니야. 내일은 나도 알아볼 게 많은데.'

"왜요. 이틀 후에는 뭐 약속이라도 있어요?"

"약속이 있고 없고가 중요한 게 아니지 않습니까. 아무래도 조금 더 확실히 현재 상태가 어떤지 알아야 할 것 같아서."

'뭐야, 너 근데 왜 찔리는 표정이야. 약속 있어?'

"약속 있어요?"

"약속이 있기는 합니다. 지혜 씨랑……."

"……"

'뭐야, 시바. 너네 왜 자꾸 어울려.'

"놀러 가는 게 아닙니다. 현장 근처의 지하 경매장으로 사용하던 곳을 대피소 겸 벙커로 사용한다는 말이 있어서 점검차 잠깐 들리는 거니까요. 전해 듣기로는 확인할 사항이 생각보다 많아서……."

'그거 거짓말이야. 지하 대피소 필요 없어.'

"또 듣기로는 지하 경매장에 거래되던 몬스터 하나가 탈출했다고 하더군요. 등급이 높지 않은 터라 위험한 상황은 아니지만 아무래도 조용히 처리하고 싶어 하는 것 같았습니다. 신세 진 것도 많으니 이번에 갚는다는 느낌으로……."

'불법 거래 몬스터는 개뿔…….'

어차피 방주가 있는데 지하 대피소가 뭐가 필요하겠는가.

"시간이 얼마 걸리지는 않을 겁니다. 물론 상황에 따라서는 조금 길어질 수도 있지만……."

'그리고 시바…… 지하 경매장…… 그거 우리 추억인데……'

"저는 이틀 후가 좋을 것 같은데…… 이틀 후로 해요…… 어떻게……"

"……"

"어떻게…… 안 되겠습니까?"

"……"

이지혜에게 미안하기는 했지만 우리 혜진이가 아픈 사람을 두고 갈 정도로 냉혈한은 아니다.

예상했던 대로 천천히 고개를 끄덕이는 모습.

"오랜만에 체스나 두면서 밀린 이야기 좀 나눠요. 지혜 씨한테는 제가 말 잘해놓을 테니까요. 시간이 나면 벙커도 저랑 같이 둘러보러 가면 되겠네요. 괜찮죠?"

"아니요. 부길드마스터는 거기까지 갈 필요 없습니다. 다음 날 가면 되는 거고요. 큰일을 앞두고 머리를 식히기로 마음을 먹었으면 아무것도 하지 않고 앉아 있는 게 가장 좋지 않겠습니까. 지혜 씨에게는 제가 직접 말씀드리는 게 좋을 것 같습니다."

"뭐, 그건 그렇지만…… 아무튼 지혜 씨랑 친하게 지내는 건 좋은데 너무 가까이는 지내지 마요."

"네?"

"이런 말까지는 안 드리려고 했는데, 그 사람 조금 계산적인 사람입니다."

"네?"

"자세한 이야기는 나중에 해드릴 테니까. 그렇게만 알고 계시면 됩니다. 그럼 뭐 다른 일이 있으면 이틀 후에 만나는 거로 하죠. 체스나 두면서 와인이나 마셔요."

"아…… 네."

"조금 늦었네요. 빨리 가시죠."

"네."

그렇게 조혜진과 천천히 모임 장소로 발걸음을 옮기기 시작했다.

조금 꺼림칙한 얼굴이 보이기는 한다. 내가 쪽지나 다른 문제에 관해 물어오지 않는 게 의아한 것처럼 보인다.

아마 이틀 후에 제대로 물어보지 않을까 같은 생각하는 것 같았지만 그렇게 설명하기에는 내 태도가 이해되지 않았던 것 같다. 아마 받아들이고 있구나…… 따위의 생각을 하고 있지 않을까 싶다.

물론…….

'받아들일 리가 없지.'

당장 패닉이 오지 않아도 이상할 게 없는 상황이다.

이 건 말고도 처리해야 할 일이 많아서 일단은 자리를 옮기고 있었지만, 솔직히 다른 생각이 나지 않았다. 조금이나마 여유를 찾을 수 있지 않을까 생각해서 기대하던 자리였건만 오히려 혼돈으로 빨려 들어가고 있는 것 같다.

처음부터 천천히 되짚어보는 게 좋겠다고 생각한 바로 그때였다.

"거, 아직도 안 들어가고 뭐 하고 있었던 거요?"

뒤쪽에서 커다란 목소리가 들려온 것, 익숙한 말투고 익숙한 목소리다. 누구인지 알아채지 못할 리가 없다.

자연스럽게 뒤를 돌아보자 시야에 비친 것은 커다란 몸을 한 돼지. 오랜만에 만나자고 주장했던 본인의 말이 받아들여진 게 기쁜지 함박웃음을 짓고 있다.

그런 주제에 지금에서야 나타났다는 것에 괜스럽게 심기가 불편해졌다.

'이 새끼 진짜.'

물론 나도 늦기는 했지만 상황이 다르지 않은가.

쓸데없는 짓거리를 하고 있는 돼지와 자신과 싸우고 있는 나는 분명히 입장 차이가 존재한다.

여전한 모습, 장담하건대 저 새끼는 시간이 지나도 나를 빡치게 하는 포지션에 자리할 거라고 장담할 수 있다.

"너…… 이……."

"……."

"너……."

"거, 내가 좀 많이 늦은 건 아닌가 하고 생각했는데…… 그건 또 아닌 모양이구만. 이제 시작한 거요?"

"너 이 새끼……."

"……."

"……어……?"

"……."

"뭐야…… 시바…… 뭐야, 시발…… 시바 뭔데……."

"부길드마스터?"

"잠깐…… 잠깐만…… 잠깐만……."

"……형님…… 우는 거요?"

"갑자기 왜……."

'나도 몰라, 시바. 모르겠다고, 시바.'

"괜찮으십니까? 혹시 두통이……."

멍한 표정을 짓고 있는 박덕구의 얼굴이 흐릿하게 보이기 시작했다.

옆에서는 조혜진이 난리 법석 호들갑을 떨고 있다.

나조차 지금 일이 어떻게 돌아가고 있는 건지 이해되지 않았으니, 박덕구와 조혜진이야 오죽할까. 다시 생각해도 어처구니없는 상황이었다.

저도 모르게 꾸역꾸역 튀어나오는 눈물에 어떻게 반응해야 할지 모르겠다. 조금이라도 수습해야겠다고 생각했지만, 감정이 제대로 조절되지 않는다. 시야가 점점 흐려지는 것은 물론, 서서히 목소리도 제대로 들려오지 않는다. 내 몸이 말을 듣지 않는 상황은 당황을 넘어 무섭기까지 하다.

"뭐, 뭐 어디 아픈 거요? 어디 아픈 데 있는 거요? 두통은 또 무슨 소리요? 뭐, 병이라도 걸린 거요?"

"지금 희영 씨나 엘레나 님을 불러오겠…… 아니, 안에 있을 테니."

'아냐, 시바. 그러지 마. 그런 것 때문에 그런 거 아니야.'

좀처럼 진정이 되지 않는다. *끄윽 끄윽*거리는 소리가 새어

나갈까 억지로 입술을 깨물고 있지만 여전히 울음이 멈추지 않았다. 박덕구가 허겁지겁 뛰어와 어깨를 잡고 얼굴을 확인하는 중에도 쏟아지는 눈물은 멈출 기미를 보이지 않았다.

"잠깐, 눈에 뭐가……."

말도 안 되는 변명이라는 건 알지만 이런 개소리를 지껄일 정도로 당혹스러웠다.

"들어가기는 뭐가 들어갔다는 거요? 아니, 왜 이러는지 이야기를 해야지."

'형님이…… 하면…….'
'나는 더 잘할 수 있다.'

"누님, 우리 형님 괜찮은 거요? 갑자기 왜……."

'허풍이 아니라…… 진짜라니까.'

"머리, 머리가 아픈 거요? 아니, 왜 또 나만 모르고 있는 거냐니까."

'형님은 내가 살릴 거요. 거, 기억은 나는 거요?'

"우리 형님, 진짜 어디 아픈 거 아니냐, 이 말이오. 멀쩡하던 양반이 갑자기 왜 이래?"

'형님이 내 목숨을 얼마나 많이 구해줬는지, 기억하냔 말이오.'

"아, 아니면 뭐 무슨 일 있었소? 힘든 일이라도 있는……."

'꼭 그렇게 생각하지는 않소. 형님이 뭐라든 간에 형님이 나를 구한 건 달라지지 않으니까. 정신적인 부분에서도 그렇고, 육체적인 부분에서도 마찬가지요. 못난 동생 때문에 몇 번이나 칼을 대신 맞아줘서 고마웠소.'

"거…… 우, 울지 마쇼. 왜 자꾸 눈물…… 형님이 우니까, 나도……."

'던전에 갔을 때도 변호해 줘서 고마웠고, 나를 선택해 줘서 고마웠소. 아무리 기억을 더듬어 봐도 나는 형님한테 구해지기만 한 것 같다니까. 정말로 그런 기억밖에는 없소. 신세진 것밖에 없다, 이 말이요. 그러니까 이번에는 내 차례요.'

"아니…… 아니, 좀 울지 말라니까. 왜 그렇게 자꾸…… 거, 무슨 말이라도 해보쇼."

'내가 형님은 살릴 거라고 분명히 이야기했소. 잊지 마쇼, 형님.'

"진정 좀 하라니까."

'형님이 할 수 있으면…… 나는 더 잘할 수 있소.'

"진정, 진정 좀…… 괜찮을 거요."

'형님이 할 수 있는 건 나는 더…… 잘할 수 있소.'

"다 잘될 거라니까. 그러니까…… 뭐, 뭣 때문에 그러는지는
모르겠는데…… 아무것도 걱정할 필요 없다니까."

'형님이…… 할 수 있으면…… 나는 더……'
'더…… 잘할 수 있소……'
'형님이…… 할 수 있으면……'
'할 수…… 있…… 소……'

"이……"

'있…… 소……'

"이 미친 돼지 새끼. 이 개 같은 놈. 쓸모도 없는 새끼."
"……갑자기 그러면 좀…… 좀 상처받는데……."
"떨어져, 돼지 새끼야."

"……."

"땀 냄새나니까 떨어지라고, 빨리."

"시, 시간이 없어서 급하게 오느라…… 그리고…… 그리고 지금 그게 중요한 게 아니지. 갑자기 왜 그런 거요? 아니, 무슨……."

"신경 쓰지 마."

"어떻게 신경을 안 쓸 수 있……."

"……정말로 별거 아니니까 신경 쓰지 마. 그리고 빨리 떨어지라고."

그제야 슬쩍 눈치를 보면서 녀석이 한 발자국 멀어졌다.

계속해서 목소리가 떨려왔지만, 시간이 지나자 조금씩 안정되는 걸 스스로 느낄 수 있었다.

조금씩 조금씩 세상이 원래대로 돌아오기 시작한다. 1회차 죽어가던 박덕구의 모습이 현재의 모습으로 되돌아온다. 당연하지만 기어들어 가는 목소리 역시 들려오지 않았다.

'뭐 이딴 게 다 있어.'

저도 모르게 1회차의 그 장면을 떠올리자 머리가 지끈거렸다.

다시 한번 눈물이 일발 장전되는 느낌에 황급히 머리를 털자, 아직도 떨떠름한 얼굴로 나를 바라보는 박덕구의 모습이 시야에 들어왔다.

'돼지 새끼.'

이 새끼까지 왜 이러는지는 모르겠지만, 눈에 눈물이 고인 모습이 당혹스럽다. 나보다 본인이 더 패닉이 온 모양새, 조혜진 역시 마찬가지였다. 예상치 못한 행동에 당황했는지 얼굴이 시뻘겋게 변한 게 보였다.

잠깐 호흡을 가다듬고 천천히 숨을 내쉬자, 방금의 감각이 완전히 사라진 게 느껴졌다.

조금 아슬아슬한 상태이기는 했지만 커다란 문제는 없다. 아마 갑작스럽게 들이닥친 또 다른 문제가 머릿속을 꽉 채웠기 때문이 아닐까.

'뭐지? 시바, 뭐지? 갑자기 그건 왜 보였고, 애초에 왜 눈물이 난 거지?'

상상하기는 싫었지만 1차원적으로 생각하자, 금방 답을 찾을 수 있을 것 같았다.

물론 말도 안 되는 가정이다. 확률이 희박하기도 하고, 굳이 할 필요가 없는 가정이었다. 당연하지만 증거도 없다. 내 가설을 뒷받침해 주는 이해관계가 있을 뿐이다.

1회차의 기억. 검은색 세계의 기억을 되찾은 것이 아닐까. 기억이라기보다는 당시의 감정들이 모조리 이쪽에 쏟아진 게 아닐까.

'뭐 이런 개 같은 상황이 다 있냐고.'

어떻게 되찾았는지는 오리무중이었지만, 루시퍼가 도움을 줬다고 생각하면 영 설득력이 없는 이야기는 아니다. 1회차의 기억을 되찾은 것과 루시퍼와 내가 한 내기가 연관이 있고, 게임에서 이기기 위해 스스로 기억을 삭제했다고 가정한다면 나름대로 들어맞는다. 완벽하게 퍼즐이 맞춰진 것은 아니지만,

퍼즐 위에 그려진 그림은 이어진다고 볼 수 있으리라.

시기상으로도 맞아떨어진다. 이전에 박덕구를 봤을 때는 이런 반응을 보이지 않았으니까. 박덕구를 만나 상륙 작전에 대해 이빨을 털었을 때와 오늘 사이에 있었던 일이라고 생각하면 고개가 끄덕여질 만도 하다.

물론 이쪽이 단서를 찾았기 때문에 억눌러 왔던 게 터졌다고 가정할 수도 있겠지만, 가장 쉽게 생각할 수 있는 가정은 전자다.

솔직히 1회차의 기억을 깨달았다고 해서 내가 달라질 거라는 생각은 하지 않는다. 하지만 내기가 김현성과 연관이 되어 있다고 생각해 보면…….

'변수가 존재하겠지.'

김현성을 사랑스러운 회귀자라고 부르는 나와는 다르게, 1회차의 이기영은 김현성을 증오한 것으로 보였으니 말이다.

만약 내가 1회차의 기억을 받아들인 게 맞다면 내가 어떤 식으로든 김현성에게 악영향을 끼칠 거라고 판단했을 것이다. 그 악영향은 곧 루시퍼와의 내기에서 진다는 걸 의미할 것이고, 결국 이기영은 애써 받아들인 1회차의 기억을 지웠다는 이야기가 된다. 어쩌면 애초에 1회차를 받아들이는 게 마음에 안 들었을 수도 있고…….

'안에 남아 있기는 하다는 건가?'

개인적으로는 이 가설이 들어맞았으면 했다. 아직 확정된 것은 아무것도 없었지만, 내 안에 있던 1회차 이기영의 자아가

꿈틀거리기 시작했다는 것보다는 훨씬 더 희망적이었으니까.

한 몸을 두고 두 개의 자아가 서로 싸우며, '내 몸에서 나가! 이 가면 쓰레기 새끼야!'라고 외치는 클리셰는 주작으로는 즐겁지만 실제로는 전혀 즐겁지 않다. 1기영과 2기영이 같은 사람인지에 대한 개똥철학 같은 질문을 스스로에게 던지고 싶지는 않다는 거다.

'언젠가는 네 거짓에 대한 대가를 꼭 치를 거다, 역겨운 쓰레기 자식. 내 말을 잘 기억해. 너는 분명히 대가를 치르게 될 거야.'

그렇게 말했던 가면 쓰레기 진청의 명대사가 괜스레 머릿속에 맴돌았지만, 애써 고개를 저었다.

'문제 될 여지는 있겠는데……'

이 건을 계속해서 조사해야 한다는 확신은 있었지만, 그 결과를 책임질 준비는 되지 않았다.

만약 정말로 내 가설이 맞다면…… 모든 일이 틀어지는 것은 이미 확정된 이야기다. 사랑스러운 회귀자 김현성이 갑자기 천하의 개쌍놈으로 보이기 시작한다는 것 자체가 우리 같이 망하자고 선언하는 것이나 다름없다.

녀석의 뒤통수를 후려갈기고 싶어서 근질근질해지지 않을까. 내 몸에 깃든 가면 쓰레기의 영혼이 김현성의 뒤통수를 쌔려 버리라고 외칠 거라 단언할 수 있다.

"또, 또 뭘 그렇게 멍하니 서 있는 거요? 정말 문제 있는 거 아니요?"

솔직히 지금도 불안하다. 커다란 감정이 나를 뒤흔들고 있지 않은가. 박덕구를 봤을 때 일어났던 일이, 김현성을 봤을 때 일어나지 말라는 법은 없다. 지금 이 모임 장소 안으로 들어가는 게 정답인지조차 확신이 서지 않는다.

"역시 오늘은 그냥 쉬는 게 좋을 것 같습니다. 이럴 게 아니라 일단 진료부터 받으시는 게 어떻겠습니까? 아니, 진료까지는 아니더라도 무슨 일이 일어나고 있는지는 확인해 보는 게 맞습니다. 오늘 정말 이상하다는 거 알고는 계십니까?"

"……."

"조금 과장해서 말하면 부길드마스터…… 지금 미친 사람처럼 보인다, 이 말입니다."

"거, 진료는 무슨 이야기고, 도대체 무슨 말을 하는 거요? 아니, 왜 이렇게 나만 모르는 일이 많아? 제대로 말을 해줘야 내가 뭐라도 하지."

'넌 시바, 가만히 있는 게 돕는 거야.'

"그럴 필요 없습니다, 혜진 씨. 그리고 덕구 너는 좀 조용히 좀 있어. 별일 아니니까. 잠깐 생각할 거리가 있어서 그런 거지…… 이럴 게 아니라 빨리 들어갑시다. 사람들 기다리겠네."

"진짜 별일 아닌 거요?"

"베니고어 님의 이름을 걸고 말하건대 정말로 별거 아니야. 빨리 들어가기나 해. 혹시나 해서 말하는 데 방금 문제에 대해서 말하지 말고, 혜진 씨도 마찬가집니다. 분위기 개판 만들고 싶지 않으니까 알리더라도 오늘 이후에 알려요. 그냥 묻어 두는 게 가장 베스트고요. 뭐 해요, 안 들어갑니까?"

"……."

"……."

"들어가라고요."

그제야 둘은 서로 눈빛을 교환한 후에 슬그머니 문을 열었다.

당연하지만 곧바로 내부가 보였다. 전쟁을 앞둔 시점에서의 모임이라기에는 지나치게 화려하기는 했지만 나쁘지는 않다. 한창일 거라고 생각했는데 아직 시작하지 않고 우리를 기다리고 있었던 것 같았다.

직접 확인하는 게 맞다는 생각에 호기롭게 문을 열기는 했지만, 자신도 모르게 입술을 깨물게 된다. 정말로 어떤 반응을 보이게 될지 하나도 예상할 수 없었기 때문이다.

일단 가장 먼저 시야에 들어온 것은 정하얀.

"여, 여기예요, 오빠."

과장된 모습으로 손을 흔들며 자신이 있는 쪽으로 날 부른다. 정하얀에 대한 미안한 감정이 폭발하지는 않을까 걱정했지만 별다른 이상은 없는 것 같다. 그냥 한소라 때문에 과장되게 행동하는 것 같다는 것과 평소처럼 귀엽게 느껴지는 것 정도가 전부다.

'이건 좋아해야 하는 거지?'

박덕구 때처럼 삐죽 튀어나오지는 않았다는 거니까.

그다음 천천히 고개를 끄덕이고 있는 선희영을 봤을 때 역시 마찬가지. 애와도 함께 활동한 적이 있었던 만큼 뭔가 다른 걸 느끼게 되지 않을까 싶었지만 그런 조짐은 보이지 않는다.

김예리, 안기모, 김창렬, 유아영, 황정연까지는 애초에 1회차에서 접점이 없던 인물이었을 테니 별로 상관이 없었고, 엘레나도 마찬가지였다.

신입 길드원 알프스도 당연한 거고, 다시 한번 뒤를 돌아봤지만, 조혜진을 봐도 박덕구 때 같은 반응이 나타나지는 않는다.

문제는 김현성. 내가 모습을 드러낸 직후, 곧바로 문 앞으로 나와 인사를 건네는 녀석.

"기영 씨."

뭔가 할 말이 있다는 듯 입을 열어왔지만, 일단은 이 새끼를 지나칠 수밖에 없었다.

"여기에……."

"오랜만입니다, 창렬 씨. 이게 얼마 만입니까?"

"기영 씨…… 그러니까."

"볼 때마다 성장하시는 것 같습니다, 창렬 씨는요."

"……."

'이거 어떻게 하지. 눈을 못 쳐다보겠는데.'

"저……."

눈을 마주친 순간 뒤통수를 치고 싶을 것 같았다.

'괜히 왔나? 아, 시바 왠지 뒤통수 치고 싶어질 것 같은데.'

이 자리에서 가장 당황한 사람은 다름 아닌 김창렬. 갑작스레 본인에게 쏟아지는 스포트라이트가 익숙하지 않은지 조용히 침묵하고 있는 모습이 눈에 들어왔다.

물론 그게 실례라는 걸 깨달았는지 급하게 말을 이으려고 했지만…….

"자주 찾아뵙지 못해서 죄송합니다. 부길드마스터."

'아니야. 지금 비꼬는 거 아니야. 창렬아. 왜 그래.'

나를 더 당황스럽게 만들고 있었다.

가지고 있는 컨셉은 아직도 버리지 못했는지 여전히 복면을 쓰고 있는 외관. 이런 자리에서까지 저런 모습을 유지할 필요는 없다고 생각했지만 본인이 저게 편하게 느껴진다는데 내가 어떻게 하겠는가.

눈으로밖에 표정을 읽을 수 없어 상대하기 조금 까다롭기도 하고……. 이렇게 간혹 분위기를 싸해지게 만들기는 하지만 김창렬이 길드에 가지고 있는 충성심까지 읽을 수 없는 것은 아니다.

겉으로 드러나는 일을 하고 있는 건 아니지만, 뒤쪽에서 녀석이 처리해 주고 있는 부분이 많다는 걸 떠올려 본다면 오히려 녀석을 치켜세워 주는 게 자연스러운 행동이었다.

결코 김현성을 무시한 내 행동이 이상해 보이지는 않을 것이다. 아무리 그래도 김창렬에게 많이 신경 써주지 못하고 있었던 것은 부정할 여지가 없었으니까.

"뒤늦게 이런 이야기를 드린다는 게 조금 죄송하고 또 민망하기는 하지만 그동안 정말 수고하셨습니다."

"당연한 일을 했을 뿐입니다."

"물론 그렇게 생각할 수도 있지만, 하는 일에 비해 제대로 된 대접을 해드리지 못한 것 같아서 말입니다. 따로 여러 가지로 챙겨 드릴 기회도 있었는데…… 그런 것도 제대로 만들어 드리지 못했네요."

"마음만으로도 감사합니다. 부길드마스터."

"앞으로도 잘 부탁드립니다. 물론 이후에 일어날 일에 대해서도 마찬가지고요. 개인적으로 창렬 씨에게 거는 기대도 큽니다."

"실망시켜 드리지 않게 최선을 다하겠습니다."

천천히 고개를 숙이며 좋은 말씀 감사하다는 반응을 보이는 녀석. 시간이 지나도 여전히 사교성이 없다는 생각을 했을 때, 김창렬의 얼굴에서 뭔가 걱정스러운 감정이 묻어나오는 것이 시야에 비쳤다.

'뭐야. 왜 그래?'

김창렬뿐만이 아니다. 힘차게 인사를 건네오던 정하얀이나 다른 길드원들 역시 내 얼굴에 뭐라도 묻은 것처럼 나를 바라보고 있지 않은가. 아까 같이 눈물이 흘러내리고 있는 건 아닌지 걱정됐지만 눈물이 나오고 있지는 않다. 하지만 뭔가 잘못됐다는 걸 깨닫기 전까지는 시간이 얼마 걸리지 않았다.

'아…… 시바. 이거…….'

어떻게든 수습한다고 수습했지만 폭포수 같이 떨어지던 눈물의 여파가 아직도 남아 있는 모양, 아마 금방이라도 울 것 같은 얼굴을 하고 있지는 않을까. 눈은 분명히 붉어져 있을 것이고 호흡도 뭔가 이상하다고 생각하고 있을 수도 있다. 평소와 다르다든가, 조금 진정되지 않은 것 같다든가, 하는 걸 느끼고 있는 것이 분명하리라. 여기에 모여 있는 강자들이 그런 것 하나 눈치채지 못할 리가 없다.

김현성의 뒤통수를 계속해서 후리게 될까 애써 녀석의 얼굴을 바라보지 않았지만 지금은 다른 의미로 놈의 얼굴을 바라볼 수 없다.

"조금…… 감정이 북받치는 것 같습니다."

"무슨 말씀을……."

"커다란 위기를 앞둔 시점이기는 하지만…… 그냥 오랜만에 이런 자리를 가진다는 것 자체가…… 사람을 조금 감성적으로 만드는 것 같습니다. 처음 만났을 때 생각도 나고요. 여러 가지 우여곡절 끝에 모이고 단체를 만들고, 새로운 사람을 만나고, 이렇게 가까워지는 일련의 과정들을 되돌아보니…… 뭔가……."

"……."

"뭔가 기분이 좋군요. 정확히 뭐라고 설명해야 할지는 모르겠습니다. 그냥 여러분들과 함께 얼굴을 마주 보고 있다는 게 좋아요."

수습용으로 살짝 웃어주자 악어의 눈물이 눈가에 맺히기 시작, 당연하지만 뭔가 복잡한 얼굴을 하고 있는 길드원들이 눈에 들어왔다.

"저는 뒤늦게 합류한 입장입니다만 부길드마스터의 말씀에는 어느 정도 동의할 수 있을 것 같습니다. 조금 싱숭생숭한 감정이 며칠 전부터 계속됐었는데…… 오늘 이렇게 모임을 가지니 조금은 진정되는 것 같은 기분이군요."

'그래, 기모야. 너는 항상 이럴 때 잘 끼어들어서 토스 잘 날려주더라.'

"나도. 비슷해."

김예리 역시 고개를 끄덕이며 입을 열고 있지 않은가.

"무슨 말씀을 하시는 건지 이해할 수 있을 것 같아요. 정말로 많은 일이 있었으니까요. 부길드마스터님의 말씀처럼…… 시간으로 따지면, 그렇게 오랫동안 함께 있었던 건 아니었지만…… 왠지 가족 같은 느낌이라서……."

가만히 있던 유아영도 한마디 거들고 있다. 다음에 바통을 넘겨받은 것은 박덕구의 옆에 앉아 있던 황정연.

"부끄러운 표현이 아니죠. 실상 가족이나 마찬가지인데…… 그렇지 않나요?"

"네. 그렇죠."

눈물은 흘러내리지 않았지만 감정적으로 동요하고 있는 상태다. 그다지 나쁜 것 같지도 않다. 별것 아닌 가벼운 연출이었지만 마음 약한 엘레나의 눈에는 이미 한가득 눈물이 고여 있는 상황.

왜 부길드마스터가 들어오자마자 갑자기 분위기 잡으면서 말 같지도 않은 소리를 지껄이고 있는지 의아해하는 인간은 이 자리에 없다. 김현성과 조혜진 정도가 내가 어째서 이런 이야기를 내뱉었는지 이해하고 있지 않을까. 이기영은 언젠가 여기에 있는 이들을 모두 잊게 될 것이다. 그렇기 때문에 두 눈에 담아두려고 한다. 그렇기 때문에 슬퍼하고 있다. 그렇게 생각하고 있을 수도 있겠다고 생각했다.

'와…… 이거 시바 내가 생각해도 슬프네.'

물론 이미 받아들이기로 결심한 일이고……. 여전히 모두가 함께라는 사실은 변하지 않겠지만 그래도 현재의 이기영의 기억 속에서는 언젠가 사라질 이들이다. 함께 부대끼며 웃고 정말로 가족처럼 지냈던 이들을 결국 기억하지 못하게 되는 엔딩을 떠올리자. 악어의 눈물이 한 방울 떨어지기 시작했다.

'이겨내자, 기영아. 이겨낼 수 있어. 비극의 히로인 엔딩, 충분히 감당할 수 있어.'

"기영 씨……."

'힘든 일이지만 지금까지도 잘 이겨내 왔잖아? 길드원들에게 슬픈 표정을 보이면 안 되지. 꿋꿋하게 이겨내는 거야. 이기영. 원래 비극의 히로인은 꿋꿋해야 돼. 울지 않을 거야. 눈물을 보이지 말자.'

나도 모르게 분위기에 취해 제대로 된 즙을 한번 뽑아내려고 했었지만…….

'아니야. 시바. 이거 이러다가 진짜 비극의 히로인 되겠다.'

왠지 모를 불안감이 머릿속에 감돈다. 당장 1회차 가면 쓰레기가 내 안에 침투했다는 가설을 세웠을 정도였으니까. 이 정도 분위기를 만들고 어찌어찌 잘 수습했다는 것에 만족해도 될 것 같았다.

'괜히 오버할 필요 없어.'

지금도 나를 지그시 바라보는 시선이 느껴지고 있었으니까.

아니나 다를까 곧바로 목소리가 들려왔다.

"너무 걱정하실 필요 없습니다. 기영 씨."

"……."

이유는 모르겠지만 목소리만 들어도 뒤통수가 치고 싶어진다. 하지만 계속 이 상태를 유지할 수 있을 리 만무. 일이 터지고 난 이후에 김현성을 사지로 보내 버리느니 현재의 내 상황에 대해서 제대로 파악하는 것이 옳다. 정말로 김현성을 증오하는 감정이 내면에 남아 있다면 어떻게든 빠르게 해결하는 게 해답에 가깝다.

그렇게 한숨을 쉰 이후에 고개를 돌리자 눈에 띄게 슬픈 표정으로 나를 바라보는 김현성의 얼굴이 시야에 들어왔다.

'아…… 이 새끼.'

"……."

잘생겼네.

"……."

'시바, 다행이다. 와. 그래 시바…… 거기까지는 안 갔구나. 이건 수습을 한 건가? 여기까지는 수습을 한 거 맞지?'

내 안에 있는 감정 역시 김현성을 적대하면 일이 꼬인다는 걸 이해하고 있는 모양이다. 아니면…….

'아직 표면 위로 올라오지 않아서 그런 건가?'

어찌 됐든 상관은 없지만 김현성이 미워 보이지 않는다는 건 나도 안심할 수 있는 부분, 무슨 생각을 하는지 모르겠지만 김현성은 불안한 얼굴로 나를 바라보고 있었다.

'아, 근데 뒤통수는 치고 싶네.'

이건 가볍게 짚고 넘어가도 되지 않을까. 아마 '파블로프의 개' 같은 느낌으로 받아들이면 무난할 것 같았다. 십몇 년을 넘게 김현성의 뒤통수를 쉴새 없이 꾸준히 때려왔을 테니 얼굴을 보면 손바닥이 근질근질하는 정도야 충분히 이해해 줄 수 있다.

조금 의아했던 것은 내가 예상하고 있었던 것보다 평정심을 유지하고 있었다는 것. 솔직히 박덕구를 봤을 때처럼 격정적인 반응을 바란 것은 아니지만 뭔가 액션이 있어야 하는 게 맞다고 생각했다.

가면 쓰레기에게 가장 영향을 준 두 인물을 꼽으라면 당연히 박덕구와 김현성.

'수습을 했다고는 해도…… 이렇게까지 아무렇지도 않다고?'

오히려 약간의 미안한 감정을 비롯해 호감이 느껴질 정도였으니 무슨 말이 더 필요할까.

아니, 그것과는 다르다. 조금 다른 감정이 느껴진다. 딱히 한 단어로 표현할 수는 없지만 아마…….

'동질감.'

동질감일 것이다.

"이제…… 괜찮으신 겁니까?"

"네?"

"아까부터, 조금 불안해 보이셔서 뭔가 걱정하시고 계신 게 있나 싶었습니다. 아니면 혹시 제가 잘못한 게 있다든가……."

"현성 씨가 잘못할 게 뭐가 있겠어요. 제가 사과를 드리는 게 맞죠. 즐거운 시간이 될 예정이었는데…… 제가 분위기를 엉망으로 만든 것 같아서……."

"아니요. 기영 씨가 죄송할 일은 아닙니다. 충분히…… 네, 충분히 이해할 수 있으니까요. 지금 기영 씨가 무슨 생각을 가지고 있는지 어떤 감정을 감당하고 계신지 전부 다 이해하고 있습니다. 오히려 제가 죄송합니다. 머릿속이 복잡한 상황이실 텐데…… 괜히 이런 자리를 만들어서…… 죄송합니다."

'뭔가 이상한데…….'

"현성 씨가 만들지 않는다고 해도 제가 만들었을 겁니다. 이렇게 시간을 가지자고 한 것도 덕구 아이디어였으니, 현성 씨가 죄송할 필요 없습니다."

"그렇게 말씀해 주셔서 감사합니다. 저는…… 저는…… 아! 일단 앉으시죠. 식사부터 하시는 게 좋을 것 같습니다."

'김현성에 대한 건 현상 유지를 하기로 마음을 먹은 건가? 애초에 그런 게 가능하면 박덕구를 봤을 때도 평정심을 유지하는 게 개연성이 맞지 않아?'

아무 일도 없다는 건 좋지만…….

'너무 구린데.'

"오, 오빠 여기에……."

"부길드마스터 여기에 앉으세요."

"……."

'너무 구려. 너무 구리다고.'

이러다 정신병이 생기는 건 아닌지 하는 생각이 들 정도로 머리가 돌아가기 시작했다.

'낚인 건 아니겠지?'

이기영 이 개새끼한테 낚인 건 아닌 거지?

"잠깐 화장실 좀……."

"……."

이기영 이 개 미친 사기꾼 새끼한테 낚인 건 아니지?

애초에 박덕구고 1회차 기억이고 뭐고 전부 다 블러핑이고 개구라 아니야? 가면 쓰레기한테 블러핑했던 것처럼 그냥 아무 의미 없었던 것 아니냐고.

진짜 삭제해 버린 기억이랑 내기했던 내용을 들키기 싫어서 스케일 크게 사기 친 거 일 수도 있지 않아? 1회차 기억이 내면 안에 남아 있다는 사실을 떡밥으로 내던진 이후에 내가 스스로 조심하면서 움직이는 걸 바라고 있던 거 일 수도 있잖아. 나라면 분명히 그렇게 했을 거야.

어느 정도까지 자기 암시를 준 건지는 알 수 없지만 조혜진에게 편지를 받은 이후에 '박덕구와 마주친다면 눈물이 난다'라는 자기 암시를 함정으로 파놓을 수 있다면. 이것보다 더 완벽한 함정은 존재하지 않는다고 생각했을 수도 있지. 조혜진이 준 편지가 트리거라고 생각하면 얼추 들어맞지 않아?

"이 미친 쓰레기 같은 새끼가……."

어쩌면 제대로 된 빅 엿을 처먹었을지도 모른다. 가면 쓰레기 진청이 빅 엿을 먹었던 것처럼 나 역시 똑같이 엿을 처먹었을지도 모른다.

"쓸데없는 가설 말고 사실만 가지고 생각해 보자. 딱 사실만 가지고 생각해 보자고. 내가 놓친 게 뭐가 있는지 생각해 보자고."

거울 속에 있는 얼굴이 시야에 비친다. 제대로 통수를 맞은 것 같은 얼굴이라는 것에는 의심의 여지가 없다.

생각해 보자. 한번 생각해 보자. 일단 이 30일 동안 무슨 일이 있었는지 한번 생각해 보자. 내가 놓친 게 뭐가 있는지 한번 생각해 보자고.

지루하고 짜증 나고 힘들었던 시간 동안 누구를 만났지? 누구랑 만났었지? 뭘 했었지? 황정연처럼 초기억력을 가지고 있는 건 아니었지만 그렇기 때문에 파고들 여지가 있다. 이기영이 쓰레기 새끼 역시 완벽한 기억을 가지고 있는 건 아니었으니까.

모든 걸 기억하지 못하고 있었기 때문에 불안했던 것이다. 본인 작업이 완벽하지 않다는 걸 깨닫고 있었고, 깔끔하게 처리할 자신이 없었기 때문에 사람 하나 병신 만드는 함정을 파놓은 것이 분명했다. 항상 나는 일을 이렇게 처리해 왔으니까. 이번에도 분명히 다르지 않을 것이다.

그래서 뭘 했는데.

마지막을 준비했다.

뭘.

자꾸 자신에게 물을 이유가 있나. 내 사람이라고 할 수 있는 사람들을 챙기고 다녔지. 차희라가 벽을 넘는 걸 도와주고, 정하얀과 한소라와의 갈등을 지켜봤고, 지혜 누나랑 마지막을 점검했잖아. 박덕구와 안기모, 김예리랑 식사도 했고, 모든 이들을 한 번씩 둘러봤잖아.

대륙 회의에서는 오스칼과 이야기를 나눴고, 그 이후에도 연락을 주고받았지. 디아루기아와 디아루리아, 엘레나와 함께 새로운 세력을 포섭하는 시간이기도 했어. 제대로 준비하고 있는지, 내 사람들의 현재 상태가 어떤지, 모든 준비를 마치고 개인적으로 점검하는 시간이었잖아. 이 30일은……

그렇지. 그렇지 않아?

머리를 붙잡고 거울을 봤지만 떠오르는 것이 없다. 그렇게 쓸데없는 자문자답을 계속해서 속으로 지껄이고 있었을 때였다.

갑작스레 머릿속에서 목소리 하나가 들어와 꽂힌 것.

둠현성 이벤트가 끝나고 일어난 시점이었을 거다. 이지혜가…… 분명히 나에게 이런 말을 내뱉은 적이 있다.

"린델 내에…… 남아 있는 길드가 얼마 없다니까요. 그러고 보니 카스가노 유노가…… 오빠한테 꼭 말씀드릴 게 있다고 했으니까. 이번 회의 끝나면 곧바로 연락해 보시고……"

라고 했었나.

좌직 사건이 있었던 대책 회의에 들어가기 전에 이지혜가 스케줄을 정리해 주며 내게 중얼거렸던 목소리였다.

"시발……."

조금 더 기억을 더듬어 가보자. 만났었나? 빛이 떨어진 이후에 카스가노 유노를 만난 적이 있었나?

"이 미친 이기영 이 새끼."

내 예상이 맞다는 듯.

'그래…… 맞아.'

어처구니없게도. 카스가노 유노와 만났던 기억이 통째로 사라져 있었다.

'그래…… 맞다고…… 이게 맞아…… 이게 맞는 것 같아. 이게…… 맞을 거야.'

거울에 비친 얼굴이 기분 나쁜 미소를 짓고 있는 게 시야에 비쳐왔다.

202장
이기영
이 개 쓰레기 같은 사기꾼아

　물론 속단하기는 이르다. 나는 내가 가장 잘 알고 있다.

　내가 이 블러핑이 함정이라는 것을 깨달은 것처럼, 기억을 지우기 전의 이기영 역시 내가 여기까지 도달한다는 것을 가정했을지도 모른다. 어쩌면 한 번 더 꼬았을 가능성이 아예 없다고 볼 수 없다는 거다.

　물론 현재로서 가장 가능성이 큰 추측이라는 점은 부정할 수 없다. 파고들어야 할 노선을 분명히 해야 했고 앞으로 일어날 모든 변수에도 대응해야 했다.

　'흔들리지 마. 흔들리면 안 돼.'

　중간에 뭘 보게 되고, 뭘 깨닫게 될지는 모르겠지만 일단은 흔들리지 않는 게 중요한 시점. 이것 외에도 다른 굴을 파놓았을 것 역시 명백할 테니 첫 번째로는 가장 가능성이 크다고 생각한 장소를 조사해 보는 것이 옳다.

'카스가노 유노.'

죽이 되든 밥이 되든 일단은 카스가노 유노부터 확인하는 것이 맞다.

최소 하나, 아니면 두 개 정도의 굴을 확인해 볼 수 있을 정도의 시간. 만약 카스가노 유노 역시 이기영 이 개자식이 파놓은 함정이라면 나로서도 다른 방법을 찾을 수가 없다.

정말로 바깥 녀석이 코앞까지 들이닥친 시점이 아니었던가. 시간이 조금 더 있었다면 여러 가지 힌트들을 전부 추적하는 것도 가능했겠지만, 모든 던전에 들어가 보물이 숨어 있을지 확인하기에는 압도적으로 시간이 부족했다. 이것 말고도 할 일이 있었으니까.

지금 당장 카스가노 유노에게 발걸음을 돌리지 못하는 이유 역시 그런 연유였다. 기억을 지우기 전의 이기영과 싸우는 것보다 더 중요한 건, 당장 코앞에 닥친 종말을 막아내는 것이었으니 말이다.

마음 같아서는 종말이고 길드 모임이고 나발이고 때려치운 이후 곧바로 카스가노 유노에게 뛰어가고 싶은 심정. 하지만 여기서도 해결해야 하는 일들이 많다. 길드원들의 멘탈을 잡아준다든가, 목적성을 심어준다든가.

최종 병기 김현성도 다시 한번 잡아줘야 했고, 아직 해결되지 않은 정하얀과 한소라도 신경을 써줘야 했다. 아직 정하얀은 벽을 넘지 못했으니까.

'진짜 이 쓰레기 새끼.'

본인은 신나게 주사위를 던졌으면서 뒷감당은 이쪽에 넘기는 듯한 모양새가 마음에 들지 않았던 것은 당연지사. 내일의 나! 부탁해! 같은 느낌으로 똥을 투척했다고 생각하니 심사가 뒤틀린다.

전부 뒤집어 버리고 싶었지만 누구를 원망해야 할지도 모르겠다. 거울을 보고 나 자신의 뺨을 연달아 날릴 수는 없지 않은가.

'이 개새끼.'

욕을 해도 결국 나 자신에게 침 뱉기밖에 되지 않는다는 게 허무했다. 그 어떤 선택도 할 수 없는 지옥의 가불가……. 이 모든 게 대륙을 지키고 루시퍼를 이기기 위한 퍼즐이라는 것 정도가 그나마 나를 안심하게 할 수 있는 부분…….

물론 이것 역시 함부로 도장을 찍을 수 없었으니 불안해 미칠 것만 같았다.

"……."

"형님, 이제 조금 괜찮은 거요?"

"처음부터 괜찮았어. 조금씩 진정되는 것 같은 느낌이니까. 하는 일은 잘되고 있는 거지?"

"거, 내가 누구요. 형님 동생 아니요. 걱정 안 해도 된다니까."

"……."

"그 말씀이 맞아요. 이기영 님. 덕구 씨도 정말로 열심히 해 주시고 계셔서……."

"거, 엘레나 님도 이렇게 말하고 있으니까. 뭐 여기서까지 이런 이야기 하기는 조금 그런데……. 큼, 아무튼 기대하쇼. 전술 공부도 하다 보니까 재미 붙어 가지고……. 최근에는 내가 천재가 아닌지 생각하고 있다니까. 형님이 준 거로도 모자라서 다음 진도까지 예습했다는 거 아니요. 형님이 할 수 있으면 나는 더 잘할 수 있다! 이 말이 참이었다니까."

당연하지만 믿음이 가지는 않는다. 조금 취했는지 옆에서 좋다고 떠들어대고 있는 모습, 안기모가 귀신같이 호응해 주는 모습이 눈에 들어온다.

"저도 처음에는 조금 의아하기는 했지만 확실히 첫 느낌부터 나쁘지 않았습니다. 지금은 신뢰할 수 있을 정도고요. 팀의 사기 자체도 한참 올라온 상태여서……."

"기모. 아저씨. 말이 맞아."

"매번 말하지만 첫 번째는 수성전이야."

"그건 그렇지만……."

"애초 일이 잘 풀리는 상황이면 쓸 일이 없으니까."

"말씀이 맞습니다. 변수는 줄이면 줄어들수록 좋으니 말입니다."

선희영이 불쑥 말을 이어왔다.

"거, 나도 알고 있다니까. 명절에 모인 어른들도 아니고……. 큼, 무슨 말을 꺼내지를 못하겠다니까. 형님이 믿는다고 해줬으니 잘해낼 거요. 아, 그리고 보니 우리 아영 후배가 만들고 있다는 건……."

이 이야기가 계속되는 것 자체가 본인에게 손해라는 걸 알고 있는지 슬쩍 유아영에게 바통을 넘기는 모습이다.

"아마 내일 즈음에 완성될 것 같아요. 계획대로라면 오늘 드릴 수 있었겠지만 마무리 과정이 가장 중요하니까요. 아직 어떤 등급을 받게 될지도 감이 안 잡혀서……. 소재를 제대로 살렸을지가 가장 관건이라고 할 수 있겠네요. 덕구 선배한테 드릴 방패랑 창렬 오빠한테 드릴 단검, 그리고 소라가 사용할 지팡이도……."

"지팡이 같은 것도 만들 수 있는 겁니까?"

"네. 길드에는 조금 죄송한 말이지만 사용할 수 있는 소재 대부분이 쉽게 찾아볼 수 없는 것들이니까요."

"……."

"만약 저의 성장치가 더 높았더라면 충분히 준신화 등급의 무구들을 만들어낼 수 있었을 거예요. 파란 길드에서 현재 보유하고 있는 소재들을 생각해 보면 그게 맞아요. 몇 년만 더 지나면 재료들을 잘 살릴 수 있을 것도 같지만……."

"죄송할 일은 아닙니다."

"하지만……."

"정말로 죄송할 일은 아니에요. 전설 등급의 아이템 역시 대륙을 기준으로 흔한 아이템들이 아니라는 걸 생각해 보세요. 상위 모험가 중에서도 전설 등급 아이템을 보유하고 있는 이들이 흔치 않습니다. 굳이 소재들을 아까워하실 필요는 없어요. 아영 씨는 지금 누구보다도 잘해주시고 계시니 너무 그렇게 자책하지 않으셔도 됩니다."

"길드 재산을 까먹고 있다는 생각이 계속 들어서……."

조용히 이야기를 듣고 있었던 김현성이 불쑥 말을 이어왔다.

"기영 씨 말이 맞습니다."

"……."

"자신이 할 수 있는 일에 최선을 다하는 것 말고는 다른 것들은 신경 쓰지 마세요. 아영 씨는 충분히 길드에 도움이 되고 있고, 분명히 여러 가지로 크게 기여하고 있습니다. 지금까지도 그래왔고 앞으로도 그럴 겁니다. 자재의 가치나 길드의 재산 같은 것들은 정말로 중요한 것이 아닙니다."

"길드마스터……."

"우리가 무엇을 위해 싸우고 있는지, 무엇을 위해 준비를 하고 있는 것인지 그것만 생각하시면 됩니다. 무엇을 지켜야 할지 깨닫고 자신이 할 수 있는 범위 내에서 최선을 다해주세요. 그것만으로도 충분합니다."

'우리 현성이 오랜만에 말 한번 잘했네.'

"아영 씨뿐만이 아닙니다. 분위기에 어울리지 않는 무거운 소리일 수도 있습니다만, 그저 여러분들이 한 번 더 생각해 주셨으면 했습니다. 오늘 이후로는 이런 기회가 생기지 않을 테니까요. 우리가 뭘 지켜야 할지 다시 한번 생각해 주세요. 만약 최악의 상황이 다가오더라도 말입니다."

'길드마스터 같다. 현성아. 비장한 모습 좋아.'

"무엇을…… 지켜야 할지……."

"네. 덕구 씨. 지금은 그 생각만 하시면 됩니다."

"형씨가 무슨 말을 하는지 대충 알 것 같다니까."

"……."

"거, 이럴 게 아니라 다 같이 한 번 더 짠 하는 게 좋을 것 같은데. '지켜야 할 것을 위하여'로!"

"……."

"지켜야 할 것을."

"위하여!"

"위, 위하여."

"위하여."

잔을 살짝 들어 올리는 길드원들의 모습을 보니 나름대로 안심이 되기도 한다.

'멘탈 자체는 괜찮네.'

저마다 약간은 불안한 감이 없지 않아 있었겠지만 모두 훌훌 털어버린 것 같은 모습들이 눈에 띈다.

'현성이도 생각보다 괜찮은데?'

둠되기는 했지만 대륙을 지키려고 발버둥 쳤던 1회차의 본성이 어디로 도망가지는 않았던 것 같았다.

어째서 녀석이 커다란 짐을 짊어지고 회귀를 했는지 어느 정도 이해할 수 있을 정도. 무슨 수를 써서라도 대륙을 지켜야겠다는 열망이 담겨 있는 영웅의 눈빛이 아닌가. 아마 길드원들의 불안감을 날려 버린 것은 흔들림 없는 녀석의 눈빛이리라.

'하얀이 상태도 나쁜 것 같지는 않고…….'

누가 봐도 한소라를 의식하고 있는 것 같지 않은가. 다른 사람들과 이야기를 나누는 모습은 너 없이도 나는 잘살 수 있다는 걸 과시하는 것만 같다. 한소라도 그런 정하얀을 신경 쓰지 않는 역할을 잘 수행해 주고 있었고…….

식사가 시작되고 쓸데없는 잡담을 계속해서 나누고 있었지만 단 한마디도 주고받지 않는 둘의 모습이 인상적이다. 힐끔힐끔 눈이 마주쳐도 고개를 홱 돌려 서로를 없는 사람 취급하고 있었다.

'이것도 계획대로 진행하면 되겠네.'

마지막 점검 차 주위를 둘러봤지만 딱히 모난 곳은 없다. 나 개인의 문제만 빼면 말이다.

그렇게 길드원들은 저마다의 이야기를 나누기 시작. 대화 주제는 다양했다.

"일이 끝나면 뭘 하실 생각인가요?"

"무조건 여행이지. 저번 거울 호수로 놀러 갔을 때는 이상한 사건에 휘말렸으니까. 이번에는 거, 제대로 한번 다 같이 놀러 가야 되는 거 아니요."

"뒤처리 때문에 바쁘겠지만 여행은 찬성이에요. 로맨틱한 곳으로요."

일이 끝난 이후에 뭘 할지에 대해 이야기를 나눈다든가.

"최근 봉사 활동을 쉰 지가 너무 오래된 것 같아서……."

"같이 가요. 희영 씨."

"네. 그것도 좋을 것 같습니다, 엘레나 님. 그러고 보니 엘리

오스 님은 잘 지내십니까?"

"아…… 네. 오라버님도 여러 가지로 준비할 게 많아서 바쁘시기는 하지만……."

잠깐 잊혀졌던 인물에 대해 이야기를 나눈다든가.

"그때 예리 씨가 외쳤습니다. 매혹의 춤…… 이라고 말입니다."

"기모, 아저씨는 뭐라 그랬는지 알아? 뽑으면. 죽는다."

서로의 흑역사를 꺼내 배틀을 벌인다든가.

"예, 예전에 오빠 기억나세요? 그러니까 우, 우리 튜토리얼 던전에서……."

"물론."

"그, 그랬었죠? 헤헤."

함께한 추억을 꺼낸다든가 하는 것들 말이다.

대화의 주제는 많았다. 다들 취하면 그렇듯 했던 이야기를 또 하기도 했고, 쓸데없는 이야기로 입이 아플 정도로 웃기도 했다.

정하얀도 조금 취했는지 계속해서 입을 열고 있었고 선희영도 이쪽에게 입을 열어오고 있었다.

엘레나는 유아영과 함께 이종족에 대한 이야기를 나누고, 박덕구와 황정연은 여행 이야기에 한참이다.

튜토리얼 동기였던 한소라와 김창렬은 당시 다른 파티원들은 어떻게 지내고 있는지가 주요 화두인 모양. 정하얀이 갑작스레 튜토리얼 이야기를 꺼내온 게 이해가 간다.

뒤늦게 합류한 박중기 팀장과 김미영 팀장을 비롯한 길드

간부 직원들도 합세하니 분위기가 순식간에 떠들썩해졌다.

그 와중에 박리안 역시 잠깐이나마 긴장을 놓고 신입 길드원 알프스와 담소를 나누고 있다.

조혜진 재는 누구랑 연락을 주고받고 있는지는 모르겠지만 여신의 손거울을 들고 피식피식 웃고 있는 모습이 보였다. 너 그거 이지혜 아니지?

어울리지는 않지만 나 역시 잠깐이나마 복잡한 머릿속을 날려 버릴 수 있을 정도. 솔직히 즐겁다고 할 수 있는 시간이었다.

김현성이 슬쩍 말을 걸어온 것은 분위기가 한참 무르익어 갈 때 즈음이었다.

"기영 씨 잠깐…… 바람 좀 쐬고 오시죠."

전체적으로 나쁘지 않았지만 아무래도 함께 거대한 운명에 맞서기로 한 소울메이트와의 담소가 필요한 모양.

솔직히 바깥이 추워 별로 나가고 싶지는 않았지만…….

"……"

'그래. 형이 서비스해 준다.'

애초에 당장 카스가노에게 달려가지 않은 이유 중 하나였으니 말이다.

알겠다는 듯 고개를 끄덕이고 발코니로 슬쩍 나오자 찬 바람이 불어온다. 그리 멀지 않은 곳에서 어둠을 비추고 있는 거대한 빛 때문에 지금이 낮인지 밤인지도 제대로 구분이 되지 않는다.

'으. 시바 춥네.'

"……피곤하지는 않으십니까?"

"네. 오랜만에 다들 모이니까 오히려 피곤함이 가시는 느낌이네요."

"상태는 조금……."

"괜찮습니다. 예상하고 있었던 것보다는 더디네요. 어쩌면 자신도 모르는 새에 전부 다 나았는지도 모르겠습니다."

"정말로…… 그랬으면 좋겠습니다."

슬픈 웃음을 짓는 모습. 무리하지 말라는 얼굴이었기 때문에 양심이 찔려오기는 했다.

이제 슬슬 본론으로 들어가서 힘내라고 용기도 주고, 우린 할 수 있다고, 이겨낼 수 있다고 이빨을 털면 이 새끼 멘탈도 더 안정되겠지.

그렇게 슬슬 빌드업을 하려고 했을 때였다.

'이건 또 뭐야.'

어떤 전조도 없이 내 눈에 비치고 있던 대륙의 모습이 순식간에 전환된 것.

이게 뭔데.

'이것도…… 암시야?'

완전히 뒤바뀌어 버렸다.

내 뇌로 이해할 수 없을 정도로 동전을 뒤집듯 세상이 반전되어 버렸다.

시야에 비친 대륙의 모습은 어딘가 익숙한 풍경이다. 노을

이 비칠 리가 없는 시간에 검붉은색의 하늘. 당연히 기억에 있다. 김현성의 무의식 세계에서 봤었던 대륙. 완전히 폐허가 되어버려 개미 새끼 한 마리 남지 않은 대륙의 모습이었다.

그 안에 익숙한 인형이 보인다.

김현성이 아니다. 검은 망토를 두르고 있는 내가 멍하니 하늘을 바라보고 있는 것이 보인다. 김현성이 매일 노을 진 하늘을 바라보고 있었던 것처럼 나 역시 같은 하늘을 바라보고 있다.

조작된 것인지, 아니면 실제로 카스가노 유노를 통해 본 것인지 확신할 수 없다. 1회차의 내가 최후에는 어떻게 됐는지 본 적이 없었으니, 지금 보이는 모습이 생소한 것이 당연하리라.

해가 뜨지도 않고, 지지도 않는 하늘을 바라보며 손을 뻗는 모습.

김현성 혼자만 남은 게 아니었나. 나는 도대체 뭘 하고 있던 거지?

'아니, 시바, 이것도 그냥 개구라 아니야?'

한참 동안 폐허의 가운데에서 하늘을 바라보던 녀석이 담담하게 손을 꽉 쥐는 순간, 또다시 동전을 뒤집듯, 다시 한번 세상이 전환되는 것이 느껴졌다.

"기영 씨, 기영 씨! 기영…… 기영 씨!"

"……."

"기영 씨…… 기영……."

이것도 블러핑이야?

-고맙다.

이것도 블러핑이냐고 시바.

-알타누스.

이기영 이 쓰레기 같은 사기꾼 새끼야. 진짜 구라 좀 작작 쳐.
정신병자가 된 것 같은 기분이었다. 정말로 내가 미친 건 아
닐까 하는 생각이 들 정도였으니 무슨 말이 더 필요하겠는가.
　옆에서 김현성의 목소리가 들려오기는 했지만 그게 귀에 들
어올 리 만무했다.
　괜찮다는 듯이 손으로 살짝 녀석을 밀치자 반 발자국 정도
떨어지는 모습이 시야에 비쳤다.
　"조금…… 조금 취한 것 같네요."
　"기영……."
　"방으로 들어가야겠습니다."
　'진짜 정신병 생길 것 같은데. 진짜로…… 개 시바…….'
　"하…… 하지만…… 지금…… 방금……."
　"잠깐 어지러워서 말입니다. 죄송합니다만 먼저 들어가 보
는 게 좋을 것 같습니다."
　"제가……."
　"남은 시간 재미있게 즐기시고 자리는 현성 씨가 마무리해
주세요. 길드원들한테도 잘 말씀해 주시고요."

"……."

"정말 죄송합니다."

"아니…… 요."

뭐가 진짜고 뭐가 거짓인지 제대로 이해하기 힘들다.

악마 소환사 진청이나 악마 숭배자 이토 소우타, 이름도 기억이 나지 않는 악마 계약자 여러분들과 이설호 같은 놈들이 어째서 그렇게 이성을 잃었는지 대충 알 것도 같았다.

사람 하나를 완전히 보내 버리는 구덩이에 빠뜨린 이후, 흙을 들이부으며 놀리는 것처럼 느껴지지 않는가.

'이기영 이 개 같은 사기꾼 새끼! 이 개자식!'이라고 흥분하며 외쳤던 그간의 빌런들을 비웃었던 과거의 나를 조금 되돌아본 것은 당연지사.

종국에는 이성을 잃고 짐승마냥 달려들었던 그 빌런들을 인간이기를 저버린 미개한 금수라 생각했던 내가 어리석었다.

악마와 계약한 대가가 아닐지도 모른다는 생각에 혀를 쯧쯧 차지 않았던가. 처음에 저 빌런들이 보여줬던 침착하고 카리스마 있었던 모습들이 모두 가면이었다는 생각에 인간의 본성에 대해 심각한 고민을 해볼 정도였다.

하지만 지금 생각해 보니 이놈들 모두가 흥분할 이유가 있었다. 이성을 잃은 것이 아니라 화를 참으려야 참을 수가 없었던 것이 아닐까.

악마의 하수인들 역시 지금의 나와 비슷한 기분을 느낀 게 분명했다. 이게 뭐가 어떻게 된 일인지 허우적거리며 주변을 바라봤을 테고, 도대체 뭐가 진실인지에 대해 파헤치고 싶었을 것이다.

여러 가지 가능성을 떠올렸겠지만 종국에는 모든 게 선동되고 날조된 정보라는 걸 깨달았을 때의 분노. 본인도 원치 않은 사이에 주변의 모든 환경이 달라져 있었고 정신병이 생긴 건 아닌가 하는 마음으로 달라진 환경을 바라보고 있었음이 분명했다.

김현성을 떨쳐낸 이후 방으로 빠르게 들어가는 순간, 창문에 비친 얼굴을 보니 이지혜가 말한 도발 토템 이야기도 이해가 간다.

'이, 더러운 사기꾼 새끼 진짜.'

기분 탓인지는 모르겠지만 오늘따라 더욱더 비열한 표정을 보내는 것만 같은 느낌. 영화처럼 손을 뻗어 창문을 깨버리는 장면을 연출하고 싶었지만 손가락에 유리가 박히는 상상을 하자 분노가 천천히 사그라지기 시작했다.

'이 새끼는 믿으면 안 돼. 절대로 믿지 마. 시바. 진짜. 이 사기꾼 새끼.'

남의 뒤통수를 치고 다니는 것으로 모자라 이제는 자기 자신의 뒤통수까지 치고 다니고 있지 않은가.

손가락에 유리가 박히는 상상이 효과가 있기는 있었나 보다. 이제야 조금씩 호흡 안정되는 것 같은 느낌이었으니까. 방금 그건 뭐였는지 천천히 다시 한번 생각이나 해보자.

'블러핑이겠지?'

대충 던진 거라고 판단하는 게 옳을 수도 있다는 생각이 든다.

'알타누스한테 고맙다는 건 뭘 의미하는 거지?'

그렇지만 계속해서 여러 가지 가능성이 맴돌기 시작한다.

이를테면 이건 사약이었다. 마시면 안 된다는 걸 알고 있으면서도 벌컥벌컥 들이켤 수밖에 없는 떡밥이다.

1회차 이기영이 마지막까지 남아 있었다는 건 솔직히 내 알바 아니지만, 만약 녀석과 알타누스가 모종에 관계에 있었던 게 맞다면 어떤 식으로든 김현성의 회귀에 영향력을 끼쳤을 가능성이 존재한다.

김현성의 선택이 무엇을 뜻하는지 파악하지 못하고 있으니 이곳에 관심이 쏠리는 것도 무리가 아니리라.

하지만.

'함정이야. 이기영 이 새끼가 사기 치는 거라고.'

당연히 함정일 가능성이 높다. 루시퍼와의 내기에 점점 가까워지자 이기영 이 새끼가 함정 카드를 발동시켰다고 생각하는 것이 옳다. 당장 내가 이렇게 흔들리고 있다는 게 가장 커다란 증거가 아니겠는가.

만약에 나와 알타누스가 유착 관계에 있었다는 게 진실이라면 녀석이 이걸 이런 식으로 내게 보여줄 리가 없다.

내 무의식이 보여준 풍경이라고 가정한다면 상황이 조금 더 복잡해지겠지만 지금은 그런 변수들까지 고려할 시간이 없다.

'루시퍼와 나누었던 내기 자체가 함정일 가능성도 있나.'

만약 이기영이 정말로 숨기고 싶었던 게 루시퍼와의 내기가 아니라 1회차의 기억이었다면?

'아니지. 이건 너무 갔어.'

진실을 거짓인 것처럼 포장해 내게 드러내고 있는 거라면.

'너무 갔어. 이렇게 빠져들면 안 돼. 이게 그 사기꾼 새끼가 원하는 거라고.'

중심을 잡는 게 옳다. 본격적으로 모임이 시작하기 전에 했던 생각처럼 흔들리지 않는 게 중요하다. 이곳저곳 둘러보다가는 모든 게 망가질 수도 있으니까.

더군다나 나는 보물 상자를 억지로 꺼내놓는 타입은 아니다. 경우에 따라서는 간혹 꺼내놓기는 하지만, 이기영은 본인의 것을 잃어버리는 걸 좋아하지 않는다. 굳이 이걸 먼저 꺼내놓을 이유가 없다는 거다.

이 새끼는 절대로 드러내는 타입이 아니다. 내가 그렇게 생각한다는 걸 깨닫고 있다고 하더라도 녀석은 보물 상자를 내 손에 직접 쥐여주지 못한다.

물론 가능성을 완전히 저버리는 것도 멍청한 행동이라는 걸 알고 있었지만, 그 가능성에 대해 다시 한번 파고드는 것은 카스가노 유노와의 사라진 기억을 확인해 본 이후여야 된다고 생각했다.

그렇게 곧바로 발걸음을 옮기기 시작. 정하얀을 함께 데려가고 싶기는 했지만 무슨 이야기가 오고 갈지 모르는 만큼 일단은 카스가노 유노가 있는 곳으로 향할 준비를 할 수밖에 없었다.

무엇보다 중요한 단서를 가지고 있는 게 그녀다. 답은 그녀가 가지고 있다.

'뭐지?'

이렇게 개지랄을 떨면서까지 녀석이 숨기고 싶어 하는 비밀이 뭘까. 당연하지만 평범한 게 아닐 거라고 장담할 수 있다.

'스케일을 너무 크게 벌렸어.'

그렇구나 하고 넘어가기에는 의아한 점들이 너무나도 많지 않은가.

서둘러 그리폰의 고삐를 쥔 이후에 하늘로 향하는 와중에도 온갖 생각들이 머릿속에 꽂혀 들어오기 시작, 하지만 별 의미 없는 가정이라는 것에는 그 누구도 이견을 제시할 수 없으리라.

'시바. 시바. 시바.'

솔직히 지금 내가 카스가노가 있는 곳으로 향하는 게 정답인 건지도 확신할 수가 없다.

거리가 가까워지면 가까워질수록 마음속에는 불안감이 싹트고 있다. 다시 돌아가는 게 더 나은 선택은 아닌지에 대해 몇 번이나 고민을 해볼 정도.

하지만 마치 나를 기다리고 있었다는 듯한 얼굴의 카스가노 유노를 목도한 이후에는 저도 모르게 고개를 끄덕일 수밖에 없었다. 이미 그녀는 내가 이곳으로 향할 거라는 걸 알고 있었다.

"……."

무척 오랜만에 보는 얼굴이라는 게 당황스럽다.

분명히 최근에 나와 그녀는 서로 얼굴을 마주 본 적이 있다. 그만큼 완벽하게 기억이 삭제되어 있다는 생각이 다시 한번 머릿속을 혼란스럽게 했다.

'도대체 뭐야.'

감고 있는 눈으로 조용히 이쪽을 응시하고 있는 얼굴에는 불안감이 담겨 있다. 반갑지 않아 보이는 얼굴에 괜스레 입술을 깨물 수밖에 없었다.

'여기에 온 게 정답이 아닌 건가?'

정말로 기억을 되찾으면 내기에서 지는 게 맞는 건가?

마지막에 마지막까지 의문이 꼬리표를 물기는 했지만 양보하는 것은 내게 어울리지 않는다. 타인에게만 국한된 이야기가 아니다. 나 자신에게도 마찬가지, 절대로 타협은 없다.

막 입을 떼려고 한 찰나에 카스가노 유노가 먼저 입을 열어 왔다.

"오셨습니까."

"……기다리고……."

"네. 오시기를 기다리고 있었습니다."

'설명이 필요하지 않은 건 좋네.'

"기다리고 있었다는 건…… 내가 여기 무엇 때문에 왔는지도 알고 있겠군요."

"네."

'이것도 좋아.'

"하지만."

"……."

"하지만 저는 두 분이 나눈 내기나 다른 것들에 대해서는 알지 못하옵니다. 주인님께서 알고자 하시는 답은 저를 통해서는 찾을 수 없을 거라는 걸 미리 말씀드리고 싶습니다."

"다른 건 필요하지 않습니다. 그저 우리가 무슨 대화를 나눴고, 내가 숨기고 있는 것이 무엇인지에 대해서만 이야기하면 됩니다."

"주인님께서는…… 제가 이후에 찾아올 주인님에게 이것에 대해 말씀드리는 걸 원치 않으셨지만."

'그래. 그랬겠지.'

"제가 그 뜻에 거스를 수 없다는 것 역시 알고 계셨습니다."

'그것도 맞아.'

"제가 보여드릴 수 있는 것은 정답이 아니옵니다."

'판단은 내가 하게 될 거야.'

"또한 이것을 본 이후에도 절대 흔들리지 말라고 말씀하셨습니다."

'내가 왜 흔들려.'

"그리 전해달라고 몇 번이나 당부하셨습니다."

'그러니까 도대체 뭔데.'

자꾸만 뜸만 들이고 있으니 괜스레 걱정이 앞선다.

'애초에 시바. 정답도 아닌데 도대체 왜 이렇게 뜸을 들이고.'

괜스레 허벅지를 톡톡 두드렸을 때였다. 카스가노 유노의 눈이 천천히 떠지기 시작한 것.

당연하지만 무슨 일이 일어날지에 대해서는 아주 잘 알고 있다. 이미 몇 번이나 그녀와 함께 검은색 세계나 미래를 바라보지 않았던가.

텅 빈 것만 같은 그녀의 눈에서는 눈물이 흘러나오고 있었고 조금 무섭기는 했지만 나는 그 두 눈을 똑바로 마주할 수밖에 없었다.

몸이 어디론가 빨려 들어가는 듯한 느낌이 들기 시작하고 내가 내게 숨기고 싶어 하던 것들이 단편적으로 눈에 들어온다.

커다란 전쟁터.

'라파엘?'

눈에 보이는 것은 라파엘이었다.

'뭐야 이 새끼 어떻게 움직이고 있어?'

생명 유지 장치를 떼어내지 않은 보람이 있는 모양.

조금 당황하기는 했지만 이게 내가 숨기고 싶어 하던 비밀은 아닐 거라고 생각했다. 조금 불안하기는 했지만 라파엘은 김현성이 아닌 천사 중 한 명과 검을 맞대고 있었으니까.

이후에는 다시 한번 장소가 뒤바뀐다.

'차희라?'

차희라의 모습 역시 보이기 시작한다. 온몸이 넝마가 된 채로 끊임없이 대검과 도끼를 휘두르고 있는 모습, 몸에 대여섯 개의 창을 꽂은 채로 싸우고 있는 모습은 걱정된다기보다는 무섭다.

금방이라도 쓰러질 것 같은 외관이라기보다는 싸움 자체를 즐기고 있는 모습이다. 커다란 웃음을 터뜨리며 천사들을 짓이기는 모습은 내가 차희라에게 기대하고 있던 것 그대로였다.

'제노지르아.'

아군이 되기로 한 금빛의 용 역시 신화 속에 한 장면 같은 모습을 연출하고 있는 중.

회의가 좋게 진행됐다는 것과 진배없는 장면이었기 때문에 이 장면 역시 만족스럽다. 마치 기둥과도 같은 거대한 황금빛의 숨결이 한 지역 전체를 뒤엎고 있지 않은가.

'정하얀.'

이 정도까지 생각한 대로 정황이 흘러가고 있는 걸 보니 정하얀 역시 벽을 뛰어넘는 데 성공한 모양.

예상했던 그대로 끊임없이 주문을 외우고 있었다. 눈에 가득 들어 있는 독기가 그녀가 얼마나 커다란 결심을 했는지 알려주고 있는 것만 같았다.

다른 길드원들이나 지혜 누나의 모습은 볼 수 없었지만 어디에선가 제 역할을 해주고 있을 것이 분명했다.

가능성을 10%로 잡았던 것과는 확연히 다른 모습. 대륙은 비둘기들에게 전력으로 저항하고 있었고, 또 일부는 몰아붙이기까지 하고 있었다.

도대체 뭐가 문제가 되는 건지 알 수가 없을 지경. 숨길 게 뭐가 있는지, 어떤 부분이 문제가 되는지 전력으로 찾아보려고 했지만 내 눈에 들어오는 것은 없다. 기대하고 있던 그대로의 모습이라 기쁘기까지 하다.

혹시 카스가노 유노가 실수로 다른 장면을 보여준 것이 아닌가 하는 쓸데없는 생각을 하고 있었을 때였다.

'뭐야……'

저거 뭔데.

믿기지 않는 광경이 두 눈에 들어오기 시작한 것.

전장의 한가운데. 천천히 내 모습이 정확히 보이기 시작한다.

'저게 도대체 뭔데.'

문제가 있다면 기대하고 있는 모습이 아니었다는 것.

성치 않아 보이는 것 정도가 아니다. 완전히 넝마가 되어버린 모습이지 않은가. 심지어…….

심지어 숨을 쉬고 있지도 않다.

그리고 그 뒤.

검은색 날개를 꺼낸 채.

나를 내려다보는 김현성의 모습이 시야에 비쳤다.

"뭐야…… 시바. 나…… 나 죽어?"

"……"

"현성이가…… 나 죽여?"

"……"

"현성이가…… 나…… 왜 죽여?"

'시바…… 시바…….'

계속해서 침묵을 유지할 수밖에 없는 상황이었다.

"현성이가…… 나 왜 죽이는데…….'

저도 모르게 한마디 내뱉어봤지만 들려오는 목소리는 없다.

도저히 믿기지 않는 장면에 카스가노 유노의 마력이 바닥날 때까지 되감기를 해봤지만 그렇다고 미래가 달라지겠는가. 직접적으로 김현성이 내 몸을 난도질하는 장면을 본 것은 아니었지만 틀림없이 김현성은 현행범으로 자리하고 있었다.

이제야 카스가노가 보여주고 있는 어두운 표정과 긴급히 전해온 메시지가 이해가 간다.

"시바……."

모르긴 몰라도 무척 다급한 상황이라 판단하지 않았을까.

5현장이 무너지는 미래를 막았다는 건 그동안 열심히 한 보상을 받았다는 것을 의미하는 것이겠지만, 그 대가가 내 죽음이라면 생각할 가치도 없다.

빛기영을 믿어주고 있는 대륙 위의 수많은 신도에게는 미안하지만 나는 게네들을 대신해 희생할 생각이 없다.

혹시나 카스가노 유노가 이전의 이기영에게 언질을 받고 주작된 내용을 선보이고 있는 건 아닌지 의심이 가기는 했지만 그런 게 가능할 리 만무. 장담하건대 그녀를 통해 본 내용은 여가 없이 진실이다. 그 이전에 그녀는 내게 거짓을 말할 수 없다.

설명을 요구하는 눈빛으로 조용히 그녀를 바라보자 눈을 감은 무녀가 천천히 입을 열어왔다.

"주인님께서는……."

"……."

"방금 보신 미래대로 흘러가야 모든 게 완벽해진다고 말씀하셨사옵니다."

'그건 아까 들은 건데 다시 들어도 새롭다. 그게 무슨 개소리야. 내가 죽는데 뭐가 완벽해.'

"그리해야 승리를 거머쥘 수 있다고 단언하셨습니다."

'그건 또 무슨 소린데. 시바.'

"보셨던 미래에서 한 치의 오차도 없이 그대로 진행되어야 한다고 말씀하셨습니다."

'그럼 나보고, 시바, 죽으라는 소리야?'

"그렇기 때문에 자기 자신이 미래를 알게 되는 것을 원하지 않으셨사옵니다. 혹여나 변수가 생기지는 않을까 무척 우려하셨사옵니다."

"그게…… 정……."

"저 역시 이해가 되지 않았지만 주인님께서는 틀림없이 그리 말씀하셨습니다. 만약 정말로 주인님이 찾아오신다면 필히 여러 번 당부하라 이르셨습니다."

'무슨 개똥 튀겨 먹는 소리야. 이건 도대체.'

의아할 수밖에 없는 것이 당연하다.

하지만 백번 양보해서 생각해 보면 어느 정도 이해가 되는 부분이 있기야 있다.

'너무 잘 흘러가고 있었지.'

전장의 전황 자체가 좋아 보였다는 게 그렇다.

식물인간인 채로 눈을 감고 있을 것 같았던 라파엘은 자리를 박차고 일어나 전장의 한 축을 감당해 주고 있었고, 제노지르아 역시 본인의 모든 걸 내던진 채로 적과 맞서 싸우고 있었다. 정하얀은 벽을 부숴 버린 상태였고, 차희라는 뭐 두말할 필요도 없었다.

당연히 이런 네임드들뿐만이 아니다. 전황이 어땠느냐고 묻는다면 밀어붙였던 쪽이었다고 단언할 수 있다.

조금 오버해서 반올림하자면 55 대 45로 쳐줄 수 있을 정도. 어쩔 수 없는 희생이 있기는 했지만 그래도 비슷비슷하게 비벼 나가고 있는 구도가 아니었던가.

현재 인류가 가지고 있는 전력으로는 최선의 결과를 만들어 낸 것이나 다름이 없다. 딱 내가 죽는 장면만 제외하면 이쪽에서 이상적으로 그리고 있었던 미래였다는 거다.

나비가 작은 날갯짓을 하면 지구 반대편에서는 태풍이 일어난다고 하지 않았던가. 나비 효과에 대해 생각해 보면 나를 제외한 대류인들이 승리를 거머쥐기 전까지의 과정 중에는 내가 스스로의 죽음을 자초하는 행동이 있었을지도 모른다.

'현성이한테 너무 신경을 안 써줬나? 그래서 그런 거야? 현성아?'

너무 다른 이들을 신경 쓰느라 김현성을 도외시한 것은 아닐까. 전력을 다지고 벽을 뛰어넘게 해주는 데 집중했지만, 상대적으로 김현성을 내팽개친 것은 아닐까.

생각해 보니 요즘 영 접전이 없었던 것 같은 느낌. 베니고어 톡도 대부분 읽고 씹기를 반복했고 통화가 길어질 것 같아 전화도 받지 않았다. 대놓고 무시한 것은 아니었지만 김현성을 다 잡은 물고기 취급한 것은 부정할 수 없는 사실. 혹시나 이 새끼가 루시퍼의 손길에 미처 포근하고 따뜻한 이기영 어장을 뛰쳐나간 것이 아닐지 걱정도 된다.

그럼 내기 내용은 뭐였던 거지?

'루시퍼와의 내기 내용이 이거였던 건가?'

김현성이 나를 죽일지, 죽이지 않을지에 대해서 내기를 했을 확률도 결코 낮지는 않다. 나는 카스가노 유노에게 단서가 있을 거라고 생각했고, 그녀가 보여준 결과물이 있었으니까.

여기서 이해가 되지 않았던 것은 스스로 죽는 엔딩을 보고 승리라고 표현했다는 것.

혹시나 이기영 이 미친놈이 갑작스레 터져 나온 희생정신으로 '나는 죽었지만 이 전쟁은 인류의 승리다!'라고 외치는 장면을 떠올려 봤지만 영 가능성이 없다.

이기영이 모종의 깨달음을 얻고 천사처럼 착해진 사이 일을 벌였을 가능성도 제로 퍼센트에 수렴한다고 장담할 수 있다. 오히려 김현성이 나를 죽인다는 내기에 주사위를 던졌다는 것이 더 설득력 있다.

쉽게 정리할 수 있는 이야기다.

1. 루시퍼와 이기영이 모종의 내기를 했다.

2. 미래에 이기영은 김현성에게 죽었다.

3. 이기영은 김현성에게 죽는 엔딩을 승리하는 엔딩이라고 발언했다.

4. 이기영은 김현성이 자신을 죽인다는 결과에 주사위를 던졌다.

5. 김현성은 이기영을 죽여야 한다.

만약 내 가설이 들어맞는다면 도출할 수 있는 결론은 두 가지.

6-1. 이기영 이 새끼가 뭔가 믿는 구석이 있다.

6-2. 하도 빛, 빛 하다 보니 이 새끼가 정말로 빛이 되어버렸다. 정말로 대륙을 위해 모든 걸 희생하기로 마음을 먹었다.

이 모든 가설과 예상이 물거품이 될 수도 있겠지만, 현재까지 나온 정황들을 살펴보면 가장 가능성이 높은 가설들이다.

만약 6-1이 들어맞는다면 이기영이 정말로 믿는 구석이 있다는 이야기겠지만…… 여전히 의문점은 존재한다.

일단 김현성에게 메시지를 보내보자. 그럴 거라고는 생각하지 않지만 정말로 어항을 빠져나갔는지 확인 정도는 해봐야 하니까.

잠깐 의심하기야 했지만 아니나 다를까 메시지를 보내기가 무섭게 곧바로 여신의 손거울이 울리는 게 느껴진다.

보라! 회귀자와 빛기영의 끊어지지 않는 끈끈한 유대감을. 고개를 끄덕일 수밖에 없다는 거다.

만약 3번 가정이 사실이라면 김현성은 이기영을 찔러야 내기가 성립할 수 있다. 우리 사랑스러운 회귀자가 정말로 빛기영의 새하얀 배때지에 칼을 쑤셔 박을 수 있을까.

나는 김현성을 그렇게 못난 놈으로 키운 적이 없다. 저 혼자 할복을 했으면 할복을 했지, 지금껏 자신의 짐을 들어준 친우를 배신할 못난 놈은 아니다. 이는 분명히 기억을 지우기 전의 이기영도 알고 있는 사실이다.

주사위를 던지고 말고 이전에 내기가 성립하지 않을 수도 있다. 물론 보이는 결과가 내기가 성립했다는 걸 알려주고 있었지만 중요한 건 결과가 아니라 과정이다.

불현듯 떠오르는 장면은 1기영이 붉은 하늘을 향해 손을 뻗으며 알타누스에게 감사를 표현한 모습.

'이건가?'

전혀 쓸데없는 블러핑이라고 알려줬던 장면이 어쩌면 힌트일 가능성도 존재한다. 만약 김현성이 나를 찌르도록 스스로 유도해야 한다면 이것만큼 적절한 장면이 없다.

'이건 찌를 만해.'

솔직히 이건 찌를 만하다.

'이건 진짜 찌를 만한데.'

배신감이 느껴지기야 할 것이다. 본인의 짐을 함께 들어주던 형제가 알고 보니 짐을 떠맡긴 당사자였단다.

'이건 조금 그렇지.'

본인을 위로하고 수면 위로 끌어 올렸던 사람이 알고 보니 지옥 밑바닥 끝까지 처박아 놓은 놈이라고 생각해 보라. 온갖 악독한 짓으로 동료들을 죽이고 세상을 풍비박산 낸 가면 쓰레기가 친형제 같은 사람이란다.

'솔직히 내가 생각해도 좀…….'

거대한 마이너스 감정이 닥쳐오는 것도 무리가 아니다. 김현성이 이 지옥 같은 시간을 다시 반복한다는 것에 매몰되어 있다는 걸 떠올려 보면 거짓된 진실을 알았을 때 흥분하지 않으리라는 보장도 없다.

온갖 배신감과 역겨운 감정이 소용돌이치다 결국에는 자신도 모르게 이기영을 넝마로 만들고, 스스로 절망의 구렁텅이로 빠져들게 되는 배드 엔딩.

만약 이게 배드 엔딩이 아니라 해피 엔딩이라면 나는 입에 내가 가면 쓰레기였다는 거짓말을 입에 담아야 한다.

사실은 내가 너의 회귀에 관여했고, 너는 나에게 속은 것이라 입을 열어야 한다. 그래야 내기에서 승리하게 되고…….

"루시퍼에게 도움을 받거나, 루시퍼가 개입할 여건을 만들어줄 수 있다. 이건가."

"그건…….

"…….

"……뭔가…… 떠오르는 게 있으십니까?"

"아무것도 아닙니다. 그냥 혼잣말이에요."

"하지만."

"여전히 가능성은 낮지만…… 어째서 제가 이걸 말하지 말라고 했는지 알 것 같습니다."

"어째서인지 여쭈어봐도 되…… 되겠습니까."

"당연히 이런 걸 본다면 의심할 테니까요. 정말로 제가 죽음을 맞이하는 게 해피 엔딩으로 향하게 되는 지름길인지, 정말로 주사위를 던지는 게 맞는지. 의심할 수밖에 없겠죠. 지금도 의심하고 있습니다."

'김현성에게 칼빵을 맞는다고, 내기에서 이길지 누가 알겠어? 이게 정말로 내기 내용일지 누가 알겠냐고.'

만약 내가 생각하고 있는 내기 내용이 진실과 완전히 동떨어져 있다면 이런 개죽음이 없을 것이다. 내기에 승리해 그놈의 '믿는 구석'을 기다리고 있다가 싸늘하고 싸늘한 시체로 쓸쓸히 죽어가는 것이다.

"결코, 주인님은 비참한 최후를 맞이하지 않으실 것이옵니다. 제…… 제가 그렇게 만들지 않을 것입니다. 이번 생에도 저는 주인님을 위해 스스로를 버릴 준비가 되어 있습니다."

'일어날 미래에 오차 따위가 있으면 안 된다며.'

"아니요. 그러실 필요 없습니다."

도망치는 것 정도야 얼마든지 가능하다.

보이는 미래를 피한다는 것은 루시퍼와의 내기에 패배한다는 것이겠지만 죽는 것보다는 낫다.

애초에 김현성이 나를 찌르는 상황 자체가 오지 않게 하면 된다. 노아의 방주 계획을 조금 더 일찍부터 터뜨려서 싸움 자체를 회피하는 방법도 있고, 가능성이 낮다는 생각이 든다면 김현성을 도발하지 않으면 된다. 김현성은 나를 찌르지 않을 것이고 이기영은 항상 그래왔던 것처럼 살아남을 것이다.

'내기가 성립하지 않거나 패배했을 경우의 페널티야 있겠지만.'

일단은 살아 있다는 사실 자체가 가장 중요하다.

잠잠히 머리를 굴리며 허벅지를 툭툭 두드리자. 카스가노 유노는 다시 한번 눈물을 뚝뚝 떨어뜨리기 시작. 아무래도 본인이 봤던 장면이 그만큼 충격적이었던 것 같았다.

"피할 수 있는 미래이기도 하니 그렇게 슬퍼하지 않으셔도 됩니다. 대륙의 승리와는 멀어지겠지만……."

"하지만……."

"그래도 던져보는 것도 나쁘지는 않겠네요."

나는 도박을 싫어하지만 이기는 게임에 주사위를 던지지 않을 정도로 바보는 아니다. 만약 기억을 지우기 전의 이기영이 믿는 구석이 있다면……

"던지는 게 옳을 것 같아요."

"정말로……."

"이기는 게임이라고 확신할 수는 없지만 이길 확률이 높은 게임이기는 할 것 같습니다."

몇 번의 확인 과정을 거친 이후에는 확실하게 던지는 게 옳다.

"그런 의미에서, 힘드시겠지만 한 번 만 더 봅시다."

"……."

"답을 찾아가는 과정이기는 하지만 제 가설이 맞는지 한 번 더 확인해 보는 게 좋을 것 같습니다. 제가 도망치지 않고 이 내기를 받아들이기로 결심해도 미래가 변하지 않는지 한번 확인해 봅시다."

카스가노 유노는 천천히 고개를 끄덕였다.

조금 불안한 감이 없지 않아 있었지만…… 미래에는 변함이 없다. 기억을 지우기 전의 이기영은 내가 여기까지 파고들거라는 걸 예상했었고, 실제로 피하지 않을 것이라고도 예상했다.

답은 나왔다. 이기영의 죽음이 어떤 결과가 나올지는 알 수없지만, 이기영은 거짓말을 해야 한다.

진청의 죄를 스스로 뒤집어쓰고, 내가 가면 쓰레기였고 너의 회귀에 관여했다는 거짓말을, 가장 결정적인 순간에 김현성에게 고백하고 스스로를 불구덩이 속으로 밀어 넣어야 한다.

비극의 히로인이 세상을 위해 목숨을 바치는 것은 쌍팔년도 클리셰지만 어쩌겠는가. 김현성이 이런 클리셰가 취향이라는데.

'내 죽음으로 세상을 구할 수 있다면…… 이 보잘것없는 육신 따위, 대륙을 위해 내던지겠어.'

뜨거운 빛의 눈물이 흘러내리기 시작했다.

'가능한 겁니까. 불가능한 겁니까?'

[일반 등급의 강제 퀘스트가 발동됩니다.]
[현재의 대륙 상황으로는 불, 불가능할 거야. 인간의 생과 사에

직접적으로 개입하는 것은 금지되어 있고 만약 허가가 난다고 하더라도 엄청난 페널티가 부과돼. 특히 우리 같은 경우에는 더욱더. 아주 작은 개입에도 신성 소요가 상당하다는 걸 생각해 보면……. (0/1)]

'이해가 안 되는 건 아니네요.'

[이해해 줘서 고마워…… 이…… 이기영 후배. 역시 우리 이기영 후배는 말이 통한다니까. (0/1)]

'대충 위쪽도 어떻게 돌아가고 있는지 알고 있으니까요.'

[으응. 다른 대륙에서도 예산을 많이 가져와서 솔직히 더 이상 이곳에 투자할 여력이 없으신 것 같거든. 그때 이기영 후배를 빛으로 가득 채웠던 게 사실상 마지막 지원이라고 생각하면 될 거야. 그래도 날개 달았잖아! 그, 그렇지? (0/1)]

'근데 정말로 불가능한 건 맞아요? 엘룬 같은 애들 몇 명 모아서 희생하고 이러면 어떻게…….'

[엘룬을 희생시킨다고 해도 불가능하다니까. 옛 분들이 헤아릴 수 없는 시간 동안 모아온 신성들이라면 가능하지 않을까. 평범한 인간이라면 어떻게든 편법을 사용할 수도 있겠지만, 알다시

피 이기영 후배는 격이 높아졌잖아. (0/1)]

'그렇긴 하지……'

[그럴 리야 없겠지만 만약 이기영 후배를 살린다고 가정하면 그건 죽은 신을 살리는 거와 다름이 없는 행동이야. 알타누스를 되살리는 것과 다름이 없다고 생각해 봐. 만약 그 정도의 신성을 소비할 여력이 있었다면 애초에 죽음을 맞이하지 않게 만들었겠지. 항상 말하는 거지만 저번 지원도 엄청 이례적인 일이었다고. 윗분 중에 한 분이 이기영 후배님과 김현성을 열렬히 스카우트하고 싶어 하셔서 통과됐던 거지. 아니었으면 그렇게 하지도 못했을 거야. (0/1)]

'음……'

[사랑스러운 이기영 후배에게 이런 말 하기는 조금 미안하지만 알다시피 이기영 후배가 조금 모난 구석…… 아니, 조금 독특한 구석이 있잖아. 이곳에는 보수적인 분들도 많아서 이야기가 많이 나오기도 했거든. 김현성도 마찬가지고…… 한번 타락한 인간을 믿을 수 있겠냐고…… (0/1)]

'뭐?'

[그…… 그래도 아까 내가 언급한 그분은…… 오히려 그렇기 때문에 더욱더 스카웃을 해야 한다고 말씀하셨거든, 루시퍼의 힘을 받아들였다는 것보다는 받아들인 이유에 대해 집중하셨던 거지. 꼭 이기영 후배님을 보고 싶어 하셨는데…… 아쉽게도 지금은 너무 바쁘시네. (0/1)]

'걸리는 게 많기는 하지만 결론부터 말하면 가능하기는 가능하다는 거네요?'

[아, 아니. 불가능하다니까. 대륙의 법칙에 위배되는……. (0/1)]

'그 페널티를 맞을 각오하고, 헤아릴 수 없는 시간 동안 모아 놓은 신성을 소비한다고 가정하면 가능하다고 이야기한 거 아니었어?'

[그건 이기영 후배님 말이 맞지만…… 실제로 그 정도의 신성을 움직이기는 힘들어. 윗분들이 맡은 차원들도 문제가 많고, 만약 그 정도의 신성이 소비된다면 차원의 균형 자체가 깨질 가능성이……. (0/1)]

'아니, 그러니까 가능하기는 가능하다는 거잖아.'

[가, 가능하기는 하지. (0/1)]

'그럼 됐네.'

일단은 계속 빛의 눈물을 흘려도 될 것 같았다.

물론 빛을 위해 이 모든 걸 희생하기로 마음먹기는 했지만 그래도 어느 정도의 확인 과정이 필요한 것이 아니겠는가. 점검 아닌 점검을 할수록 아귀가 맞아떨어지는 것 같은 느낌이었다.

루시퍼라면 가능하겠네.

만약 정말로 빛기영이 빛으로 화한다고 해도 루시퍼라면 이기영을 살리는 것이 가능하다.

어마어마한 페널티를 부과받고 모아놓은 그녀의 실적이 일부 날아가기야 하겠지만 그녀라면 확실하게 이쪽을 되살려 줄 수 있을 거라고 생각했다.

아니, 베니고어의 말을 들으니 애초에 죽는 상황까지도 오지 않을 가능성이 높다. 손해를 최소화하기 위해, 무슨 수를 써서라도 중간에 개입하는 것을 선택하지 않을까.

어째서 이런 귀찮은 내기까지 한 건지는 모르겠지만 이게 계약의 내용이라면 이해가 가기도 했다.

악마는 계약을 해야 현세에 개입할 수 있다. 루시퍼 정도의 악마라면 계약을 하지 않은 상태로도 개입이 가능하겠지만, 정식으로 계약을 맺은 상태가 페널티를 덜 받는 방법이라는 걸 모르고 있을 리 만무하지 않은가.

어느 쪽이 됐든 간에 그녀가 패배했을 때의 손해가 막심하다는 것은 부정할 수 없는 사실.

잠깐이었지만 혹시 내가 패배했을 경우에는 어떤 대가를 치러야 할지가 궁금해지기 시작했다.

루시퍼의 개입을 끌어내기 위해 이기영이 내건 것은 뭘까. 평생 김현성과 함께 그녀의 밑에서 노역하겠다는 노예 계약서에 사인한 것은 아닌지 하는 불안함이 밀고 들어올 정도.

물론 굳이 파헤칠 필요는 없다고 생각했다. 어차피 내기에서 승리하는 건 루시퍼가 아닌 나라고 생각했으니까.

[이제 딱 이틀 남았네. 이, 이기영 후배. 우리 할 수 있는 거지? (0/1)]

'할 수 있겠죠.'

[혹시 이기영 후배가 우리 대륙을 버리면 어떻게 하나 생각했던 적도 있었지만…… 역, 역시 이기영 후배는 이기영 후배라니까. 나는 믿었어. 엘룬이 그렇게 아니라고 해도 이기영 후배를 항상 믿고 있었다구. 우, 우리 끝까지 함께 가는 거다! 그렇지? (0/1)]

'아니……'

[함께 매수하고 함께 매도하는 그거. 나, 나도 같이하는 거

다! (0/1)]

　[우리는 영혼의 동반자니까. 으응. 나, 나는 항상 믿었어. (0/1)]

　[주위에서 이기영 후배를 욕하고 손가락질해도 나만은 끝까지 이기영 후배를 믿었다구. (0/1)]

　'……'

　[아! 이, 이제 회의 시간이네. 이기영 신도도 힘내. 나도 최, 최대한 내 나름대로 도움을 줄 수 있는 방법을 찾아볼 테니까. 우리는 하나. 우리는 하나다! (0/1)]

　"얘도 참……."

　약간의 불안감이 담겨 있기는 했지만 무척 희망적인 느낌이기도 했다.

　'36일 이후에 혹시나 대륙을 손절하지 않을까 덜덜 떨고 있었던 게 엊그제 같은데……'

　결국에는 이기영이 받아들이기로 했구나 하고 반쯤 확신하는 것 같은 분위기.

　마지막에 마지막까지 뒤통수를 조심하는 게 현명한 행동이 아닐까 하는 생각을 해봤지만 베니고어의 희망적인 분위기가 뭘 뜻하는 건지는 알 수 있을 것 같았다.

　이제 딱 3일이 남은 타이밍, 그녀가 보기에도 준비가 나쁘지 않다는 생각을 한 것이 아니었을까.

베니고어의 보증 따위는 하등 쓸모가 없지만, 그녀가 느끼기에 대륙이 밝은 분위기를 향해 한 발자국 한 발자국 움직이고 있는 것처럼 보였나 보다.

'얘도 먹을 게 많으니까.'

기본적으로 본인의 일터를 지킬 수 있다는 게 가장 행복한 소식일 것이다.

부차적으로 따라오는 이득에 대해서도 행복 회로를 돌리고 있지 않을까. 승진이야 당연한 거고, 바깥 놈을 밀어내거나 처치했다는 공로를 인정받아 인센티브까지 받을지도 모른다.

만약 내가 빛 쪽으로 움직이기로 마음을 먹는다면 그녀의 입장에서는 제대로 된 동아줄이 내려오는 셈.

분위기상 나와 김현성에 대해 여러 가지로 의견이 갈리는 것 같기는 했지만, 녀석과 내가 태풍의 핵이라는 사실에는 그 누구도 이견을 제시할 수 없지 않은가.

윗분 한 분의 총애를 받고 있으니 이미 한 자리를 차지하는 거야 확정된 이야기. 베니고어도 은근슬쩍 그 줄에 합류하려는 거겠지 뭐. 얘가 사실은 머리가 잘 돌아가는 건 아닐까 하는 생각도 든다.

괜스레 허벅지를 툭툭 두드리자 앞쪽에서 목소리가 들려오기 시작했다. 그러고 보니까 얘랑 놀고 있었지.

"부길드마스터 차례입니다."

"……."

"……"

"아. 네. 제가 조금 넋을 놓았네요."

"여유 있게 하셔도 됩니다. 뭐 딱히 우열을 가리자고 하는
게임도 아니니까요."

눈앞에서 조용히 나를 바라보고 있는 인형은 조혜진이다.

"누가 우열을 가리는 게임이 아니라고 했어요? 우열을 가리
는 게임 맞아요."

"네. 그럼 그런 거로 해요."

"……안 둔 사이에 혜진 씨는 실력이 많이 줄었네요."

"그렇다기보다는 부길드마스터가 실력이 는 것 같습니다.
잘 두시네요. 확실히."

'얘 이거……'

"아. 그보다 이 차 한번 마셔보세요."

'……'

"건강에 좋은 차라고 합니다. 특히 머리를 맑게 해주는 차라
고…… 효과가 있을지도 모른다고 하더군요."

"이런 건 어디서……"

"베니고어 넷에 있는 사람들이 추천해 줬습니다. 아마 마음
에 들어 하실 겁니다."

'와……'

얼굴을 보니 세상 걱정스러운 표정이었다.

'내가 정신이 없기는 없었나 보다.'

조혜진이 접대 게임을 해주는 걸 눈치채지 못하고 있을 정

도였으니 무슨 말이 더 필요할까.

어쩐지 별로 초조해하는 기색이 없다고 느껴지기는 했다. 게임이 이렇게 기울었는데 보여주는 표정이 아니다. 체크메이트를 맞기 직전의 상황에도 푸근한 미소를 올리고 있지 않은가. 남이 나를 걱정해 주고 있다는 건 짜릿하기는 했지만 이건 조금 자존심 상한다. 가볍게 입을 여는 것도 나쁘지 않아 보였다. 슬그머니 말을 집어둔 이후에 이죽거리면 반응이 오지 않을까.

"차는 맛있기는 한데…… 게임이 영…… 제가 실력이 는 게 아니라 혜진 씨가 줄어든 게 맞습니다."

"……"

"너무 쉬운데…… 혹시 머리에 이상이라도 생긴 건 아니죠? 아까 거기서 그렇게 됐으면 안 됐죠. 나 참 수준이 맞아야 게임을 하지……"

"……"

"조금 더 연습하고 오셔야 할 것 같습니다. 뭐 결전의 날까지 이틀 남았다고 싱숭생숭한 건 이해하는데 진짜 경기력 썩었네요. 어이구! 맛있게 먹겠습니다. 폰으로 나이트를 다 먹어보네. 끝내줍니다. 끝내줘요. 키야."

"……"

"체크메이트가 눈앞에 보이는데…… 이걸 먹을까 말까. 한 번 살려 드릴게요. 그 대신 비숍은 가져갑니다. 아이고…… 아이고오. 맛있어라. 뇌가 굳은 거 아니에요?"

"……"

"아, 너무 쉽네요. 현성이랑 게임하는 것 같은 느낌이네. 진짜."

"말씀이 너무 심하신 것 같습니다. 길드마스터 정도는 아닙니다."

"현성이랑 게임하는 것 같은 느낌인데 뭐. 요것도. 잘 먹겠습니다. 후르르 짭짭."

은근슬쩍 눈빛이 변하는 게 보인다. 입술을 꽉 깨무는 듯한 표정.

조금 단호한 얼굴로 말을 옮기기는 했지만 뭔가 변화가 올리는 만무했다. 이미 전황은 기울어질 대로 기울어진 상황, 현재 조혜진이 할 수 있는 일은 얻어맞는 것밖에는 없다.

"손이 미끄러져서 요걸 또 먹어버렸네."

"……."

"내 정신 좀 봐. 푸흐헤헤헤하핫."

"……."

"췍쿠메이트! 다시는 체스 두자고 하지 마세요. 진짜."

"한, 한 판 더하죠."

"뭘 한 판 더해요. 시간도 늦었는데."

"한 판 더해요. 한 판만."

"해봤자 결과는 뻔합니다. 재미도 없고요. 지혜, 아니, 김미영 팀장부터 이기고 와요. 그럼 상대해 줄 테니까."

"딱 한 판만 더해요. 딱 한 판만."

"비굴하다. 진짜. 일없습니다."

"아니, 딱……."

"너무 쉬워서 안 해요. 진짜."

"아니…… 아니, 딱 한 판만 더 하자고! 진짜 딱 막판 하자고!!"

"……."

"……소, 소리쳐서 죄송합니다."

"뭐 그런 거 가지고 그러십니까. 오늘 온종일 지느라고 수고했는데 소리 좀 칠 수 있지."

"그러니까 딱."

"아니. 진짜 안 한다니까요. 슬슬 정리하고 와인이나 때립시다. 할 이야기도 조금 있고……."

"뭡, 뭡니까?"

"현성이는 어때요? 잘 지내고 있어요?"

"네. 뭐 딱히 이상이 있는 것 같지는 않습니다. 오늘은 나오기 전에 기분이 조금 안 좋으신 것 같긴 했는데…… 평소 그대로였습니다. 그러고 보니 부길드마스터한테 무슨 이상이 있는지 확인해 달라고 하셨습니다. 도통 연락이 되지 않는다고. 여기 함께 오고 싶어 하시기도 하셨는데……."

"현성 씨는 바쁘시지 않습니까. 제가 방해하면 안 되죠."

"아…… 네. 그렇기는 하지만……."

"길드 분위기는 조금 괜찮고요?"

"네. 괜찮습니다. 하얀 씨에게 조금 문제가 생긴 것 같기는 하지만……."

'그것도 잘되고 있는 거네.'

이제 정말로 마지막 퍼즐 하나만 남은 것 같은 느낌이었다.

"이제 정말로……."

"네. 얼마 안 남았죠."

"괜찮을 것 같습니까?"

"괜찮을 겁니다."

"계속 초조하셨던 것 같은데……."

"일단 그 문제는 해결됐어요. 준비도 제대로 되어 있고 제 생각대로만 잘 풀리면 좋겠네요. 기왕이면 아무도 다치는 사람 없이 끝내는 게 가장 베스트라고 생각하는데. 쉽게 됐으면 좋겠네요."

"아무도 다치지 않을 겁니다."

"글쎄요……. 네, 정말 그렇게 됐으면 좋겠군요."

불안함을 감지한 듯 뭔가 입술을 깨무는 조혜진의 표정이 눈에 비쳤다. 데스 플래그를 투척당한 것만 같은 표정. 무슨 일 있냐고 묻고 싶다는 얼굴이다. 뭔가 구린 분위기를 감지한 것이다.

억지로 웃음을 지으며 말을 돌리는 것처럼 슬그머니 입을 열어온다.

"그, 그러고 보니 할 말이라는 게 뭡니까?"

"본론은 잊을 뻔했네요."

"……."

"노는 날 딱딱한 말씀을 드리기는 싫은데…… 꼭 말씀드려야 할 것 같아서요. 별건 아닙니다. 혜진 씨 임무가 변경됐다는 소식이네요."

"그게 무슨 말……."

"전투 초반에는 매뉴얼대로 진행하시면 됩니다."

"그럼 이후에는……."

"이건 아주 만약입니다."

"네."

목소리가 떨리고 있다.

"그러니까. 아주 만약에."

"……."

"만약에 제가……."

"네."

"만약에 제가 잘못된다면 그 이후의 매뉴얼입니다."

슬쩍 준비해 놨던 문서를 넘기자 입술을 꽉 깨물고 있는 조혜진의 얼굴이 시야에 비쳐왔다.

"이건…… 이…… 이건……."

빛을 위해 스스로 희생하고자 하는 성자의 퀘스트.

자리에서 벌떡 일어나는 것으로 모자라 머리가 어지럽다는 듯이 비틀거리는 모습이다. 믿기지 않는다는 듯이 두 손을 벌벌 떨고 있다. 눈에는 눈물이 차오르고 있었고 입술을 계속해서 움직이고 있다.

마치 공황 발작이라도 온 것만 같은 모양새이지 않은가. 숨이 넘어갈 것처럼 거칠어지는 숨소리는 내가 다 당황스럽다. 괜히 조혜진을 불러 퀘스트를 준 것은 아닌가 하는 생각을 했을 정도였으니 무슨 말이 더 필요할까.

'아…… 이거 잘못 골랐나.'

"이기영…… 이기영…… 이기영…… 너."

"……."

"너……."

일단은 처연한 얼굴로 입을 열어보자. 기왕 하는 거 제대로 준비하는 게 맞으니까.

"어디까지나 만약이라고 말씀드렸습니다. 제게 마지막이 왔을 경우에요."

"지금 그게 무슨 말이야."

"어디까지나 만약이라고 말씀드리지 않았습니까. 하여튼 맨날 이런다니까. 쓸데없이 과민 반응 보이지 마세요."

"그러니까…… 그러니까 지금 그게…… 이게 무슨 상황이냐고. 왜…… 왜 이런 걸……."

"누군가는 수습해 줄 사람이 필요하니까요. 어린아이들끼리 노는 게 아니지 않습니까. 대륙은 지금 위기에 놓여 있고, 지금까지와는 비교도 할 수 없는 커다란 전투가 시작될 겁니다. 이제 이틀 남았어요."

"……."

"누구 하나 죽어 나간다고 해도 이상할 일은 없습니다. 혜진 씨가 죽을 수도 있고, 길드원 중 한 명이 죽을 수도 있습니다. 참고로 다른 이들이 죽었을 경우의 매뉴얼도 가지고 있으니 과민 반응할 건 없어요. 대륙에서 이기영이라는 이름이 가지는 상징적인 의미에 대해서 생각해 보세요. 제가 대단한 사람이라고 생각하지는 않지만 아마 커다란 혼란에 빠질 가능성이 큽니다. 대륙뿐만이 아니라 파란 길드원들도 그래요. 누군가는 수습해 줘야 할 사람이 필요합니다."

"어째서 이런 걸 만들어놓은 거냐고 묻잖아!"

'아니, 시바 혜진아. 왜 그렇게 흥분을 하고 그래. 둠혜진이 하고 싶어?'

"왜 자꾸 두 번 말하게 만들어요? 말했잖아요. 만약의 상황이라고."

"이게 만약의 상황을 위해 만들어놓은 지령서라고? 말 같지도 않은 소리 집어치워. 이…… 이……."

"……."

"죽을 작정이야? 죽…… 죽을 작정이냐고."

'아이, 시바. 너무 디테일하게 만들었나.'

예상하고 있는 것보다 더 흥분하고 있는 조혜진의 모습이 눈에 띈다. 얘가 이렇게까지 나를 생각했었나 싶어 기분이 좋아지기는 했지만 당황스러운 감정이 더욱더 크다.

"제 성격 아시는 분이 왜 이러세요? 내가 죽을 사람으로 보여요?"

"그럼 설명을…… 설명을 하라고."

"설명해 드릴 게 없는데 어떻게 합니까. 그냥 그대로니까 그렇게 알아두시면 돼요. 아니, 진짜 왜 그래요?"

조혜진을 선택한 게 잘못된 선택은 아닌지에 대해 진지하게 고민을 해볼 정도였다.

'그의 긍지를 더럽히지 말라며. 혜진아.'

AKA.그긍더 조혜진은 도대체 어디로 갔어. 네가 지금 이렇게 행동하는 게 빛기영의 긍지를 더럽히는 일이라는 걸 왜 모르니.

'시바…… 좀 그긍더 하라고 진짜.'

절대로 물러서지 않을 거라는 얼굴에 내가 다 초조해진다. 빛과 함께 모든 걸 희생하기로 한 내 입장에서는 당황스러운 마음이 드는 것도 무리가 아니리라.

생각해 보라. 죽음이 두렵지 않은 사람이 누가 있겠는가. 나역시 많은 결심을 한 이후, 사랑하는 사람들을 위해, 그래. 사랑하는 사람들을 위해 스스로를 희생하겠다고 막 마음먹은 타이밍이었다. 조혜진이 이런 식으로 나오면 쌍방으로 힘들어질 수밖에 없다는 거다.

'얘 이거 김현성한테 말해 버리는 건 아니야?' 하는 불안감이 치솟을 정도였으니 다른 표현이 필요할 리 없다. 1회차 때보다 나를 더 적대적으로 바라보고 있지 않은가.

아직까지 눈물은 흘러내리지 않고 있었지만 필사적으로 울음을 참고 있는 것으로 보인다. 공황 상태에 빠진 것 같은 모습은 정상적인 판단을 할 수 있는 것처럼 보이지 않는다.

왠지 모르게 사고 칠 것 같은 얼굴. 어떤 식으로라도 극단적인 선택을 할 것 같은 표정이었다.

"개소리하지 마. 개…… 개소리하지 말라고. 이…… 이건 못본 거로 하겠습니다. 못 본 거로 할 테니 다시 집어넣으세요."

'이거 시바 하극상이야. 명령 불복종이라고.'

상급자로서 따끔하게 한마디 하는 게 낫지 않을까 싶기도 했지만 아무래도 그럴 분위기가 아니었다. 불길한 생각이 끊이지 않는지 조혜진의 호흡이 점점 더 거칠어졌다.

"다시는 이런 생각하지 마. 이기영 너는 안 죽어. 절대로 안 죽는다고."

'아니야. 나 죽어야 돼. 죽어야 되는데 진짜 왜 그래.'

"괜한 짓 하지 말고 제대로 읽어요."

"싫다고 말했습니다."

"혜진 씨밖에 없습니다. 혜진 씨밖에 없다고요."

"……."

"만약이라고…… 말하지 않았습니까."

"그, 그 말을 어떻게 믿으라고……."

'아. 애 감정 올라왔다.'

"내가 네 말을 도대체…… 어떻게…… 어떻게 믿으라고. 입만 열면 거짓말…… 거짓말하는…… 하는 주제에."

목이 메는지 점점 더 울음기가 번지고 있었다. 간헐적으로 끄윽, 흐윽거리는 소리가 들려온다. 아마 본인은 인지하지 못하고 있을지도 모르겠다.

조혜진은 결코 멍청하지 않다. 만약을 위해 준비된 서류를 읽고 감정 과잉이 돼 눈물을 흘리는 건 조혜진답지 않다는 거다. 아마 그녀 역시 대충은 예상하고 있지 않을까. 내가 마주해야 할 커다란 시련과 두려움, 그 모든 걸 짊어질 희생에 대해서 눈치채고 있을지도 모른다.

조혜진은 이기영이라는 인간에 대해서 조금은 알고 있다. 절대로 자신을 함부로 던지지 않을 것이라는 걸 알고 있고, 남을 위해 자신을 희생하는 캐릭터가 아니라는 것 또한 이해하고 있다.

저절로 답이 도출되는 것도 당연했다. 내가 의도한 바와는 조금 달랐지만 아마도 조혜진은 이렇게 생각하고 있는 것만 같았다. 기억 상실뿐만이 아니었다고. 죽어가고 있는 것은 모두와 함께했던 추억뿐만이 아니었다고. 죽어가고 있는 것은 이기영 그 자체였다고. 그렇기 때문에 모든 걸 받아들일 수 있었던 거고, 그렇기 때문에 이렇게 담담하게 이야기할 수 있었던 거라고.

"입만…… 열면…… 흐윽…… 거짓말…… 하잖아."

이제는 의식했는지 두 손으로 눈물을 연신 닦아내고 있었다.

"그러니까. 가져가요. 다시 가져가라고…… 그런 거짓말…… 절대로 안 믿으니까. 괜찮다고 하는 말…… 안 믿으니까."

"……."

"가져가. 가져가! 이 쓰레기 새끼야. 가져가라고!"

"……."

"이런 걸 받으면 내가 좋아할 줄 알았어? 이…… 이 기만자 새끼. 오늘 보자고 한 게 이것 때문이었어? 이런 말이나 하려고 초대해서 체스나 두자고 한 거야? 한가하게? 한가하게 체스나 두자고…… 흐윽…… 체스나 두자고 한 거냐고…… 이딴 걸 보여주려고 불렀어?"

"너는……."

"이 나쁜 새끼야. 이 더러운 쓰레기 새끼…… 이제야…… 이제야 속이 시원해?!"

"혜진……."

"이제야 속이 시원하냐고! 그렇게 혼자 다 짊어지는 척하면…… 네가 뭐라도 될 것 같아? 흐윽…… 남의 머리 꼭대기 위에서 그렇게 사람을 놀려먹으니까. 이제 조금 기분이 좋아졌어? 내가 웃고 떠들고 있는 걸 보니까. 속이 후련했어?"

"……."

"겨우 이것밖에 안 돼? 너…… 겨우 이것밖에 안 되는 놈이야? 포기할 거야? 안 죽는다며. 절대로 죽지 않을 거라며. 자기 목숨 챙기는 것 하나는 자신 있다며…… 벽에 똥칠할 때까지 살 거라며! 살 거라며!!! 이…… 이 개새끼…… 흐윽…… 이 개새끼야. 그렇게 살 거라며."

"……."

"말해줄 수 있었잖아. 말해줬으면 다른 방법을 찾았을 수도 있었잖아. 현성 씨랑 잘 되게 해준다고 말했었잖아. 그것도…… 그것도 전부 거짓말이었지. 전부 다…… 전부 다 거짓말이었어."

"……."

"일이 다 끝나면 한가하게 놀러 나가자는 것도, 일이 끝나면 밤새도록 체스나 두면서 밀린 이야기나 하자는 것도, 같이 쇼핑 나가자고 했다는 것도…… 전부…… 전부 거짓말이었어…… 전부 흐윽…… 전부 거짓말이었어."

"미……."

"사과하지 마. 사과하지 마!"

"안……."

"사과하지 말라고! 흐윽…… 사과하지 마아!!!! 이 거짓말쟁이 새끼!!! 이 개새끼!!!! 흐윽…… 흐윽…… 사과하지 말라고……."

"해……."

"사과하지 마!!!!!"

"일단 진정……."

"진정 같은 소리 집어치워. 이 개새끼. 이 개새끼야. 거짓말쟁이 새끼야……."

"……."

"말해……."

"무슨 말을……."

"언제부터였는지. 전부 다 말해. 도대체 일이 어떻게 진행되고 있는 건지, 정확히 어디에 문제가 있는 건지. 말해. 나는 들을 자격 있어. 나는…… 나는 들을 자격 있다고. 정확히 얼마나 남은 건지…… 이야기해."

"……."

"말하라고 했잖아."

"그러니까……."

"거짓말하면 그 입 부숴 버릴 테니까."

"정확히는 저도 잘……."

"......"

"후우……"

"......"

"……그렇게 오래 걸리지는 않을 겁니다. 정확히 언제라는 건 나도 알 수 없지만 긴 시간은 아니고요. 증상을 깨달은 것도 그렇게 오래된 것도 아니고…… 일부러 숨긴 것도 아니에요. 저도 알아차린 지 얼마 안 됐다고 하면 조금 이해가 돼요?"

"......"

"뭐가 어떻게 된 건지는 저도 알 수 없지만…… 이건 막을 수 있는 일이 아니에요. 만약 방법이 있었다면 제가 먼저 찾았을 겁니다."

"그걸 네가…… 네가 어떻게 판단할 수 있는 건데."

다른 말이 필요할 리가 없다. 천천히 빛의 날개를 펼쳐보자. 순식간에 온몸이 찬란하게 빛나기 시작하고 커다란 신성이 몸 안에 깃든다.

어두웠던 방 안을 비추는 빛은 웅장해 보이기보다는 왠지 모르게 슬퍼 보인다. 말로 표현할 수 없을 정도로…… 그래. 그 정도로…… 서글프게 느껴졌다.

"이…… 이것 때문……."

고개를 젓자 다시 한번 눈물을 훔치는 모습이 보였다.

굳이 말로 설명할 필요는 없다. 이미 이기영의 몸은 예전에 죽었어도 이상하지 않다.

조금만 생각해도 알아차릴 수 있지 않을까. 그동안 내가 자신의 몸을 얼마나 혹사시켰는지 알고 있다면 당연히 눈치챌 수 있을 것이다.

약한 신체로 몇 번이나 거대한 사선을 넘었다. 분에 넘치는 동료들과 함께, 평생을 노력해도 볼 수 없었던 풍경을 볼 수 있는 행운을 누렸다.

정말로 많은 일을 겪었다. 힘들기도 했고 가끔은 눈물을 흘릴 일도 있었지만 생각해 보면 이 모든 과정이 즐거웠으며, 이 역경과 고통은 나를 더 단단하게 만들었다. 그래 그런 설정이다. 그게 좋을 것 같다.

하지만 몸은 그 시간들을 견디지 못했다. 한때 악마들에게 붙잡혀 살아 있는 게 기적일 정도로 몸이 넝마가 된 적도 있었고, 부작용에 약을 먹으며 하루하루를 버틴 적도 있었다.

나 역시 눈치채지 못하고 있었지만 이기영은 천천히 죽어가고 있었던 것이다.

죽어가는 신체를 유지하고 있는 것은 인간의 몸으로 감당할 수 없는 거대한 신성. 베니고어 여신이 한 인간을 가엾게 여겨 모든 일이 끝날 때까지만이라도 버틸 수 있는 신성을, 스스로 매듭지을 수 있는 시간을 벌어준 것이다.

"거짓말…… 거짓말하지 마."

"……."

"흐윽……. 흐윽…… 거짓말하지 말라고…… 제발…… 제발 거짓말이라고 해줘."

거짓말이 아니다.

"제발…… 부탁이니까. 거짓말이라고…… 말해줘, 제발……."

"거짓말이 아닙니다."

빛기영의 대륙을, 아니, 내 사람들을 지키고 싶은 두 눈에 거짓 따위는 없다.

"흐윽…… 어떻게…… 어떻게……."

솔직히 희생이라는 말은 이기영과 어울리는 단어는 아니다.

"어울리는 말은 아닙니다만……."

하지만 뭔가를 하고 싶다는 생각도 든다. 이미 끝이 왔다는 걸 알아차렸다면 이런 엔딩도 나쁜 엔딩은 아니다.

"뭐, 받은 만큼 돌려주는 거라고 생각합시다. 저도 제가 이런 생각을 하게 될 줄은 몰랐지만…… 기왕 벌인 일은 잘 마무리 지어야죠."

"……."

"혹시 압니까. 일이 잘 매듭지어지면 포상의 의미로 베니고어 님이 저를 살려주실지 누가 알겠어요? 솔직히 전부 다 내던지고 도망치고 싶지만, 그런 선택을 하면 몸을 유지하고 있는 신성까지 빼앗아가지 않을까 무섭더군요. 그렇지 않아요? 기껏 대륙을 구하기 위해 내려준 신성을 도망치는 데 사용했다고 생각해 보세요. 제가 신이라면 괘씸해서라도 천벌을 내렸을 겁니다."

"흐윽……."

"전부 다 살자고 하는 짓이니까 신경 쓰지 마요. 저도 조금은 변했습니다."

"흐윽…… 흐으윽……."

"아마 예전이었다면 이런 생각은 하지 않았을 거예요. 너 죽고 나 죽자 심정으로 개판 돼도 나 몰라라 했겠지만…… 그냥 갑자기 불현듯 그런 생각이 들었습니다. 책임이라는 거, 그걸 심어준 게 혜진 씨인 것 같습니다. 제가 속해 있고 제 안에 들어와 있는 이들에 대한 책임이요. 익숙하지 않아서 뭐라고 해야 될지 모르겠습니다."

"흐윽…… 흐…… 으으윽…… 끄윽."

"나랑 어울리지도 않고, 이런 말 하기도 부끄럽지만 저는 제 행동을 자랑스럽게 여기고 있습니다. 긍지라는 거. 그걸 조금 알 수 있을 것 같은 느낌이 듭니다."

"흐윽…… 흐으윽……."

"그러니."

"흐으윽……."

"제 긍지를 더럽히지 마세요."

"……이기영…… 이 쓰레기 같은 새끼……."

"……."

"이기영…… 이기영 이…… 개 쓰레기 같은 사기꾼 새끼…… 흐윽……."

빛처럼 새하얀 장내에 전혀 어울리지 않은 흐느낌이 울려 퍼지기 시작했다.

"사기…… 히끅…… 사기꾼…… 흐윽…… 새끼……."

203장
마지막을 준비하자

[진짜 인간쓰레기다. 진짜로.]

[왜 그래. 누나.]

[꼭 그렇게 훼방을 놔야겠어요? 나랑 혜진이랑 노는 게 그렇게 아니꼬웠나?]

[무슨 말 하는지 잘 모르겠는데…… 아! 근데 어제 혜진이 새벽 3시까지 놀다 갔음.]

[내 약속까지 깨면서 그러는 건 아니지 진짜. 오래전부터 잡아놓은 약속이었는데. 전쟁 들어가기 직전에 휴일 한번 만들어보려고 얼마나 무리한 줄 알아요? 어제가 딱 하루 비는 시간이었다고요. 근데 그걸 파투 내? 솔직히 오늘 만났어도 상관없었던 것 아니었나? 일부러 나 엿 먹으라고 저격한 건 아니죠?]

[같이 사진도 찍었음ㅋㅋㅋ]

[애가 심란해서 베톡도 안 읽잖아요. 진짜.]

-이기영 님이 사진을 전송하셨습니다.

[사진 잘 나왔지ㅋㅋㅋ]

[누구는 시한부랑 기억 상실 같은 거 못 써서 안 쓰는 줄 아나 봐? 두고 봐. 나도 기가 막힌 거 하나 만들 테니까. 한번 보자고요. 진짜.]

'안 그래도 애 심란해 죽으려고 하는데. 무슨 소리를 하는 거야.'

저절로 혀를 쯧쯧 차게 되는 문자였다.

어제 조혜진이 어떤 표정을 보였는지 이지혜가 보지 못했기 때문에 저런 대사를 날릴 수 있는 거라고 생각했다. 아니, 애 인성이면 알아도 강행하지 않을까.

[마취 물약 하나만 팔아요.]

[내가 쓸 것밖에 없어.]

[많이 만들어놓는다고 했잖아요. 티끌만큼의 고통도 느끼기 싫다고 계속 개량했잖아요. 그중에 하나만 팔라고.]

[나는 진짜로 필요해서 쓰는 거고 누나는 주작하려고 쓰는 거잖아.]

[너도 주작이잖아.]

[아니, 나는 진짜로 죽을지도 모른다니까. 진짜로 필요해서 쓰는 거라고, 누나.]

[아무튼 주작이잖아. 이 사기꾼아.]

'주작 아니야. 누나.'

인류를 위해 희생하는 빛의 뜻을 어떻게 몰라줄 수 있는지 착잡해지기 시작했다.

[그래도 연수랑 애들 몇 명 불러서 같이 놀았다며.]

[다 같이 모이는 자리였다고요. 조혜진도 있어야 하는 자리였다고……]

[일이잖아. 나도 누나 생각했으면 그런 말 안 했지. 그리고 오늘 할 일이 왜 없어? 조금 이따가 연설 준비도 해야 하고, 하얀이 건도 마무리 지어야 하는데. 지금 내가 괜히 교국에 있는 줄 알아? 그게 제일 중요하잖아. 그리고 진짜 이게 쉬운 일이 아니라니까. 감정 잡아야 돼. 진짜. 이번 일은 감정선이 중요하다고.]

[일 끝나면 스케줄 잡아놨으니까. 아직 답장은 안 왔지만, 그것도 훼방 놓지 마요.]

[아니, 진짜 누가 들으면 내가 누나랑 혜진이랑 친하게 지내는 거 보기 싫어하는 줄 알겠네.]

[맞잖아.]

'아니, 진짜 아니라니까.'

[감정 좀 잡자. 누나. 진짜 중요한 일이라고.]

손거울 너머로 이지혜가 화가 난 게 느껴질 정도였다.

이쪽에게 컨트롤 프릭이니 뭐니 중얼거리기는 했지만 이지혜 역시 그런 성향을 가지고 있을 거라고 확신할 수 있었다. 조금 이죽거리기는 했지만 본인이 원하는 시간을 즐기지 못했다는 것에 대해 무척 억울해하는 모양새이지 않은가.

마침 물약까지 챙기는 걸 보면 극단적인 방법까지 쓰려고 하는 것 같았지만 스스로를 희생하는 이기영을 이길 방법 따위는 존재하지 않는다. 사랑하는 사람들을 두고 떠나 대륙을 위해 이 한 몸 불살라야 한다고 생각하니 벌써부터 빛의 눈물이 볼을 타고 흘러내릴 정도. 이 감정은 진짜였다.

'지켜야 돼.'

아름다운 이 땅, 그리고 이 땅 위에 살아가는 이들을 지켜야 한다.

솔직히 죽음이 두렵지 않은 것은 아니었다. 막상 이기영의 삶이 끝난다고 생각하니 씁쓸한 기분이 드는 건 어쩔 수 없는 이야기라는 거다.

여러 가지로 준비해야 할 것도 많고…… . 이를테면 마취 물약 같은 거…… 그것도 센 놈으로…… .

스스로 정리해야 할 일도 있었다. 왜 혼자만의 시간이 필요한지 알 것 같은 느낌.

쏟아지는 빛을 받으며 조용히 여신상에 기도를 올리는 자신의 모습에 조금 취할 것 같기는 했지만 복잡한 심정이었다는 것은 부정할 수 없었다.

'준비해야지.'

마음의 준비를, 떠날 준비를 하자.

"명예추기경."

"바젤 교황님……."

"베니고어 님과 함께하는 시간에 내가 눈치 없이 방해한 건 아닌지 모르겠네."

"그렇지 않습니다."

"명예추기경의 뒷모습이 너무 슬퍼 보여서 말이야. 입에도 담기 힘들고 담아서도 안 되는 말이지만…… 마치 다시는 보지 못할 사람처럼 느껴져."

"그럴 리가…… 그럴 리가 있겠습니까."

조금 더 조심해야지. 티를 내면 안 돼. 소중한 사람들이 상처받을지도 모르니까.

"그래. 그럴 리가 있겠는가. 베니고어 님께서 명예추기경을 얼마나 아끼시는데……. 그래…… 그럴 리가 없지. 이거 내가 괜한 말을 했군……."

"그만큼 저를 염려해 주신 것으로 생각하겠습니다. 바젤 교황님."

"하하. 여전히 명예추기경은 내가 듣기 좋은 소리를 골라서

하는구만. 하지만 다른 이들이 입에 담는 말처럼 거짓이 느껴지지 않아. 애초에…… 애초에 명예추기경은 거짓말이라는 걸 해본 적은 있는 겐가."

"저도 사람입니다. 교황님."

바젤 교황의 말에 쓴 웃음을 짓게 되는 것도 무리가 아니리라.

어쩌면 정곡을 찔렀다고밖에 생각할 수 없었다. 이렇게 모두를 속이는 게 정말로 괜찮은 것인지에 대해 다시 한번 떠올리게 된다. 나는 괜찮을 거라고 아무 문제 없을 거라고, 웃으며 넘기는 것이 과연 정말로 그들에게 도움이 되는 일일까. 모두에게 마지막 인사를 하고 매듭을 지어야 하는 게 건강한 엔딩 아닐까.

하지만 그들이 감당할 슬픔을 생각하자 고개를 저을 수밖에 없었다. 용기가 생기지 않았던 탓이다.

'이기영…… 이 겁쟁이 새끼.'

다른 이들이 조혜진처럼 슬퍼하는 모습을 상상하자 알 수 없는 감정 때문에 몸이 떨려온다.

슬픔을 감당하는 것은 이기영 하나로도 족하다. 주력이라고 할 수 있는 길드원들의 멘탈에 문제가 생긴다면 대륙의 안위에도 문제가 생길 수밖에 없다. 이 땅 위에 살아갈 모든 이들을 위해 다시 한번 마음을 굳게 먹어야 했다.

'두려워하지 말자. 기영아. 무서워하지 마. 당연히 해야 할 일을 하는 거니까.'

"표정이 좋지 않군."

"아무래도 여러 가지로 생각이 복잡해지는 것 같습니다."

"그럴 만도 하지. 당장 내일이 아닌가. 나 역시 여신님이 우리를 버리지 않을 거라고 많은 신도들을 독려하고 있지만 두렵지 않은 것은 아니라네."

"……."

"무섭지. 무서워서 견딜 수가 없어."

"베니고어 여신님께서 항상 바젤 교황님을 살피실 것입니다."

"죽을 때가 다 된 내가 여신님의 가호를 받아 무엇 하겠는가. 나는 데려가더라도 명예추기경만은 데려가지 않으셨으면 하는 바람이야. 이번 전쟁에서도 교황청을 떠나지 못한다니……. 이 늙은 몸뚱이가 이렇게 원망스러운 적은 처음이네."

"너무 자책하지 않으셔도 됩니다. 교황청 안에 모여 있는 저들을 보십시오. 모두가 바젤 교황님만 믿고 있는 이들 아닙니까. 저 역시 바젤 교황님이 아니었다면 이번 일에 제대로 집중하지 못했을 겁니다. 다시 한번 저들을 보십시오, 교황님. 기도를 드리고 있는 이들 말입니다. 이곳은 최후의 성지입니다. 만약 북부에 있는 거점들이 모두 적들의 손에 넘어간다면 저들이 의지할 수 있는 것은 교황님뿐일 겁니다. 주제넘은 소리처럼 들리신다면 죄송하지만 조금 더 당당한 모습을 보여주셔야 합니다."

"그렇지. 그래야지. 그래야겠지……. 내가 약한 소리를 했구만…… 또 쓸데없는 소리를 했어."

"……."

"함께 내려가세. 명예추기경."

"네."

"이후에는 무엇을 할 생각인가."

"제 연인과 함께 시간을 보낼 계획입니다."

"그렇구만…… 그렇겠지. 명예추기경 역시."

"부끄럽습니다."

"전혀 부끄러운 모습이 아닐세. 그동안 오직 대륙만을 위해 뛰어오지 않았나. 명예추기경이 아끼는 이와 함께 시간을 보내는 것 정도야 당연하겠지. 내가 괜한 부탁을 한 것은 아닌가?"

"그렇지 않습니다. 사실은 진작에 찾아뵀어야 하는 일이었으니까요. 교국은 제 고향이며 제 영혼이 숨 쉬고 있는 곳입니다. 전쟁 피난민들을 격려하는 것은 교국의 명예추기경으로서 당연히 해야 하는 일입니다."

"명예추기경은 그런 사람이었지."

슬그머니 미소 짓고 있는 얼굴이 스쳐 지나갔다.

계속해서 발걸음을 옮기자 작은 소리가 모여 만드는 커다란 소리가 들려온다. 교황청으로 임시 피난을 온 피난민들의 모습, 아무리 교황청의 지원이 있다고는 하더라도…… 인원이 인원인 만큼 열악한 환경에 노출될 수밖에 없다.

그런 모습들이다. 모두가 공포와 두려움을 느끼고 있는 것이 시야에 비친다. 괜스레 입술을 꽉 깨물게 되고 다시 한번 커다란 다짐을 하게 되는 광경이었다.

"명예추기경님."

"부디 대륙을 구원해 주십시오."

"명예추기경님……."

"베니고어 여신님. 부디 명예추기경님을……."

"부디 교국을……."

"교국을 지켜주십시오."

"명예추기경님."

"베니고어의 현신이시여."

"신의 아들이시여. 부디 우리를 구원해 주시옵소서."

무섭다. 이 책임감이, 나를 짓누르는 중압감이 나를 두렵게 한다. 하지만 물러설 수 없는 상황이지 않은가.

몰려드는 군중들 때문에 신성기사단 역시 곤욕을 치르고 있는 상황. 왠지 모르게 이런 상황에서는 말도 안 되는 기동력과 우연의 겹침으로 신성기사단을 뚫고 들어오는 작은 어린아이가 튀어나와 주게 마련.

저번에도 이런 상황에서 한 번 튀어나와 줬던 것 같은 기억이 있는데…… 이번에는 튀어나와 주지 않은 것 같아 아쉬웠다.

'아, 시바. 연출 담당자 누구야. 지혜 누나 삐졌어? 진짜?'

잠깐 입술을 꼭 깨물었을 때였다. 아니나 다를까.

"붙잡아!"

누군가를 붙잡으라는 커다란 소리가 들려오기 시작.

반가운 마음에 소리가 들리는 쪽을 바라보자 당황하는 신성기사단과 그 신성기사단의 손을 빠져나오는 소년의 모습이 눈에 들어왔다.

아이라고 하기에는 뭣 하다. 이제 막 16살 정도는 되었을지 모르겠다. 몸놀림이 예사롭지 않은 것을 보면 수도의 뒷골목에서 꽤 날렸을 것만 같다.

꼬질꼬질한 모습, 손에 들고 있는 것은 베니고어 교국의 로자리오. 이것 역시 꼬질꼬질하다.

'아이고. 이 귀여운 새끼.'

타이밍 좋게 등장한 녀석에 저도 모르게 포근한 미소가 지어졌다.

"괜찮습니다."

암살자 같은 게 아니다. 이름 모를 소년은 단순히 자신의 손에 쥔 로자리오를 전해주기 위해 이쪽으로 달려오는 것이다.

"죄송합니다. 명예추기경님. 지금 당장……."

"아니요. 괜찮다고 말씀드렸습니다. 이쪽으로 올 수 있게 도와주세요."

신성기사단 신참의 이런 무능력한 모습은 오히려 고맙기까지 하다. 다시 한번 앞을 바라보자 숨을 거칠게 몰아쉬는 소년의 모습이 눈에 비쳤다. 녀석은 떨리는 목소리로 말을 잇는다.

"꼭…… 꼭 전해드리고 싶어서."

"고맙구나."

"꼭…… 전해드리고 싶…… 싶어서……."

"고맙다."

"꼭…… 어……."

감사는 제대로 표현해야지. 더러운 손을 꽉 붙잡은 것은 당연지사.

　내가 이런 반응을 보일 줄은 몰랐다는 듯 깜짝 놀라는 녀석의 얼굴이 시야에 비쳤다. 불경죄라도 저지르는 것마냥 바들바들 떨고 있는 모습은 초식 동물처럼 애처롭다.

　찬란한 빛이 퍼져 나간다. 녀석의 몸 상태가 어떤지는 모르겠지만 신성으로 가득 차고 있는 자신의 몸 상태를 깨닫고 있지 않을까 싶다.

　"어…… 어……."

　당연히 이해할 수 있는 광경이다. 녀석이 손에 들고 있는 로자리오를 슬그머니 빼낸 이후 이쪽의 목에 거는 것 역시 마땅히 해야 할 행동. 아니, 그것보다는 걸어달라고 하는 게 더 효과가 좋을 것 같다.

　"걸어주겠니?"

　아직은 키가 작은 녀석에게 살짝 고개를 숙이고 눈을 마주치자 잔뜩 긴장한 것 같은 모습이 눈에 보였다.

　두려움, 기쁨, 당황스러움, 믿음, 수많은 감정이 들어서 있는 눈은 뭐라고 표현하기도 모호했다.

　앞으로 대륙을 이끌어 나갈 아이, 교국의 희망, 인류의 미래, 이기영은 이들을 위해 죽는다. 의미 없는 죽음은 아닐 것이다. 후회 없는 죽음도 아닐 것이다. 아니…….

　'후회가 되지 않는 것은 아닌가.'

　후회되지 않는 것은 아니다. 이 아이의 미래를, 이 소년이 살아갈 세상을 내 눈으로 보지 못하는 것이 아쉽다.

"정말로…… 고맙다. 큰 힘이 됐어."

"어…… 어……."

내가 녀석의 눈에서 감정을 읽었던 것처럼 녀석도 내 눈에 들어 있는 감정을 읽었던 것일까.

"어…… 죄송…… 합니다. 흐윽…… 죄송……."

모든 것을 짊어지려고 하는 성자의 책임감을…… 결국에는…… 결국에는…… 읽고야 만 것일까.

"죄송합니다…… 흐윽…… 죄송…… 죄송합니다."

아무 말도 하지 못하고 눈물을 흘리고만 있는 녀석을 나는 살짝 안아줄 수밖에 없었다.

"고맙다."

얘한테는 진짜 고마웠다.

"힘내세요. 힘…… 힘내세요. 꼭…… 이기세요."

'힘을 내기는 해야지. 아, 근데 시바, 진짜 무섭기는 무서워.'

"힘내세요…… 힘내세요. 명예추기경님."

이미 마음의 준비를 끝내기는 했지만 그래도 무섭기는 무섭다.

'뒈질 때 아플까?'

솔직히 별로 생각하고 싶은 부분은 아니다. 일이 대충 어떻게 돌아갈지는 예상하고 있었고 확률이 높다고 판단하기는 했지만 무슨 일이 일어날지 어떻게 알겠는가.

정말로 뒈지는 순간을 피하지 못하고 엔딩을 맞이하는 건 아닐까 하는 생각을 하는 것만으로도 내던진 주사위를 다시

주워오고 싶은 심정이다.

이지혜는 어차피 진짜 죽는 것도 아닌데 감정 잡는다고 코웃음을 보내오기도 했지만, 지가 당사자였다면 절대로 그렇게 말하지 못할 거라고 장담할 수 있다.

'아니, 이거 시바 진짜 죽는 거 아니야?'

하는 생각이 간헐적으로 찾아올 정도.

굳이 예를 들어보자면 이렇다. 마시면 죽을지도 모르는 독약을 마신다고 생각하면 이해가 빠르지 않을까? 쓰러진 이후에 해독제를 넣어줄 사람이 있고, 마시기 직전에 말려줄 사람이 있다는 것을 알고 있다고 한들, 정말로 독약을 들이킬 수 있는 사람은 몇 명이나 있을까.

'와, 진짜 생각해 보니까 진짜 그러네.'

이기영은 희생하기로 결정했고 독약을 삼켜 넘기기로 결정을 내렸다. 그 누구보다도 대륙을 위하는 마음으로 말이다.

'동요하면 안 돼. 기영아. 이번 것만 마무리하면 돼. 그렇잖아.'

이쯤 되면 대륙의 진짜 영웅이라고 해도 위화감이 없다는 생각에 절로 고개가 끄덕여지는 것도 무리가 아니라는 거다.

아무튼 모든 준비는 마쳤다. 가장 중요하다고 생각하는 정하얀의 벽 넘기만 제외하면 말이다.

오늘 하루 동안 소화해야 할 스케줄도 많다 보니 이 시간을 잘 마무리한 건 맞는지 하는 생각이 들기도 했다.

나쁘지는 않았다. 중간에 튀어나온 녀석에게 도움을 받기도 했고 전쟁 피난민들의 동요를 조금은 낮출 수 있는 시간이었으니까.

모든 것을 내던지려는 책임감 있는 성자의 얼굴도 확실히 여신의 거울에 옮겼고, 내 안에 있는 빛 역시 한 번 더 마음을 다잡을 수 있는 시간이기도 했다.

"따로 배웅해 주지 않으셔도 됩니다. 교황님."

"하하, 괜찮네. 명예추기경. 이제 올라가는 겐가."

"예. 아마 슬슬 도착할 겁니다."

"오, 오, 오빠."

아니나 다를까 마력의 유동과 함께 작은 목소리가 들려오기 시작했다. 처음에는 꽤 힘차게 나를 부른 것 같았지만 옆에 바젤 교황이 있다는 사실에 점점 작아지는 목소리였다.

"저, 저, 저 왔어요."

"그럼 나는 이만 비켜줘야겠군."

"……."

"그럼…… 무운을 비네. 명예추기경."

"예. 바젤 교황님 역시……."

뭔가 희망적인 분위기는 아니라는 생각이 든다. 바젤 교황 역시 내 눈에 깃든 정체불명의 책임감을 느꼈는지도 모르겠다.

나를 데리러 온 정하얀 역시 마찬가지. 무슨 일이 터질 것처럼 불안한 모습을 감추지 못하고 있는 모습은 괜스레 씁쓸한 얼굴을 하게 만들었다.

"그럼 갈까?"

"네. 이, 이제……."

"응. 곧이지. 하얀이는 조금 어때?"

"저는 괜찮아요. 컨, 컨디션도 괜찮고요. 잘…… 잘해낼 수 있을 것 같아요."

"그렇다면 다행이네. 하얀이한테는 참 기대하는 부분이 많거든."

"정, 정말인가요?"

"물론, 당연하지. 다른 누구보다도 하얀이에게 거는 기대가 커. 매뉴얼은 잘 숙지하고 있는 거지?"

"네. 물…… 물론이죠. 네. 그, 그런데 조금…… 뭐, 뭐가 잘못된 것 같아서요. 바뀐 것 같아서…… 매뉴얼이…… 제가 생각했던 것과는 다른 것 같아서요."

"응?"

"아! 아…… 아무것도 아니에요. 그, 그럼 이동할게요."

"항상 고마워."

잠깐 동안 몸이 이동되는 느낌이 든 이후에는 다시 한번 시야가 뒤바뀐다. 익숙한 공간, 중앙에 도착한 것이다.

잠깐 몸을 점검하고 있는 와중에도 자꾸만 뭔가 하고 싶다는 말이 있다는 듯 나를 바라보는 정하얀이 시야에 비쳤다.

'얘도 슬슬 말해오겠는데.'

계속해서 빛 모드를 유지하고 싶었지만 저 얼굴을 보니 정신이 번쩍 든 것은 당연지사. 자꾸만 찝찝한 얼굴로 나를 바라보는 눈빛이 보였기 때문이다.

내 눈에 깃든 희생의 기운을 느낀 것은 아니다. 애초에 그 눈빛은 정하얀과 만난 시점부터 안쪽으로 집어넣고 있었으니까.

정하얀이 의구심을 가지고 있는 부분은 내가 아닌 한소라의 상태이지 않을까.

'아…… 이거 불안하네.'

스위치를 누르기가 슬쩍 무서워지기 시작한다.

'진짜 필요하기는 필요한데.'

이번에도 내가 예상하지 못하는 방향으로 튀어나갈지 걱정됐기 때문이다. 하지만 그대로 고개를 끄덕일 수밖에 없었다.

'어차피 죽어.'

항상 생각하듯 정하얀이 벽을 넘지 못하는 전투 자체가 성립하지 않는다. 사고가 날 것까지 예상하고 하루 전날까지 정하얀을 피해 다닌 이유가 여기에 있다. 어떤 일을 벌일지 모르니 모든 준비를 끝마친 이후에 대비해야 하지 않겠는가.

만약 정하얀이 지금 당장 일을 터뜨린다고 해도 인류는 대비할 준비가 되어 있다.

자꾸만 물어오고 싶은 걸 물어오지 못하고 있는 얼굴. 기왕이면 마지막에 마지막까지 버티고 싶은 만큼 슬그머니 자리를 피하려고 했을 때였다. 용기를 낸 정하얀이 천천히 입을 열어온 것.

"저…… 저, 오빠."

최근에 자신에게 일어난 이상한 일에 대해 물을 심산인 것 같았다. 당연히 현재 그녀가 의구심을 가지고 있는 이유는 한소라.

[일반 등급의 강제 퀘스트를 생성합니다.]

[소라 씨. 준비해요. (0/1)]

[한소라에게 일반 등급의 퀘스트를 전달합니다. 퀘스트 클리어 보상을 등록하지 않았습니다. 플레이어 한소라는 보상을 받으실 수 없습니다.]

'아니, 그냥…… 조금만 더 시간 끌까? 지금 터지면 연설할 시간이 없을지도 모르는데?'

"오빠……."

'아 시바. 아직 마음의 준비도 안 끝난 것 같은데…… 지금 시작해도 될까?'

"그러니까요."

'아…… 시바. 나 진짜 죽어야 될지도 모르는데…… 조금 더 생각해 볼까?'

여러 가지 생각이 머리에 들어오는 것이 당연하리라.

정하얀에게 입을 여는 시점부터가 예언의 날의 시작이라는 사실을 인지하고 있는 걸지도 모르겠다.

만약 감춰진 진실이 드러난다면 분명히 액션이 있을 것이다. 분명히. 정하얀은 항상 그래왔으니까.

내 일은 아니었지만 현재 한소라에게 일어나고 있는 일에 과격한 반응을 보여줄 거라고 장담할 수 있다.

"그, 그러니까. 소라에 대해서 드릴 말씀이 있는데요."

"응."

"저, 저번에 그…… 모, 모임에서 봤을 때 이, 이질적인 기운이 느껴져서……."

주사위는 던져졌다.

"이질적인 기운?"

"뭐라고…… 설, 설명드릴 수 없는 기운이어서…… 그러니까…… 사, 사실 소, 소라랑 싸웠을 때도 비, 비슷한 게 느껴지기는 했었거…… 거든요."

"……."

"그……그때는 진짜 눈치채기 힘들 정도로 작아서…… 확, 확신도 할 수 없었는데…… 사…… 사실 오빠 몸에서도 느…… 느껴져서 제가 지…… 지운 적도 있었어요."

"그게…… 그게 지금 무슨 소리야?"

"딱히 몸에 이상은 없는 것 같았는데……."

"조금 더 자세히 이야기해 줄 수 있어?"

정말로 심각한 상황이라는 듯 분위기를 잡자. 본인의 불안감이 현실화가 됐다는 걸 인지했는지 조금 혼란스러워하는 정하얀의 얼굴이 시야에 비쳐왔다.

단순히 웃어넘기고 별것 아니라고 생각할 일이 아니었다는 걸 깨닫는 중이지 않을까.

조금만 조심스럽게 일을 되짚어 보면 이게 평범한 일이 아니라는 사실을 정하얀 역시 알고 있을 게 분명했다.

어느 날 갑자기 한소라에게 찾아온 이질적인 기운, 그리고 하루하루 날이 지나면 지날수록 그 이질적인 마력이 커지는 걸 바라보고 있는 상황. 이제는 절대로 자신을 배신한 친구는 신경 써주지 않겠다고 다짐하기는 했겠지만, 어떻게 정하얀이 한소라를 신경 쓰지 않을 수가 있을까. 정체를 알 수 없는 적과의 전투를 준비 중이라면 한 번쯤은 이번 일을 짚고 넘어가야 하는 것이 맞다.

원래대로였다면 한참 전에 물어봐야 정상이었을 테지만, 이런 말을 한소라가 아니라 나한테 해온다는 것부터가 정하얀의 부족한 커뮤니케이션 능력을 잘 보여주고 있는 사례가 아니겠는가.

정하얀은 현재 의심하고 있다. 지금까지는 애써 눈을 감고 있었지만…….

'오늘도 훔쳐본 건가?'

한소라가 현재 달고 있는 커다란 암 덩어리가 무엇인지, 도대체 저게 뭔데 자꾸만 커지고 있는 건지, 정하얀은 궁금해하고 있다.

"몸…… 몸에 이상이 있는 건 아닌데…… 그냥 이, 이상해서요. 그냥…… 이상해서…… 그…… 박미진이 준 버프…… 버프 같은 거라고…… 생각하고 있었는데…… 계속…… 계속 이상해서."

"지금…… 무슨 소리를 하는 거야."

점점 더 정하얀의 호흡이 거칠어지는 것이 눈에 보인다. 상상하기 싫은 것을 상상하는 사람의 얼굴, 둠기영을 처음 봤을 때의 얼굴과 유사했다.

눈은 계속하게 흔들리고 있었고 손톱을 까득까득 깨물기 시작한다. 내 표정이 그만큼 심각해 보였던 걸까. 어느덧 눈에서는 눈물이 차오르고 있었다.

나 역시 한번 숨을 가다듬는다. 정하얀이 패닉 상태에 빠질 거라는 걸 알고 있었지만 이건 내 예상을 뛰어넘었다.

"그러니까…… 그러니까…… 소, 소라한테…… 문제가…… 박미진이…… 버프를…… 박미진이…… 소, 소, 소라한테 뭔가……."

그리고, 정하얀의 눈물이 눈에 가득 찬 순간, 나는 호흡을 멈추고 천천히 입을 열 수밖에 없었다.

"박미진이…… 누구야?"

"……."

"……."

"네?"

"박미진이…… 누구야…… 소라 씨는…… 계속 하얀이랑…… 같이 있었던 거 아니었어?"

"어……? 네? 박, 박, 박미진…… 마…… 마법사…… 그…… 러니까 오빠가…… 분명히 박미진…… 어?"

"박미진이…… 도대체…… 누군데……."

"차, 차희라…… 도 이긴…… 이겨서…… 저…… 저 대신 임무에 들어가는……."

"희라 누나는 또 왜…… 하얀아. 매뉴얼 못 받았어? 너 대신 임무에 들어가는 사람은 없어. 무…… 무슨 말을 하는지 잘 모르겠는데…… 아무튼 소라는…… 소라는 괜찮은 거야?"

"박미진…… 어? 어? 박…… 박미진…… 분명히 있었는데…… 박미진이라는 애 분명히…… 분명히 있었는데? 어? 분명히…… 분명히 있었는데…… 그럴 리가 없는데…… 그럴 리가……."

정하얀이 혼란스러워하는 게 눈에 보인다. 도대체 이게 어떻게 된 일인지 궁금해하는 것 같은 얼굴. 자꾸만 머리를 부여잡고 있는 게 보인다.

어떤 생각을 하고 있는지도 눈에 보인다. 뭐가 어디서부터 잘못된 거고 어째서 박미진이라는 이가 사라진 것인지 그 의문에 대한 답을 찾아 나서는 것처럼 느껴진다.

박미진은 없는 사람이 아니다. 분명히 박미진은 존재했었다. 소수였지만 오빠를 비롯한 몇몇 이들이 분명히 박미진이라는 이름을 입에 담았고, 그녀가 실제로 존재하는 것처럼 말했었다. 박미진 덕분에 1순위 마법사에서 2순위로 내려오지 않았던가. 정하얀은 확실히 박미진을 기억하고 있다.

1차원적으로 생각하면 금방 따라잡을 수 있는 이야기. 내가 기억 상실 증상을 겪고 있다는 사실을 알지 못했으니 정하얀이 닿을 수 있는 결론은 한 가지였다.

'박미진이…… 오빠 기억을 지웠어.'

목적은?

'오빠에게 해를 끼치는 것.'

하지만 최악이라고 할 수 있는 상황은 아니었다.

정하얀은 이기영을 지켜냈으니까. 오빠의 몸에 심어져 있던 이상한 기운은 눈에 보였을 때 곧바로 처리했으니까. 그 이질적인 기운에 대해서도 설명이 가능하지 않은가.

'외신의 끄나풀.'

정하얀의 머릿속에서 흩어져 있던 퍼즐 조각들이 천천히 모이기까지는 시간이 얼마 걸리지 않았다. 본인 역시 자기 자신이 진실에 다가가고 있다는 걸 인지하고 있는지 몸이 덜덜 떨리고 있다.

이미 결론은 지어졌다. 정하얀은 이기영의 몸에 붙어 있는 암 덩어리를 제거하는 데는 성공했지만······.

"······."

한소라의 몸에 붙어 있는 암 덩어리들은 제거하지 못했다.

"아······ 아아······ 아아아······ 끄윽······ 으아아아······."

몸을 부들부들 떨고 하염없이 눈물을 흘리고 있는 모습.

"아으······ 아으······ 오, ······오빠. 오, 오빠······ 오빠······."

"무슨 일이야."

"소, 소, 소라······ 소라······."

"소라가······."

"아으아아······ 아아아아아······ 아아악!"

하얀이에게 정이 많이 들기는 들었나 보다.

혼란스러워하고 있는 정하얀에게 평소답지 않은 죄스러움이 밀려들어 왔지만 이쯤 되면 이기영 역시 깨달았다는 모습을 보여줄 수밖에 없다.

전쟁은 훨씬 더 이전부터 시작되고 있었던 것이다. 인류가 준비하며 방심하고 있었던 사이, 외신의 끄나풀들은 이미 일찍이 인류를 갉아먹을 준비를 마쳤다.

'조금 더 조심스럽게 행동했어야 했어.'

이기영은 운 좋게 화를 피할 수 있었지만 한소라는…… 한소라는 화를 피하지 못했다.

'이…… 더러운 외신 쓰레기…… 이 더러운 개자식들.'

일찍부터 전쟁이 시작됐다는 걸 깨닫지 못했다. 두 손을 쓸 새도 없이 완벽하게 농락당했다. 두말할 필요도 없는…… 이기영의 완패였다.

"아아아아아아아아아아아아아악!!!"

허물어지는 정하얀의 두 손을 꽉 붙잡을 수밖에 없었다.

손이 부들부들 떨리는 게 느껴진다. 눈은 칙칙한 후회로 물들어가고 있었고, 무슨 생각을 하는지 점점 더 일그러지는 표정이 보였다.

허물어지며 비명을 내지르는 게 정하얀이 할 수 있는 행동의 전부. 정상적인 판단을 할 수 있는 상황이 아니라는 것에는 그 누구도 이견을 제시하지 못할 것이다. 그만큼 정하얀은 급속도로 무너져 내리고 있었다.

'한소라는…… 한소라는 괜찮은 건가?'

나 역시 당황스러운 건 마찬가지였지만 일단은 정하얀을 안정시키는 게 먼저라고 생각했다.

평정심을 유지하기가 힘든 상황. 둘 중 하나라도 정신을 차리고 있어야 한다고 생각했기 때문이다. 만약 이쪽마저 이성적인 판단을 하지 못하는 상태에 들어간다면……

'그거야말로 놈들이 바라는 바야.'

내부가 흔들리면 흔들릴수록 놈들은 행복한 비명을 내지를 것이다. 본래부터 이게 목적이었으니까. 하나가 되려는 인류의 전투 의지를 상실하게 하고 안에서부터 공략하는 것이 놈들의 진짜 목적이었다.

어째서 이렇게까지, 이런 방법을 쓰면서까지 대륙을 위협하려고 하는지는 알 수 없다. 어째서 한소라에게 이런 불운한 위협이 닥쳐왔는지도 제대로 알 수 없었다.

하지만 금방 떠올려 볼 수 있는 이야기다. 아마 놈들이 노린 건 '나야.'

박미진을 통해 진짜로 얻으려고 한 것은 이기영이다. 녀석들의 진짜 목적은 한소라가 아니라 이기영이다. 어떻게 보면, 아니, 너무나도 명확하게 그녀는 휩쓸린 것에 불과하다. 이기영의 무능 때문에 말이다.

'성장하지 못한 건가.'

성장했다고 생각했다. 수많은 일을 겪으며 조금은 앞으로 나아갔다고 생각했었다. 하지만 결국에는 제자리걸음이 아닌가. 악마 숭배자 이토 소우타, 악마 소환사 진청, 그 외 수많은 악마 관계자들, 녀석들에게 당했던 수법 그대로……

이기영은 아직도 제자리걸음을 걷고 있었다. 대륙을 지킬 거라고, 모두를 지킬 거라고 다짐했지만 자기 사람 하나 지키지 못하는 멍청이에 불과했다.

커다란 죄책감이 나를 짓누르고 있다는 게 느껴진다. 다리가 후들후들 떨리고 금방이라도 풀썩 쓰러지고 싶다. 하지만 그렇게 할 수 있을 리가 없지 않은가.

더 이상 동료를 잃을 수는 없다는 결의, 그 작은 결의 하나가 현재의 이기영을 이 자리에 서 있게 했다. 그래. 이 정도가 좋겠다. 이 정도 감정선이면 나쁘지 않을 것 같다.

'하얀아…… 시바.'

문제는 내가 아니라 정하얀 쪽. 비명을 지르다 못해 실어증이라도 걸린 것 마냥 꺼윽꺼윽 말하지 못하는 것이 시야에 비쳤다. 눈에서 눈물이 얼마나 떨어지는지 제대로 앞은 볼 수 있을지가 걱정될 지경. 지금 빨리 한소라에게 가봐야 한다는 것도 잊어버린 것 같았다. 아니, 애초에 주문을 외울 수 있는 상태가 아니다.

'아…… 이거 시바, 한소라를 보여주는 게 맞나?'

한 발자국을 넘어야 하는 정하얀이 오히려 다섯 발자국 정도 물러선 모양새이지 않은가.

어쩌면 정하얀은 한소라를 보러 갈 용기가 없는 건지도 모르겠다. 온몸이 덜덜 떨리고 있는 모습은 두려워하고 있는 것만 같다. 본인의 친우를 외면하고 밀어낸 결과물이 어떤 것인지, 자신의 실수로 일어난 최악의 상황이 무엇인지 정하얀은 두려워하고 있었다.

고개를 숙여 똑바로 정하얀의 얼굴을 바라보는 게 내가 할
수 있는 일의 전부였다.

'무너지면 안 돼.'

당연하지만 여기서 무너지면 모든 일이 말짱 도루묵이 되어
버린다. 뭐라도 말을 해야 했다.

"아직 안 늦었어."

"……."

"하얀아."

"……."

"네 잘못이 아니야."

"……."

"괜찮을 거야. 분명히."

"……."

"여기서 이러고 있을 거야?"

"어…… 어……."

"정신 차려. 소라 씨에게 가봐야 돼."

"소라…… 소, 소, 소라…… 소라……."

"아직 살아 있어."

"아…… 소, 소라……."

"분명히…… 분명히 살아 있을 거야."

일단 살아 있기는 하다. 그제야 정신이 들었는지 눈물을 쓱
쓱 닦고 일어나는 모습, 주문을 외워야겠다고 생각하고는 있
지만 좀처럼 외워지지 않는 것 같았다.

전혀 정하얀다운 모습이 아니다. 떡락 아니면 떡상밖에 남지 않았다는 걸 깨닫기에는 그리 오랜 시간이 걸리지 않았다.

[지금 갑니다. 지금 가요. 주문 외우고 있으니까 준비해요. (0/1)]

'이거 시바 망하면 그냥 튀어야겠다.'
노아의 방주에 시동이나 걸어놓으라고 막스한테도 이야기해놔야지.

[일반 등급의 강제 퀘스트가 생성됩니다.]
[아, 안 돼…… 안 돼…… 이기영 후배. 진심 아니지…… 진심 아니지? (0/1)]

아쉽게도 진심이다.

[내가 뭐 할 수 있는 일 없을까? 내, 내가……. (0/1)]

이미 베니고어의 손을 떠났다.
'아. 이거 시바. 괜히 한소라한테 맡겼나.'
제대로 준비한 게 맞는지도 의심이 될 지경, 그 와중에도 정하얀은 주문 외우기에 한참이다.
평소였다면 얼마 걸리지 않을 캐스팅이 계속해서 캔슬되는 것을 보니 점점 더 불안해지기 시작한다. 조금 더 세세하게 역할이나 대사에 코칭을 해줬어야 하는 게 아니었나 하는 자기 반성을 해봤지만 여기서는 한소라를 믿을 수밖에 없었다.

쉬운 일이다. 그냥 죽어가는 척만 해주면 이쪽에서 전부 알아서 해주는 거니까.

'소라야. 날 실망시키지 마.'

하지만 정하얀의 주문이 외워진 이후, 한소라의 모습을 눈앞에 목도한 순간, 잠깐 고개를 돌릴 수밖에 없었다.

"……."

'뭐야. 시바. 얘 취향 왜 이래.'

퀄리티가 중요하니 미쟝센에 조금 더 신경 쓰라고 말은 해놨지만 내가 상상하는 것 이상의 모습.

'아니…… 뭐야. 시바. 이거 이래도 되는 거야?'

도대체 이런 건 누구한테 배웠는지 모르겠지만 괜히 흑마법사를 선택한 게 아니라는 걸 확실히 알 수 있을 것 같다. 나 역시 중2 감성을 좋아하기는 했지만 현재의 한소라가 보여주는 모습은 그 정도 수준을 넘어섰다.

'미친 거 아니야? 아니, 시바 도대체 어떻게 한 거야? 아니, 이거 시바 이 정도면 하얀이도 눈치채는 거 아니야?'

한소라의 방 안은 이질적인 빛으로 뒤덮여 있다. 딱 여기까지가 내가 설계한 대로. 이질적인 빛의 나무에 십자가에 못 박힌 것마냥 매달려 있으라 주문한 적은 없다.

퀄리티가 나쁘지 않다는 게 그나마 위안을 삼을 만한 부분이기는 했다. 온몸이 이질적인 기운으로 빛나고 있으니 언뜻 보면 나무에 점점 집어 먹히고 있는 것처럼 느껴진다. 나무의 가지가 한소라의 몸 안을 파고들었는지 얼굴과 손 등 보이는 부위들이 울룩불룩한 게 눈에 띈다.

아니, 애초에 한소라의 안에서 이질적인 나무가 발아한 것처럼 보이지 않은가. 더러운 외신이 한소라의 안에 역겨운 씨앗을 심어놓은 것으로 해석해도 되지 않을까.

그렇게 해석하니 뭔가 개연성이 맞는 것 같기는 하다.

'아…… 이거 보다 보니까……'

멋있기는 하네. 한소라가 그린 그림이 뭔지는 알겠어.

'그래도……'

너무 과하다. 아무리 봐도 너무 과한 설정이라고밖에 볼 수 없다.

나라고 어째서 둠소라 같은 걸 등장시키고 싶지 않았겠는가. 여건만 된다면 둠소라 기획으로 눈물 콧물 다 빼는 연출을 해보고 싶었지만 그런 커다란 이벤트에는 필연적으로 안정적인 연기가 따라올 수밖에 없다.

한소라에게 커다란 걸 바라지 않은 것 역시 그러한 이유. 괜히 판을 크게 벌이는 것보다 작지만 알찬 내용을 선보이는 게 옳다고 생각했기 때문이다.

근데 문제가 커져 버렸다.

'아…… 뭐야. 시바. 이거 스케일 왜 이렇게 커.'

순간적으로 머리가 새하얗게 변하는 게 당연하다는 거다. 나는 제작비로 다섯 장을 생각하고 있었는데 얘가 갑자기 정신이 나갔는지 도입부에서만 열 장을 갈겨 버렸다.

등장 연출은 박수를 보낼 만했지만 그 연기를 소화할 배우가 믿음직스럽지 않았고, 이후에 남은 스토리들은 어떻게 끌고 가야 할지 감이 잡히지 않는다. 애초에 이거…….

'아니, 이건 어떻게 한 거지?'

한소라의 흑마법도 아니고, 선희영 안에 있는 것으로 만들어낸 기운도 아니지 않은가.

혹시나 정말로 외신의 끄나풀이 튀어나온 건가 싶어 긴장하기는 했지만 의외로 금방 답을 찾을 수 있었다.

[일반 등급의 강제 퀘스트가 생성됩니다.]
[이기영 후배! 이 정도면 될까? (0/1)]

무언가 꼬인 곳에는 어김없이 등장하는 그 신이 문제였다.

'시바. 되긴 뭘 돼. 시바.'

어쩐지 한소라의 얼굴이 뭔가 부자연스럽다 했다.

본인의 몸에 갑작스럽게 일어난 일에 당황을 금치 못하는 모양새. 일단은 시키는 대로 하는 게 좋을 것 같아 시키는 대로 하고 있는 것 같았지만 쟤 입장에서는 얼마나 무섭겠는가. 본인 몸에서 갑자기 빛의 나무가 자라나고 심지어 본인은 거기에 매달려 있게 됐는데…….

베니고어의 목소리도 한 번도 들어본 적도 없을 테니 이게 도대체 무슨 상황인지…… 혹시 자기도 모르게 팽 당하는 건 아닌지 무서운 게 당연하지 않을까.

아니, 저런 데다 쓸 신성이 있으면.

[블러핑이야! 블러핑! 이기영 신도! 신, 신성도 별로 안 들어갔
는데…… (0/1)]

난 모르겠다. 진짜 모르겠다. 안 그래도 박덕구 몰카에 참
여해 본 경력이 있는 정하얀이 저걸 보고 의심을 할지 하지 않
을지 알 수가 없다.

긴장되는 표정으로 정하얀을 바라본 것은 당연지사. 그런
그녀가 폭포수 같은 눈물을 흩뿌린 것은 바로 그때였다.

"소…… 소라…… 소라 맞아?"

도저히 본인이 본 광경을 믿을 수 없다는 눈.

"소라…… 소라 맞아?"

양팔을 벌리고 간신히 숨을 내뱉고 있는 저 인형이, 이미 이
질적인 나무에 먹혀 버리고 있는 저 인형이 정말로 한소라가
맞는지에 대한 의문.

"오, 오빠…… 소라 아니죠? 저거…… 소라…… 끄윽……
소라 아니죠. 소라 아니죠? 소라…… 흑흑……흐으윽……."

"……정……. 하…… 얀 님."

"……어……."

"정…… 하얀……."

"살아 있어. 살, 살아 있어요! 살아 있어요."

"님……."

"내, 내가 구해줄 수 있어."

"……."

"내, 내, 내가 구해줄게…… 구할 수 있어. 구해줄게. 기, 기다려. 기다려. 그, 그러니까…… 흐읔…… 내가…… 지금 거기서 빼…… 빼줄게. 그, 그럼 전부 다 해결돼. 그러면 되는 거니까. 다행이다. 오, 오빠 아직 살아 있어요. 흐윽…… 끄으읔…… 다행이다. 히끅…… 너무 다행이다…… 흐윽…… 감사합니다. 감사합니다. 신님."

"……."

"흐어엉…… 어어어어엉…… 소라야. 기다려. 기, 기다려……."

'이게 된다고?'

[내…… 내 선택은 틀리지 않았어. (0/1)]

'이게 된다고? 진짜?'

어떻게 봐도 초심자의 행운이라고밖에 설명할 수 없는 광경이다.

"흐엉…… 흐으으엉…… 지금……지금 구해줄게. 히끅……."

조금은 상기된 정하얀의 얼굴이 눈에 띄었다.

일단 숨은 붙어 있으니 이제 저 나무에서만 떼어낸다면 행복한 삶을 되찾을 수 있다고 생각하고 있지 않을까. 자신이 한 발 더 빨랐다고 생각하는 게 눈에 보인다.

다리에 힘이 풀린 것도 느껴진다. 극한의 긴장 상태에 놓여 있다가 순간적으로 안심하니 힘이 빠져 버린 것이다.

그럼에도 불구하고 허겁지겁 한소라 쪽으로 발걸음을 옮기려고 하는 정하얀의 모습이 보인다. 이제는 슬슬 입가에 미소까지 띠고 있지 않은가.

물론 일이 그렇게 행복하게 해결될 리 만무. 정하얀의 행동이 굳은 것은 한소라가 다시금 입을 연 직후였다.

"도망……"

"……"

"도망치세요. 여기 있으면…… 위험…… 해요."

그녀의 말이 맞다. 한소라의 몸에서 자라난 폭탄이 터져 나가기까지 시간이 얼마 남지 않았다. 1회차 정하얀의 육신을 폭탄의 재료로 사용한 녀석들의 수법 그대로…….

나도 이쯤에서 한마디 거드는 게 좋지 않을까.

"이미 늦었어."

라고.

씁쓸한 미소를 짓는 한소라의 표정, 지금 무슨 말을 하는 거냐고 묻는 듯한 정하얀의 눈빛. 나 역시 참담한 심정이기는 했지만 누군가는 입을 열어야 하는 상황이었다.

"……이미 늦었어."

"늦, 늦지 않았어요."

"……"

"아직 안 늦, 늦었는데. 아, 아직 살아 있어요. 소라…… 소라 아직 살아 있어요. 오빠."

"……."

"아직 안 늦은 거 맞죠? 그, 그렇죠? 네?"

"……."

다시 한번 더 말하려고 했지만 나 역시 목소리가 나오지 않는다. 믿고 싶지 않은 현실에 절로 입술을 깨물게 되는 것도 무리가 아니리라.

절대로 눈물을 흘리지 않겠다고 다짐했건만 한소라의 모습이 점점 더 흐려지기 시작했다. 그녀가 어떤 각오를 하고 있는지 눈치챌 수 있었기 때문이다.

아나나 다를까. 결심했다는 듯, 힘겹게 입술을 달싹이는 그녀의 모습이 시야에 비쳤다.

"저는…… 괜찮아요."

"무, 무, 무슨 소리를 하는 거야. 무슨…… 흐윽…… 무슨 소리를 하는 거냐구……."

"최대한…… 멀리…… 떨어…… 지셔야 해요. 더 이상 억누르기…… 힘…… 힘들어요."

"이, 이, 이상한 소리 하지 마. 소라가 항상 나…… 나 믿는다고 했었지? 내, 내가 구해줄 수 있어. 그러니까. 조, 조금만 기다려. 소라야. 소, 소라가 나 천…… 천재라고 했었잖아. 그, 그러니까. 조금만 기다려. 간단하게 해결될 거야. 으응."

"네. 정하얀 님은…… 천재시니까요. 선택받으셨으니까요."

"으응. 그러니까 구, 구할 수 있어. 소라야. 거기서 나올 수 있어. 조금만 더 버티면…… 조금만 참으면 내가 꺼내줄 수 있어. 천, 천재니까. 천재니까."

"정하얀 님은 해내실 수 있을 거예요. 분명히…… 분명히 하실 수 있으실 거예요."

"으응…… 할 수 있어. 할 수 있어."

허겁지겁 한소라를 분석하고 있는 두 눈이 보였다. 정하얀의 머리에 모터가 달려 있었다면 아마 귀를 찢는 듯한 굉음이 들려오지 않을까.

이곳에서 곧바로 연구를 시작하려고 판을 깔고, 본격적으로 한소라 구출 작전을 시행하려고 하는지는 모르겠지만, 그런 게 가능할 리가 없다. 짧으면 10분, 길어야 20분이다. 단순히 이 방만 폭발하는 것이 아니라 대륙의 몇 분의 일이 날아갈지도 모른다. 초인적인 힘으로 애써 폭발을 막고 있는 한소라가 새삼스레 대견하게 느껴질 정도였으니 무슨 말이 더 필요하겠는가.

"할 수 있어. 응…… 할 수 있어. 쉬운 일이야. 응. 나는 할 수 있어."

"막아…… 막아주셔야 돼요."

"어?"

"막아주실 수 있으실 거예요. 정하얀 님은 천재시니까."

"아니……."

"막으셔야 돼요."

"오…… 빠?"

전하기는 어렵지만 전해야 한다.

"일대가 완전히 날아갈 거야."

"거짓말······."

"······."

"거짓말이야. 흐윽····· 거짓말····· 거짓말이라구······ 흐으윽······ 끄윽······."

사실 정하얀도 조금은 예상했을지도 모른다. 마력과는 전혀 다른 종류의 기운이라고 한들, 팽창하고 있는 저게 보이지 않을 리가 없지 않은가.

베니고어는 단순한 블러핑이라고 말하기는 했지만 금방이라도 터져 나올 것 같은 기묘한 빛이 계속해서 눈에 띈다. 폭탄의 심지가 타들어 가고 있는 것처럼 보일 정도.

녀석이 그냥 한소라를 죽일 작정이었다면 절대로 이런 귀찮은 방법을 쓰지 않았을 것이다. 지금 눈앞에 보이는 초유의 사태가 외신 쓰레기가 한소라의 안에 씨앗을 심어둔 이유다.

"할 수 있어요. 정하얀 님."

"못, 못해."

"하셔야 해요."

"못, 못해. 흐윽·····흐어엉······ 끄윽······ 오빠. 오, 오빠 어떻게 좀 해주세요. 소, 소라 좀 살려주세요. 소라 좀 살려줘요. 흐어어엉······."

분하지만 나 역시 다른 방법을 찾을 수가 없다. 물론 전혀 수가 없는 건 아니지만 과연 정하얀이 이걸 해낼 수 있을지가 문제.

"살려주세요. 끄윽…… 제발요. 제발……."

하지만 아무것도 못 해보고 이렇게 한소라를 잃는 것보다는 낫다.

"봉인."

"네?"

"봉인이라면 가능해."

"봉…… 봉인이요?"

"봉인할 수 있다면 방법을 찾을 수 있을지도 몰라. 이 방 안에 있는 시간을 완전히 동결시키는 종류의 마법을 사용할 수 있다면 소라를 지켜내는 것도 가능할 거야. 술자를 처리한다면 소라의 몸에 내재되어 있는 이질적인 기운 역시 사라질 확률이 높아."

"……."

"물론 확실하지도 않고, 도박에 가깝기는 하지만 가장 가능성이 높을 거야. 지금 이렇게 터지는 걸 바라만 보고 있는 것보다는 그게 더 나아. 최소한…… 최소한 목숨은 부지할 수 있을 테니까."

"네?"

정하얀이 아니라 한소라가 낸 목소리였다.

'아. 이거 말 안 해줬었나 보다.'

엔딩에 대해 설명해 주는 걸 까먹고 있었던 모양이다.

[일반 등급의 강제 퀘스트를 생성합니다.]

[전쟁 끝나면 봉인 찢고 나옵시다. 소라 씨는 특별히 종말의 날 열외★ (0/1)]

[한소라에게 일반 등급의 퀘스트를 전달합니다. 퀘스트 클리어 보상을 등록하지 않았습니다. 플레이어 한소라는 보상을 받으실 수 없습니다.]

그게 뭔 소리냐고, 미친 소리 하지 말라는 듯 나를 바라보고 있는 눈이 보이기는 했지만 한소라를 구하기 위해서는 이 방법밖에 없다.

누가 보기에도 봉인되기 싫다는 얼굴이다. 차라리 자신이 희생하는 게 더 나은 방법이 아닐까 하고 생각하고 있는 게 분명하겠지. 만약 봉인이 실패할 경우에 일어날 대형 사고에 대해서 걱정하는 듯한 모습, 한소라도 변했다는 걸 실감할 수밖에 없었다. 대륙과 정하얀을 위해 구태여 주사위를 던진 필요가 없다는 입장이지 않은가.

그 와중에도 정하얀은 천천히 고개를 끄덕이기 시작. 이건 어쩔 수 없는 수용이라고 생각하는 것이 맞다.

계속해서 고여 있는 눈물을 주르륵 흐르게 내버려 두며 정하얀은 떨리는 얼굴로 고개를 끄덕였다.

"가능하겠어?"

"해, 해야 돼요."

한소라를 살리려면 그 방법밖에 없다는 걸 알고 있으니까.

"쉽지 않을 거야."

"그래도…… 그래도 해야 돼요."

그것만이 한소라를 살릴 수 있는 방법이다.

"흐윽…… 흐으으윽……."

"정…… 하얀 님?"

"힘낼게. 소라야. 나…… 힘…… 힘내볼게. *끄윽*……."

"네?"

"꼭…… 꼭 소라를 그렇게 만든 애. 죽, 죽여줄게. 내가……
죽여줄 수 있어. 소라도…… 터지지 않고 그 상태 그대로 유지
될 수 있게. 봉인해 볼게…… *끄윽*……."

"지, 지금……."

"미…… 미안해. 소라야."

"네?"

"미안해…… *끄윽*…… 정말 미안해."

"아……."

"모르는 척해서 미안해…… 멋대로…… 멋대로 그렇게 마음
대로 행동해서 미, 미안해…… 고, 고, 고맙다고 말하지 못해
서 미안해. 손으로 밀치고…… 마법으로 내쫓아서…… 그렇
게 막…… 기분 내키는 대로 행동해서 미안해. 소라 잘못이 아
니었는데도 소라가 잘못했다고 떼써서 미안해. 먼저 사과 안
해서 너무 미안해. 모르는 척해서 미안해. 계속 무시하고 있어
서 미안해……. 흐으으어어엉…… 히끅…… 내, 내, 내 잘못이
야. 소라가 그렇게…… 그렇게 된 건 내 잘못이야. 흐으윽……

내, 내 잘못이야. 미안해. 미안해…… 너무너무 미안해."

"어…… 어? 어…… 어…… 흐윽…… 아니에요. 흐으윽……
정하얀 님 잘못이…… 아닌데……."

"미안해. 정, 정, 정말 미안해. 소라야. 흐어엉…… 흐어어어
어엉……."

"저도 죄송해요. 저도…… 저도 흐윽…… 너무 죄송해요.
별것도 아닌 일인데 화내서 너무 죄송해요. 제대로 연락도 못
드리고 잘해 드리지 못해서 너무 죄송해요. 너무 죄송해요."

"흐어어어어엉…… 소라야. 소라야."

"죄송해요. 너무…… 죄송해요."

"소라는 잘못한 거 없는데…… 끄윽…… 잘못한 거 없는데."

"죄송해요……."

"너무 미안해…… 용서해 줘…… 흐윽…… 용서해 줄 거지?"

"사과하실 일도 아닌걸요. 네…… 그리고…… 오해였으니까
요. 이렇게라도 오해가 풀려서 너무 다행이죠…… 네. 이제는
미안하다고 말씀하지 않으셔도 돼요. 이미 충분히 사과하셨
어요. 그러니까. 고개 드세요. 고개 들고 웃는 모습을 보여주
세요. 웃어주세요."

"헤…… 헤헤…… 끄윽…… 헤헤헤……."

"네. 그렇게요."

"헤헤…… 흐윽…… 헤헤헤헤…… 끄윽……."

"웃어주세요."

"으응…… 웃고 있어. 웃, 웃고 있어…… 계속 웃고 있을게.

계속…… 웃고 있을 거야."

"저…… 저 사실은 무서워요. 정하얀 님. 무서……."

"아프지 않을 거야. 아, 아, 아무렇지도 않게 해줄게. 한숨 자고 일어나면 모든 게 제, 제, 제자리로 돌아갈 거야. 나…… 나 믿지? 믿어줄 수 있지?"

"……."

"난 천재니까. 그렇게 할 수 있을 거야. 그렇게. 그…… 그렇게…… 그, 그, 그렇게에에!!!"

콰아아아아아아아아아!!

하는 소리와 함께 정하얀을 중심으로 마력이 퍼져 나가기 시작한다.

마력의 크기 때문인지 정하얀의 몸이 저절로 공중으로 떠오르기 시작했다. 몸을 비집고 튀어나오고 있는 마력이 정하얀의 몸을 띄우고 있는 것이다.

믿기지 않는 모습이다. 무슨 주문을 외우고 있는 건지도 모르겠지만 정하얀은 흔들림이 없는 눈으로 한소라를 바라보고 있었다.

"무서워요. 무서워요. 흐윽…… 정하얀 님. 무서워요."

"무섭지 않을 거야. 내, 내가 해결할 수 있어."

"흐윽…… 흑……. 아아아아아아악!!! 정하얀 님…… 정하얀 님!"

한소라의 몸에서 이질적인 빛이 쏟아져 나온 것은 바로 그때. 한소라 본인도 많이 당황하기는 했는지 자신도 모르게 비명을 내지르고 있었다.

정하얀은 입술을 꽈악 깨물고 있다. 본인이 생각하는 것보다 사태가 심각하다는 걸 인지하고 있는 것이 분명하리라. 터져 나오려는 빛을 마력으로 계속해서 막으려고 하지만 그게 생각대로 될 리 만무. 마력의 영향을 받지 않는 블러핑된 신의 빛은 개의치 않는다는 듯 사방으로 뻗어 나가기 시작했다.

"어어어엉…… 정하얀 님! 정하얀 님!! 터질 건가 봐요. 진, 진짜로 터지나 봐요. 흐어어엉……."

'한소라 연기 진짜 죽여준다. 아, 시바 둠소라 했어도 됐겠는데?'

"이익…… 이이이이익! 할 수 있어."

'그래. 할 수 있어.'

"할 수 있어어!!"

'당연하지. 시바.'

저 빛을 잡을 수 있는 방법은 공간을 통째로 봉인하는 것뿐이다.

"아악! 아아아아악!"

"할 수 있어어어어어어!!!!"

'시바. 진짜 한다. 우리 하얀이 진짜 한다.'

건드릴 수 없는 신의 힘을 마력으로 잡아 본래대로 되돌리는 모습을 뭐라고 표현해야 할지 모르겠다.

'신?'

공간 자체가 얼어붙고 있는 것이 보인다. 커다란 빛 때문에 터져 나오고 있는 파편은 물론이고 심지어 뻗어 나오고 있는 빛까지 무색으로 변화하고 있다. 단순한 봉인인지, 정말로 시간을 멈춘 것인지는 모르겠지만 아마 전자이지 않을까.

"이이이이익! 이익!"

하지만 천천히 마력이 사그라들고 있는 것이 문제. 커다란 다짐은 했지만 정하얀으로서도 쉬운 일이 아닌지 자꾸만 무색으로 얼어붙은 공간이 본래의 색을 되찾기 시작했다.

본인의 생각대로 되지 않는지 눈물을 머금고 있는 얼굴, 초조한 표정, 어쩌면 할 수 없다는 생각을 하고 있을지도 모르겠다. 결국 여기까지였다고 자신은 천재가 아니라고 그렇게 느끼고 있을지도 모르겠다.

전혀 계획되지 않은 상황에 혼란스러워하는 한소라를 바라보다, 심각한 표정으로 상황을 바라보고 있는 나를 바라본다. 막지 못하면 이기영까지 죽는다는 것을 깨달은 것이다.

'넘을 수 있나.'

눈에 깃든 것은 책임감. 무슨 수를 써서라도 지켜야 한다는 책임감이었다. 혹시나 내가 어떤 도움을 줄 수 있지 않을까 생각했지만 이번 위기를 감당해야 하는 것은 오롯이 정하얀의 몫이다.

액션으로라도 도움을 주는 척을 해보자. 구경만 하기에는 뻘쭘한 상황이지 않은가. 시간과 공간을 얼린다는 불가능한 미션에 합류한 척 커다란 신성을 꺼내 들고 손을 뻗는다.

"으아아아아아악!"

한소라를 지키기 위해. 대륙을 지키기 위해. 다시 한번 모든 걸 쏟아낸다.

"오…… 오빠."

"할 수 있을 거야. 하얀아."

'넌 천재니까. 무조건 뛰어넘을 거야.'

"나는 너를 믿어."

"……네."

"정하얀 님…… 정하얀 님!! 저…… 저!"

"이아아아아아아아아아아아아아아!!!!!"

콰아아아아아아아아아아!!

그리고 거대한 마력이 한바탕 실내를 휩쓴 직후.

"해냈어…… 헤…… 헤헤. *끄윽*…… 소라야…… 소라야 해 냈어."

완전히 굳어버린 채 입을 벌리고 있는 한소라를 바라보며…… 울음 섞인 미소를 보내고 있는 정하얀이 시야에 비쳤다.

당연하지만…….

당연하지만 대답은 들려오지 않았다.

"꼭…… 꼭 구해줄게. 금방…… 다시 꺼내줄게."

외신과의 결전이 얼마 남지 않은 시점. 길드 유일의 흑마법사이자 끊임없이 노력하던 소중한 친구가 리타이어된 순간이었다.

시작도 하기 전에 동료를 잃었다는 충격이 좀처럼 머릿속을 떠나지 않는다.

굳어 있는 한소라의 얼굴에 맺힌 눈물은 그녀가 얼마나 두려워했는지를 말해주고 있는 것 같다. 똑바로 마주해야 한다고 생각했지만 제대로 마주하기가 힘이 들 정도였다.

의외였던 것은 정하얀이 그런 그녀를 조용히 바라보고 있었다는 것. 나조차도 아직 받아들이지 못한 아픔을 똑바로 마주하고 받아들이기로 결정을 내린 것이다.

'벽 넘었나? 이거 벽 넘은 것 맞지?'

굳이 자신한테 질문할 필요도 없을 정도로 완벽하게 벽을 넘어섰다. 잠깐 동안이었지만 정하얀이 신처럼 보일 정도였으니 무슨 말이 더 필요할까. 마법사로서의 성장뿐만이 아니라 정신적인 성장까지 손아귀에 쥔 것 같은 모습은 저절로 주먹을 꽉 쥐게 했다.

울고불고 난리를 칠 거라는 내 예상과는 다르게 단단히 다짐한 듯 나무에 손을 가져다 대고 있다.

눈에 눈물이 가득 담겨 있는 모습은 여전했지만 무너져 내리고 있는 것이 아니라 계단 하나를 밟고 올라선 이의 모습이었다.

한계치까지 마력을 사용한 것은 아닐까 하는 걱정도 잠시, 저절로 마력이 회복되기 시작하는 모습에는 혀를 찰 수밖에 없었다. 스스로 에너지를 생산하는 발전소처럼 정하얀은 잃은 마력을 실시간으로 회복하고 있다.

'이게 가능한 건가?'

어떤 메커니즘으로 이게 가능한 건지도 감이 잡히지 않는다. 같은 인간이 맞는지 의구심을 가져도 이상하지 않다.

'이 정도면……'

확실하지는 않다. 하지만 지금의 정하얀은 1회차보다 더 강할지도 모른다. 심지어는……

'현성이보다 센 거 아니야?'

종목이 달라 뭐라 우열을 가릴 수는 없지만 정하얀이 김현성보다 할 수 있는 일이 더 많을 것이라는 것에는 반론의 여지가 없다. 정하얀은 마법사였으니까.

갑작스레 덜컥 겁을 집어먹게 되는 것도 무리가 아니리라. 현재 상태에 정하얀이 만약 폭주라도 한다면 그런 그녀를 누가 막을 수 있을까. 제대로 개판 한번 쳐보겠다고 마음먹는다면 김현성조차 그녀를 막는 데 애를 먹을 거라고 단언할 수 있다.

물론 상황 자체는 안심할 만했다. 정하얀은 달라졌으니까. 눈물이 날 정도의 감동스러운 연출을 통해 정신적인 벽까지 뛰어넘었으니까.

그럼에도 불구하고 조용히 위를 바라보는 저 뒷모습이 신경 쓰여서 견딜 수가 없다. 결국에는 슬그머니 옆자리로 이동해 정하얀의 눈치를 볼 수밖에 없었다.

애써 웃음 짓고 있는 모습, 하지만 공허한 감정을 숨길 수는 없는 모양이다.

가장 소중하다고 생각하는 사람 중에 하나를 잃었으니 그럴 만도 했다. 물론 아직까지 한소라가 죽은 것은 아니었지만 정하얀에게는 굳어 있는 그녀의 모습이 죽어 있는 것과 비슷할 정도의 충격을 주고 있지 않을까.

나도 멘탈을 가다듬기가 힘들다. 매일을 함께했던 동료가 봉인되 굳어 있는 모습을 바라보는 건 정말로 힘든 일이다.

"괜, 괜찮을 거예요. 오빠."

오히려 손을 꽉 잡아주며 나를 위로해 주는 모습.

"……."

"그러니까. 울지 않, 않으셔도 돼요."

나도 모르게 눈물을 흘리고 있었나 보다.

"오, 오, 오빠 잘못이 아니에요."

손을 들어 내 눈을 닦아주고 있는 정하얀의 모습이 흐릿하게 보이기 시작했다.

'얘가 진짜 기특해졌어.'

달라져도 이렇게 달라질 수가 없다. 당장 난리를 피울 거라고 생각해 고려한 여러 가지 계획들을 곧바로 쓰레기로 만들어 버릴 정도로 성숙한 모습을 보여주고 있다.

보라, 누가 이 모습을 보고 예전에 그 정하얀이라고 생각할 수 있을까.

내가 아무리 한소라를 아끼고 있었다고 한들, 정하얀보다 그녀를 아끼지는 않았다. 실상 내가 그녀를 위로해 줌이 옳다. 그 자그마한 손으로 발꿈치를 들어 올려 내 눈물을 닦아주는 모습은 다시 한번 투명한 눈물을 흘러내리게 했다.

우리 하얀이가 달라졌어요.

'달라져도 진짜 제대로 달라졌어요.'

"제가 전, 전부 해결할 수 있어요."

'그래. 우리 하얀이가 전부 다 해결해야지. 외신 물리치고……
소라 되찾아야지.'

"제가 전부 해결할 거예요. 소, 소라를 꼭 되찾을 거예요."

'아암…… 그렇고말고. 하얀이는 할 수 있을 거야. 분명히.'

"아직 죽은 게 아니니까요. 소라는 이 자리에, 우리와 함께
있으니까요."

'아이고, 그렇게까지 생각하고 있었어? 장하네. 우리 하얀이.'

"소라도 힘들겠지만…… 참을 수 있다고 했어요."

'그래. 우리 하얀이도 참을 수 있지?'

"그러니까…… 울, 울지 마세요. 제…… 제가 전부…… 제가
전부……"

'으응. 그래. 그래.'

"죽, 죽, 죽, 죽일 테니까."

'어…… 죽여야지. 그러엄.'

"이렇게 만든 놈들을 전부…… 전부 죽이고……. 네. 전, 전
부 죽여야죠. 상상할 수도 없는 끔, 끔찍한 고통을…… 죽을
때까지 안겨주고…… 죽이고 또 죽이는 거예요."

'그래. 죽이는 게…… 죽이는 게 좋기는 좋은 건데……'

"이 세상에 살아 있다는 게 후회스러울 정도의 고, 고, 고통
을 안겨줄 거예요. 그, 그것밖에는 속, 속죄할 길이 없어요. 저.
결, 결심했어요."

'무슨 결심?'

"이제는 더, 더, 더 이상…… 뺏기지 않, 않을 거라고…… 멍, 멍청하게 바라보고만 있지 않을 거라고. 안심하세요. 오, 오빠. 제가 지킬 테니까요. 제가 지킬 수 있어요. 소라가 준 이 힘으로…… 우리 앞을 가로막는 더, 더러운 놈들을 전부 죽일 테니까."

'어?'

"우리 보금자리에 침범하려고 하는 멍, 멍청이들 히힛…… 전부 죽여야지 머리통을 부숴 버리는 거예요. 우, 우리를 건드리면 그렇게 되는 거예요. 그, 그렇지? 소라야."

'뭐야.'

"소, 소라도 그렇게 하고 싶데요."

'아니, 시바. 뭐야. 한소라 뭐야. 너 진짜 정하얀 안에 있는 거 아니지? 시바. 있으면 빨리 나가. 시바.'

"소, 소라도 그렇게 할 거예요. 저. 저를 도와줄 거래요."

'그러니까. 소라가 어디에 있는데.'

"그, 그, 그리고 소라가요. 소라가……"

'……'

"꼭…… 꼭 복수해 달라고 했어요. 자기를 이렇게 만든 놈…… 놈들을 전부 찾아서…… 죽, 죽여달래요. 으응. 알, 알겠어. 소라야. 나…… 나만 믿어. 다, 다 할 수 있어. 소라가, 소라가 나 천재라고 해줬잖아. 응. 할, 할 수 있을 거야."

'시바. 하얀이 몸에서 나가라. 이 악귀야. 악귀는 물러가라아!'

혹시나 억울하게 봉인 당한 한소라의 영혼이 정하얀 속으로 들어간 것은 아닐지 심각하게 고민해 볼 정도였다.

자신을 이렇게 만든 타락한 베니고어를 향해 저주를 퍼붓고 있는 것은 아닐까. 정말로 한소라와 대화를 하는 것 같은 정하얀의 모습은 나도 모르게 그런 생각을 하게 만들었다.

물론 그게 정하얀의 착각이라는 사실을 깨닫는 데에는 얼마 걸리지 않았지만······.

"전, 전부 끝나고? 어? 어? 우, 우리 집에서 같, 같이 살고 싶다고? 안, 안 돼····· 오, 오빠랑 내 보금자리인데····· 소, 소라는 옆집에 살기로 했잖아. 옆, 옆방에 살면 안 되냐고? 옆집이랑····· 별 차이도 없을 거라고? 그, 그럼 오, 오빠한테 끝나고 물, 물어볼게. 아마····· 오빠도 허락해 주지 않을까? 오, 오빠도····· 소라 싫, 싫어하지는 않으니까. 으응····· 대, 대신 나중에 다른 말 하면····· 안, 안 돼? 나도 힘들게····· 물어보는 거니까."

졸지에 신혼집에 한소라가 들어오게 생겼다. 정말로 한소라가 저걸 원하고 있는지는 모르겠지만 단호하게 아니라고 이야기할 수 있다.

"나, 나중에 이야기해야지. 그····· 그건····· 지금 당장 어떻게 이야기해. 소, 소라도 빨리 몸을 되찾아야 하잖아. 그러니까····· 으응····· 그러니까 일단은 나중에 생각하자. 헤, 헤헤····· 그지? 무섭지 않았지? 하나도 안····· 안 아팠지?"

점점 눈빛이 바뀌는 게 눈에 보인다. 이성을 잃으면 혼잣말을 한다는 건 알고 있었지만 거기에 한소라의 영혼이 업데이트될지는 꿈에도 생각하지 못했다.

한소라 봉인 계획이 무리수였다는 걸 깨닫게 되는 게 당연했다.

'아냐. 시바. 원하는 건 얻었잖아. 하, 하얀이 각성했잖아.'

하지만 무섭다.

"나, 나 웃고 있어. 소라야. 헤헤…… 웃, 웃고 있어. 소라가 웃으라고 해서…… 소라도 그러니까 무서워하지 마……. 금방…… 금방 되돌아갈 수 있을 거야. 으응……"

한소라의 타락한 원념이 끊임없이 저주의 목소리를 내뱉고 있는 것일까.

"전부 죽, 죽여야지. 소, 소라는 눈 감고 있어도 돼. 복, 복수는 내가 해, 해줄게. 히힛…… 헤헤헤……"

이거 시바 어떻게 하지?

'그냥…… 이대로 놔두는 게 더 좋은 건가?'

매뉴얼은 기억하고 있는 건가?

일단 외신 쓰레기에게 복수의 칼날을 갈고 있다는 것은 박수를 보낼 만한 부분이기는 했지만 전투 중에 돌발 행동을 해올지도 모른다는 불안감이 감돈다.

차라리 한소라를 원래대로 되돌리고 정하얀을 안정시키는 게 좋지 않을까?

'이렇게 바로?'

당연하지만 무리수에 가깝다. 차라리 이 텐션을 그대로 끌고 가는 게 더 유리하다. 뭣 때문에 이 이벤트를 계속해서 미뭐왔는지 생각해 보면 금방 답이 나온다. 정하얀이 돌발 행동을 해올 거라는 건 애초부터 상정하고 있던 바였다.

슬그머니 앞을 바라보자 연신 중얼거리는 정하얀의 모습이 시야에 비쳐왔다.

지금까지의 행동 패턴으로 본다면 아마 곧바로 일을 터뜨릴 준비를 하지 않을까.

지팡이를 꼭 쥔 모습. 자꾸만 흔들리고 있는 동공, 분노로 인해 파들파들 떨리는 입가, 억지웃음을 짓고 있었지만 원망이 가득한 눈으로 알 수 없는 곳을 응시하는 눈빛.

'터질 거야.'

이건 터진다. 말린다면 말릴 수는 있겠지만 구태여 말리지 않아도 된다. 어차피 신호탄은 쏘아졌으니까. 녀석들이 방아쇠를 당기는 것보다 우리가 방아쇠를 당기는 게 더 유리하다.

"그래. 하얀아. 소라를…… 되찾는 거야."

"네……. 소, 소, 소라를 되찾는 거예요. 소, 소라도 빨리 몸으로 되돌아가고 싶대요. 네. 꼭 자기를 이렇게 만든 나, 나쁜 놈을 찾아서…… 지옥의 겁화로…… 태, 태워달래요. 평생 동안…… 평생 동안……"

"……잠깐…… 잠깐 기다리고 있을래?"

"네, 네. 소라랑…… 같이…… 있을게요. 준, 준비도 하면서…… 나, 나쁜 놈들을 죽일 준비를 해야죠."

"매뉴얼은?"

"아…… 아…… 뭐, 뭐였지…… 아! 소, 소, 소라가…… 기억

하고 있대요. 다…… 다녀오세요. 오빠. 다녀오셔도 돼요. 저,
저도 여기서 따로…… 준비해야 하니까."

곧바로 문을 박차고 나가자. 주변을 둘러싸고 있는 몇몇 이
들이 시야에 비쳤다.

가장 눈에 띄는 것은 이쪽을 기다리고 있는 김미영 팀장. 내
눈에 맺혀 있는 눈물을 가장 먼저 확인한 것인지 잠깐 동요하
는 모습이었지만 이내 침착한 모습으로 인사를 건네는 모습을
확인할 수 있었다.

"부길드마스터."

"준비하세요. 팀장님."

"어떤……."

"얼마 걸리지 않을 겁니다. 상황실로 가서 대륙에 영상 송출
할 준비해 주세요. 몇 시간 안으로 들어올 겁니다."

"네. 혹시 안쪽에서는……"

"소라 씨가…… 소라 씨가 당했습니다."

"네?"

"지금부터 주변에 사람 출입시키지 말고 통제시키세요. 잠
시 후에 하얀이가 밖으로 나올 겁니다. 굳이 말리실 필요 없고
하고 싶은 대로 하게 내버려 두시면 됩니다."

"네. 그렇게 지시하겠습니다."

"지금 곧바로 이동하겠습니다."

"네."

천천히 발걸음을 옮기면서도 계속해서 정하얀을 살펴볼 수

밖에 없었다.

멍하니 한소라를 바라보며 계속 중얼거리는 모습, 굳어 있는 한소라와 대화를 하고 있는 모습은 살짝 소름이 끼치기는 했다.

자신의 몸을 살짝 공중으로 띄워, 뻗어 있는 한소라의 손을 꽉 잡으며 웃고 있는 얼굴이 보인다.

-이겨낼 수 있어. 내, 내가 같이 있잖아.

비정상적으로 목이 꺾여 있는 정하얀의 비주얼에 스멀스멀 공포가 올라오기는 했지만 저 장면은 감동적인 장면이라고 받아들이는 게 옳다.

봉인이 되어서까지 정하얀의 곁을 맴도는 한소라와 그런 한소라를 구하려고 필사적으로 노력하는 대마법사로 해석해야 감정 잡기가 수월해진다.

조금 무섭기는 했지만 확실히 감동적인 장면이라 할 만했다.

-얼마 걸리지 않을 거야. 조금만 참, 참, 참아…… 헤…… 끄윽…… 히……히힛. 참을 수 있지?

한소라의 마지막 말이 기억에 남는지 자꾸만 눈물을 흩뿌리며 웃고 있는 모습은 틀림없이 가슴을 찡하게 만드는 장면일 것이다.

-히힛······ 히히히힛······

조금 더 빠르게 이동해야 할 것 같다. 그래도 몇 시간 정도
는 버틸 수 있을 거라고 생각했지만 주어진 시간이 얼마 없다.

다짜고짜 단상에 선 이후에는 곧바로 정면을 바라본다. 완
벽하게 준비가 된 것은 아니었지만 천천히 목소리를 가다듬는
다. 한소라의 손을 아직까지 붙잡고 있는 정하얀을 망원경으
로 바라보며 고개를 숙인다. 소중한 동료를 지키지 못하는 책
임감을 가슴에 얹으며, 눈물을 꾹 참으며 뒤죽박죽으로 흔들
리는 감정을 정리한다.

두려움과 압박감, 죄책감과 공포, 나 자신에 대한 무능, 외신
을 향한 분노, 그 모든 감정을 속으로 억누르며.

나는 천천히 입을 열었다.

"소중한······ 소중한 동료를 잃었습니다."

곧바로 대륙 전체로 목소리가 퍼져 나간다.

아마 각 전역에 있는 거대한 여신의 거울을 모두 다 올려다
보고 있지 않을까. 굳이 망원경으로 확인하지 않아도 예상 가
능한 일이었다.

조금은 갑작스러울 수도 있는 타이밍, 본래 예정되어 있던
시간보다 훨씬 앞당겨 연설을 시작하고 있으니 많은 이가 의아
해하고 있을 것이다. 당장 내 주위를 감싸고 있는 스텝들 역시
당황스러운 표정을 감추지 못하고 있었다.

성스럽다는 표현조차 부족하게 느껴질 정도의 빛을 머금고 있는 빛기영의 모습이 두 눈에 들어온다. 조금 추레한 모습은 아닐까 걱정했던 것도 잠시, 세상의 모든 고통을 짊어진 것 같은 빛은, 굳이 다른 준비를 하지 않아도 충분히 장소에 어울리는 비주얼을 자랑하고 있었다.

'병약 메이크업 안 하는 게 더 괜찮은데. 자연스러워요.'

굳은 결의를 다짐하고 있는 입과 절대로 쓰러지지 않을 것이라고 이야기하고 있는 두 눈.

예언의 날, 종말의 날이 곧 시작되려고 한다는 걸 모르고 있는 사람은 없을 거라고 생각했다.

천천히 망원경으로 주변을 둘러본다. 군중들이 모이는 것이 시야에 비쳤다. 모두 조용히 하늘을 바라보며 다가올 예언의 날을 준비하는 것이 두 눈에 똑똑히 들어왔다.

나는 약간 뜸을 들인 이후에 천천히 입을 열었다.

"우리는…… 우리는 소중한 이들을 잃었습니다."

"……"

"아마 많은 분들이 저와 같을 것입니다. 이 대륙 위에 살아가는 모든 이들이 소중한 이를 잃어버린 경험을 가지고 계실 거라고 생각합니다. 악마 숭배자에게, 악마 소환사에게, 악마 군단장들과 그들의 수족들에게, 전쟁에게, 고통과 증오와 분노에게, 소중한 이들을 잃으셨을 거라고 생각합니다."

"……"

"우리들은 살아남았습니다. 우리의 동료, 우리의 친우, 우리의 연인들이 지켜낸 생명의 대륙의 위에, 그들이 흩뿌린 피와 희생 덕분에, 그들이 뿌리내린 나무의 밑에서, 그들이 지켜낸 하늘의 아래 이렇게 살아 있습니다."

"……."

"네, 그렇습니다. 현재의 대륙을 일군 것은 우리뿐만이 아닙니다. 고통스러웠던 역사 속에서 살아 숨 쉬던 영웅들과 모험가 길드에서 입에서 입으로 전해지는 전사들, 하루하루 힘겨운 일상을 살아가는 이들과 이 대륙을 지키기 위해 싸우고자 하는 수많은 이들이 현재의 대륙을 일군 영웅입니다."

"……."

"우리가 서 있는 이 땅은 우리의 역사이며 고향입니다. 대륙민이나 이방인이나 이종족이나 다름이 없습니다. 우리의 소중한 이들은 우리의 미래를 위해 피를 흘렸고 우리를 이 자리까지 닿게 하기 위해 스스로를 희생했습니다. 웃으며 안녕을 고했습니다."

"……."

"그들의 희생 덕분이었습니다. 우리가 이 자리까지 오게 된 것은 모두 그들이 함께했기 때문이었습니다. 그들은 우리를 하나로 만들었습니다. 서로를 향해 칼을 들이밀고 있는 공화국과 교국, 왕국 연합과 연방, 중립국과 이종족들, 서로를 적으로밖에 생각하지 못하는 우리들을 하나로 만든 것은 지금 이 자리에 없는 이들입니다."

천천히 고개를 끄덕이는 이들이 눈에 보였다. 공화국과 교국의 병사들이 서로를 바라보고 있다. 불과 몇 년 전까지 서로를 적이라고 불렀던 이들은 조금은 어색한 얼굴로 서로의 어깨를 두드렸다. 좋은 현상이다.

"그들의 희생 덕분이었습니다. 우리가 지금 강대한 적과의 전투를, 예언의 날을 위해 싸움을 준비할 수 있었던 것 역시 그들의 희생 때문이었습니다. 그들은 우리를 강하게 만들었습니다. 그들의 죽음과 희생에 우리는 많은 고통을 받았지만 결과적으로 그들은 우리를 단단하게 만들었습니다."

동료를 잃어본 적이 있는 이들은 고개를 끄덕인다. 회색밖에 보이지 않는 전쟁터에서 그들은 예전의 동료들을 기억하기 시작했다.

파티를 위해 자신을 희생한 사제, 던전에서 동료들이 달아날 시간을 벌어주기 위해 적들과 맞선 전사, 전우의 등 뒤를 지키기 위해 화살을 대신 맞은 검사.

이야기들은 많다. 내가 저들이 가지고 있는 모든 사연을 알고 있는 것은 아니었지만 이 대륙에서는 흔하게 벌어지는 사연이었다.

녀석들은 서로의 방패나 검들을 간단하게 부딪치거나 가슴에 손을 얹으며 현재 자신들을 이 땅 위에 서 있게 해준 동료들을 애도한다.

나 역시 다르지 않다.

'작은 바위 길드의 송정욱.'

캐슬락 몬스터 웨이브 당시, 가장 전위에서 전우들을 위해 죽은 녀석이 갑작스레 생각난다. 그렇게 친한 동료도, 친구라고 부를 수 있는 사이도 아니었지만 캐슬락을 지키고 싶다는 녀석의 마음만은 진심이었다.

'연방의 영웅들.'

벨리알 소환 사태 당시 그 누구보다 앞장서 스스로를 희생한 녀석들, 김현성이 끌고 있는 본대를 리무르아의 둥지로 보내기 위해 그 약한 몸으로 도노반을 막아섰던 영웅들이 있었다.

'한소라.'

대륙을 지키기 위해 스스로를 봉인하는 것을 선택한 그녀 역시 비슷한 마음이었을까.

그 외에도 알려지지 않은 이들이 많을지도 모른다.

지금껏 있었던 수많은 전투에서, 죽을 확률이 높다는 걸 알고 있으면서도 가장 위험한 지역으로 향하는 전사들이 있다. 그들에게는 감사하지 않을 수가 없다. 그들이 있었기 때문에 현재의 대륙이 있을 수 있었다.

"그들의 희생 덕분이었습니다. 우리에게 올바른 가치를, 가야 할 길을 제시해 준 것도 그들이었습니다. 무엇이 옳고, 무엇이 그른지, 무엇이 맞고, 무엇이 틀린 것인지 그들은 행동함으로써 우리에게 보여주었고 그렇기에 저는 올바른 가치에 대해 이야기를 할 수 있게 되었습니다. 그들이 전해준 교훈과 이야기는 우리를 바른길로 인도해 주는 등불이 되었습니다."

"……."

"물론 그렇지 않은 이들도 있었습니다. 악마에게 영혼을 팔아 잘못된 선택을 한 이들도 분명히 존재했습니다. 하지만 우리는 그들에게도 배웠습니다. 왼편과 오른편, 어디에 서는 것이 좋은지, 빛과 어둠 어느 편에 서야 하는지, 그들조차 우리에게 많은 것을 가르쳤습니다. 이 대륙의 역사가 우리들을 강하게 만들었습니다."

"……."

"그렇게! 그렇게 우리는 이곳 위에 서 있습니다. 작은 적에게도 수차례 죽을 고비를 넘겼던 우리는 지금 이렇게 성장해 이 자리에 있습니다."

"……."

"수많은 악마의 유혹과 욕망에 흔들렸던 우리들은 이제는 굳건히 각자 가지고 있는 신념과 가치를 되새기며 이 자리에 서 있습니다."

"……."

"두려움과 공포에 떨었던 우리들은 그들이 전해준 용기와 불굴의 의지를 품에 안고 이 자리에 서 있습니다."

내 말이 얼마나 효과가 있을지는 장담할 수 없다. 그들은 여전히 두렵고 무서울 것이다. 하지만 그렇기 때문에 도움이 될 수 있을 거라고 확신할 수 있다. 싸우려는 이들은 마음을 한 번 더 다잡아야 했고 두려워하는 이들은 두려움을 떨쳐내야 했다.

주변을 둘러보자. 떨고 있는 병사들의 떨림이 줄어들고 있는 것이 보인다. 할 수 있다는, 이겨낼 수 있다는 신념을 가지는 이들이 생겨나기 시작했다. 공포가 쉽게 전염되는 것처럼 희망과 용기 역시 쉽게 전염된다.

"자유와 희망이 무엇인지 몰랐던 우리들은 이제는 희망을 품고 마지막 싸움을 앞두고 있습니다."

물론 저마다의 생각은 다르다. 분명히 다를 것이다.

"우리가 보여주어야 합니다. 우리를 이 자리까지 있게 한 우리의 동료, 연인, 가족들에게 우리가 이토록 성장했다는 걸 보여주어야 합니다. 당신들 덕분에 이 자리에 있을 수 있었다고, 당신들 때문에 이겨낼 수 있었다고 자신 있게 전할 수 있어야 합니다. 그들의 희생, 그들의 유산을 헛된 일로 만들지 않기 위해 노력해야 합니다. 일어서십시오. 전투를 준비하십시오."

전진 기지에 배치된 병력이 천천히 움직이는 게 시야에 비쳐 왔다. 본인들의 무기를 고쳐 잡고 올라가 있는 투구를 내린다.

다른 곳들도 다르지 않다. 화살을 매만지는 이들도 있었고 함께 싸울 전우의 등을 두드리는 전사들이 보인다. 지휘관들은 중대원들을 격려하고 있었고 사제들은 기도를 드리고 있다. 신념이 가득 찬 두 눈으로 대륙을 위해 죽을 준비를 하고 있다.

각자의 생각은 다르다. 하지만 대륙을 위해 싸우겠다는 마음은 모두가 같지 않을까. 다른 이들 역시 준비가 되어 있는지 고개를 돌려 그들을 바라볼 수밖에 없었다.

-재밌네.

차희라는 웃고 있다. 아무렇게나 굴러다니고 있는 갑옷을 장비하며 무기를 꽉 쥐고 있다. 이미 한번 벽을 뛰어넘은 그녀는 여느 때처럼 자신감 넘치는 모습으로 커다란 문을 열었다.

그녀가 싸울 드넓은 전장이 펼쳐진다. 온전히 그녀만을 위해 마련된 무대를 위에서 바라보며 그녀는 중얼거렸다.

-나는 더 강해질 수 있어.

차희라는 고개를 끄덕였다.
다시 한번 고개를 돌리자 이번에는 이지혜가 눈에 들어왔다.

-말은 해줘야 하는 거 아니에요? 오빠? 스케줄은 좀 맞추고 변동 사항이 있으면 조금 말해주기라도 하지. 뭐, 사실 어찌 되든 상관없지만…… 이제 시작이라고 생각하니까 감회가 새롭네. 정말로 멀리 온 것 같은데, 생각해 보면 그렇지도 않아. 그렇죠?

이지혜는 잔을 들고 창문을 바라보고 있었다. 뭐라 설명하기 힘든 표정이다. 드디어 끝났구나, 혹은 이제 시작인가. 어떤 표정인지 종잡을 수 없지만 기대하는 것 같기는 했다.

-아. 혹시나 해서 말하는 건데 노아의 방주 터지면 저 두고 가지 마요. 혹시나 해서 말하는 거예요. 진짜.

멀지 않은 곳에는 오스칼이 있다. 그녀는 여신의 거울을 바라보고, 자신을 따르는 수많은 병사들을 바라보며 굳은 결의를 보내오고 있었다.

-나는 오스칼이야. 나는…… 오스칼이다.

항상 사고만 치던 박덕구 역시 조금은 긴장한 듯한 표정이다. 안기모는 조용히 전장을 응시하고 있었고 김예리는 박덕구의 등을 두들겨 주고 있다.

-해낼 수 있을…….
-할 수 있어. 지금까지. 아저씨. 잘해왔으니까.
-네. 당연히 잘해낼 수 있을 겁니다. 항상 그렇게 말씀하지 않으셨습니까.
-나도 알아. 맨날. 중얼거리는 그거. 형님이 하면.
-나는…… 나는 더 잘할 수 있다.
-그래. 그거.

박덕구는 웃었다. 본인의 안에 남아 있는 약간의 의심이 해결된 듯 누군가가 전해준 말을 되새기며 가슴을 두드렸다.
선희영은 긴장한 것 같지 않다. 당연히 해야 할 일을 하는 것뿐이라는 표정으로, 여느 사제와 다름없이 조용히 기도를 올리고 있었다.

-부디…… 이겨낼 수 있기를.

겁이 많았던 엘레나 역시 이번만큼은 마음을 굳게 먹은 모양이다.

-엘룬이시여…… 엘룬이시여. 저희들을 굽어살피소서. 종족의 미래, 아니, 이 대륙을 지킬 수 있는 힘을 저에게 전해주시옵소서.

유아영은 무구들을 정리하며 김창렬과 함께 시간을 보내고 있었고, 도통 무슨 생각을 하는지 모르겠는 녀석은 아직도 혼란스러워하는 신입 길드원의 머리를 쓰다듬고 있었다.

이겨내지 못한 이들도 보인다. 라파엘은 여전히 일어나지 못하고 있다. 손가락도 까닥하지 못한 채 여전히 무의식에서 돌아오지 못하고 있었다.

조혜진은 조용히 눈물을 닦고 있다. 자꾸만 거울을 바라보며 계속해서, 끊임없이 흘러나오는 눈물을 닦아 내리고 있었다. 싸울 수 있는 상태가 맞는지 의심이 되기는 했지만 그녀는 방 한쪽에 놓여 있는 창을 들고 밖을 나선다.

-지킬 수 있어.

그녀가 정말로 원하는 바를 얻을 수 있을지 모르겠다.

카스가노 유노 역시 비슷한 상황이다. 하염없이 눈물을 흘리며 뭔가를 바라보고 있다. 아마 미래가 바뀌었는지 확인하는 과정이 아닐까.

눈물이 멈추지 않는 것을 보니 그녀가 본 미래에 다른 변수는 생기지 않는 모양, 오스칼은 희생을 위한 싸움이 아니라고 했지만 누군가는 희생해야 했다.

-제발…… 제발…….

정하얀은 천천히 몸을 일으켰다. 다시 한번 한소라의 손을 꽉 잡은 이후에 웃는 얼굴로 몸을 일으켜 어두워진 장소를 걸어 나가기 시작했다.

-같이 가자. 소라야.

주문을 외우는 소리가 들려온다. 거대한 빛을 바라보며 천천히 마력을 일으키는 것이 보인다.

무슨 생각을 하는 건지 알 수 있을 것 같다. 천천히 열리고 있는 저 문을 잡아당기려고 하는 것이 아닐까.

당연하지만 굳이 막을 이유가 없다. 인류는 싸울 준비를 끝냈으니까. 방아쇠를 당기는 것은 저 악마들이 아니라 빛의 군대가 해야 할 일이다.

다시 한번 천천히 고개를 돌려보자. 지금 이 시점에 가장 마음이 복잡한 이를 바라보자. 어두운 방 안에서 밖으로 비치는 거울을 바라보고 있는 김현성의 모습이 시야에 비쳤다. 검붉은 눈을 한 녀석이 무슨 생각을 하고 있는지 읽기가 힘들다.

-책임.

뒤늦게 책임감이 돌아온 것인지 아니면 버리려고 하는 것인지 알 수가 없다. 녀석은 검은 날개를 활짝 펼쳤고 자신의 검을 허리춤에 매달았다.

김현성이 밖으로 발걸음을 옮긴다. 부산스러운 소리가 들려온다.

-전투 준비! 전투 준비!! 전 병력은 전투를 준비한다. 마지막 싸움을 준비한다!

누군가가 내지른 목소리에 김현성은 고개를 끄덕였다.

-대륙을 지키기 위한 싸움이다! 헛된 죽음은 없다. 우리는 승리를 쟁취할 것이다. 무엇을 위해 싸우는 것인지 기억하라.

지휘관 중 한 명이 내지른 목소리에 김현성은 한 발자국을 더 내디뎠다.

　-대륙을 위한 싸움이다. 우리를 굽어살펴 주시는 여신을 위한 싸움이야!

　터져 나갈 것 같이 솟아오른 빛의 기둥을 응시하며 녀석은 자신의 시작과 끝을 매듭지으려 하고 있었다.
　죽음을 각오한 병사들, 여신에게 기도를 드리는 사제들, 각자의 위치에서 최선을 다하는 영웅들과 겁을 먹은 소년병들. 그리고 뒤를 돌아보며 자신이 지켜야 하는 것을 바라보고 있는 전사들까지.
　계속해서 커져 나가는 목소리, 점차적으로 뒤섞이기 시작한 인간들을 바라보며…… 김현성은 작게 속삭였다.

　-엿이나…….

　'어?'

　-엿이나 먹으라지.

　'아니야…… 그러지 마. 너 이 새끼…… 왜 그래. 왜 갑자기 또 둠 하려고 그래?'

204장
대륙을 지키자
성스러운 빛의 군대어

'시바, 나 지금 잘못 들은 거 맞지?'

순간적이었지만 감정이 흔들릴 뻔했다. 계속해서 슬픈 생각을 하지 않았으면 저도 모르게 자리에서 벌떡 일어나는 방송 사고를 낼 정도였으니 무슨 말이 더 필요할까. 다른 이유 따위는 언급할 필요 없이 이 새끼가 둠 해버리는 것은 아닌지 걱정됐기 때문이다.

'뭐야. 그런 분위기 아니었는데. 시바 감동적인 분위기였는데 또 왜 그래. 또 뭐가 문제야. 시바. 뭐가 문제인 건데.'

그동안 너무 김현성을 체크하지 않은 것은 아닌지 생각해보게 된다.

'하…… 이거 시바…… 근데 신경을 어떻게 써? 바빠 죽겠는데.'

내면의 이기영과 싸우느라 제대로 신경 쓸 수 없었고 녀석 말고도 신경 쓸 일이 많았다.

물론 어느 정도 거리를 두기는 했다 지금 와서 살갑게 대하고 여러 가지로 케어해 주는 것 자체가 의미가 없는 행동이지 않은가. 어차피 김현성은 이기영의 배때지에 칼을 쑤셔 넣어야 되는데…… 굳이 현 상태에서 더 가까워질 필요가 없다는 생각에 의거한 행동이었다.

아무리 그렇다고는 하더라도 너무 신경을 안 쓴 것은 아닐지에 대해서 생각해 볼 수밖에 없는 부분, 혹시나 내가 김현성이 필사적으로 보낸 신호를 무시한 것이 아닐까. 뭔가 돌발 행동을 일으키기 전에 녀석이 보내온 구조 신호를 모른 척한 것이 아닐까.

쌓여 있는 메시지를 보면 그런 것 같기도 하다. 그것 외에는 다른 말들을 아무것도 해오지 않았지만 김현성의 붉은색 눈빛이 서늘해 보인다.

'안 돼. 현성아. 타락하고 막 둠 하고 그러면 안 돼.'

기영쌤과 함께하는 멘탈 클리닉에 녀석을 초대하는 게 좋지 않을까. 지금이라도 밀착 수업을 진행하는 게 좋지 않을까.

전부 다 준비가 끝났다고 생각했지만 가장 중요한 부분을 놓치고 있다는 생각이 든 것도 당연했다.

몇 시간만 더 늦추는 것이 좋지 않을까 진지하게 고민해 보게 될 정도로 김현성은 불안해 보였다. 자조적인 미소를 띄우며 검을 들고는 있었지만 뭔가 사고를 칠 것처럼 느껴지지 않은가.

'멘탈 클리닉 들어가야겠다.'

라고 생각했지만 이걸 멈출 수 없는 게 문제.

-소, 소라야…… 기, 기다려. 히히…… 히힛. 내, 내가 전부 죽, 죽여줄게. 전부 죽여줄게.

'하얀아. 시바. 잠깐만 기다려. 지금 뭔가 잘못된 것 같아.'

-조금 있으면 열릴 거야. 열어야지. 저기…… 저기 문 안에 숨어 있을 거야. 소라를 그, 그렇게 만든 멍, 멍청이가…… 숨어 있을 거라고……열린다. 보, 보이지? 보이지, 소라야? 열…… 열리고 있어! 열리고 있다고!

이미 마력을 내뿜으며 외신을 불러들이려고 하는 정하얀을 말릴 방법은 없다.

'지혜 누나. 누나가 뭔가 해줘야 될 것 같아. 누나.'

-그럼…… 슬슬 짐을 싸볼까? 연수야. 짐 챙겨놓은 것 중에 빠진 거 있나 확인 잘했어?

-네, 언니! 근데 정말 도망치는 거 맞아요?

-그럼 가짜로 도망치겠어? 잘봐. 노아의 방주 뜨는 거 잘 캐치하라고. 말은 저렇게 했지만 상황 꼬이면 우리 두고 갈 수도

있으니까.

'시바. 누나. 벌써부터 튈 준비를 하면 어떻게 해.'

어차피 누나한테는 별로 기대하지도 않았다. 이렇게 된 이
상 차희라뿐이다. 그녀가 이 사태를 수습해 줘야 한다.

-하하하하하하하핫.

틀렸어. 시바 벌써 맛탱이가 갔어. 하지만 나에게는 아직 믿
을 만한 패가 남아 있지. 조혜진, 내 친구, 우리 혜진이. 너만
믿는다.

-절대로…… 절대로 그렇게 되게 하지는 않을 거야. 내 목숨
을 걸어서라도 막겠어. 막아내고야 말겠어.

아니, 시바 막지 말라고 좀.

이상하다. 시바. 방금 전까지는 분명히 희망 편이었던 것 같
았는데 갑자기 절망 편으로 장르가 전환된 것처럼 느껴진다.

어처구니가 없어서 헛웃음이 나온다. 하다 하다 박덕구 이
새끼는 나이스 보트를 흐뭇하게 바라보고 있지 않은가. 저 돼지
새끼는 그냥 저 배를 사용할 순간만을 기다리고 있는 것 같다.

-삐. 삐. 삐. 삐이이이이이이이이아-

'뭐야. 시바. 야. 라파엘 갑자기 왜 그래. 라파엘 왜 그래. 야. 라파엘 죽는다. 시바. 라파엘 죽는다고.'

재 지옥에서 살아 돌아오는 거 아니었어?

뒤늦게 뛰어온 사제들이 라파엘의 위에 올라타 녀석의 심장에 충격을 주는 것이 눈에 들어왔다.

-어때요?

-틀, 틀렸어요. 심장이…… 정지했…….

'포기하지 마. 포기하지 말라구.'

-계속 신성력 집어넣어!

-이미 심장이 정지했어요. 이제는…….

-상관없으니까! 못 살리면 우리도 죽는 거야. 언, 언데드로라도 만들어. 어떻게든 생명 장치만 유지해! 숨만 쉬게 만들란 말이야!

'제발 포기하지 마 시발…… 언데드로 만들지 마! 시바, 나다 듣고 있다. 다 듣고 있다고.'

시작하기 전에 너네 갑자기 왜 이러는데. 이제 곧 싸워야 되는데 얘네 진짜 왜 그래.

대중들 앞에서 똥 씹은 표정을 보여주면 안 된다고 생각했지만 저도 모르게 자꾸만 표정이 구겨지려고 한다.

차라리 지금부터 튀는 게 좋지 않을까. 시바, 혹시 여기서 대륙 구하고 싶은 사람 나밖에 없나? 그런 건가? 뭐야. 시바 나는 지금 내기 때문에 그냥 튀지도 못하는데. 이런 게 어디 있어. 시바. 심지어 디아루기아 쪽도 상황이 안 좋아 보이잖아.

슬쩍 망원경으로 들여다보니 온갖 고성이 왔다 갔다 하는 도중, 설마 진짜로 전부 다 망한 것은 아닌지에 대해 다시 한번 생각해 보게 된다.

천천히 김현성을 다시 한번 응시해 봤지만 달라지는 것은 없다. 녀석은 천천히 성벽 위에서 여신의 거울을 바라볼 뿐이었다.

계속해서 내 얼굴이 하늘에 비치고 있다는 걸 깨달은 것은 당연지사. 희생자들에 대한 묵념은 여기까지 이제는 싸워야 할 시간이라고 정치인들처럼 목소리 깔고 외쳐야 했지만 갑작스레 머리가 하얗게 변하기 시작했다.

'뭐야…… 뭐야, 이 새끼…… 진짜로 싸울 생각은 있는 건가?'

이렇게 의욕이 없어 보이는 표정은 처음이었다. 굳이 설명하자면 이런 느낌이지 않은가.

'뭐…… 대륙이야……. 뭐…… 구하면 구해지고 안 구해지면 어쩔 수 없는 거지 뭐. 어차피 내 관할도 아닌데.'

그나마 안심할 수 있었던 부분은 검을 들어 올리기는 들어 올리고 있다는 것. 적어도 피하지는 않는 것 같았지만 억지로 전쟁터에 끌려온 것 같지 않은가.

뭐라도 말을 해야 했다. 녀석의 감정을 고취할 수 있는 말을 뭐라도 지껄여야 했다.

"우리가 지금까지 어떤 것들을 겪어왔는지, 무엇을 위해 지금까지 이 자리에 있는 것인지를 다시 한번 생각하십시오. 마지막이 다가왔습니다. 결실을 맺어야 할 때입니다. 마음속에 있는 아픔을 극복하고 승리의 종을 울릴 때가 찾아왔습니다."

'현성아. 시바, 너 고생했잖아. 이제 마침표 찍어야지. 기나긴 여정이었잖아. 다시 생각해 봐.'

"또 다른 아픔을 겪을지도 모릅니다. 하지만 우리는 이겨내는 법을 배웠습니다. 상처를 치유하고 견디는 방법을 지난날들을 통해 배웠습니다. 두려워하지 않으셔도 됩니다. 상처가 아문 자리는 더욱더 단단해지고 강해질 것입니다."

'생각해 봐. 그동안 얼마나 힘들었어? 그래도 우리 잘 견뎌왔잖아. 현성이도 상처 많이 아물고 강해졌잖아. 그렇지?'

"우리의 하늘을 되찾아야 합니다."

'노을로 합의한 건 기억하지?'

"우리가 살아야 할 장소를 지켜내고 우리의 것을 쟁취해야 합니다."

'형이랑 같이 노을 보는 거 맞지?'

녀석의 얼굴을 제대로 살필 겨를도 없다.

-히히히히힛! 히히힛! 히히히힛! 다 죽이는 거야! 전, 전부 다!

하늘이 열리기 시작했으니까. 기어코 정하얀이 하늘을 열어 버린 것이다.

차라리 외신이고 천사고 전부 다 거짓말이었으면 좋겠다. 사실 안 튀어나오는 거면 이번에도 내가 만든 천사랑 벨리알 도움으로 주작 한번 멋지게 할 수 있는 거잖아.

정말로 안 들어오는 건 아닐까? 행복 회로를 힘겹게 돌릴 수밖에 없는 상황이었다.

당연하지만 주변이 떠들썩해진다. 듣기 좋은 말로 포장해 어떻게든 전투 의지를 끌어올리고 있었지만 정말로 하늘이 열리자 굳은 표정의 이들이 눈에 보인다.

천사의 모습을 한 악마들과의 싸움에서 우리가 견딜 수 있을까에 대한 의문, 바깥에서 보이는 강대한 기운에 정말로 맞서는 게 맞는지에 대한 공포, 굳이 물어볼 필요도 없이 그냥 보면 알 수 있을 것 같다.

나 역시 느껴진다. 거대한 무언가가 손을 뻗고 있다는 사실이 보이기 시작한다. 심지어 우리 비밀 병기는 싸울 의지도 없는 상황이란다.

"……"

'튀자.'

내기에서는 지겠지만 언제나 손절은 냉혹하게.

그만둘 타이밍이라고 생각하면 곧바로 그만두는 것이 맞다. 노아의 방주를 준비하라는 듯 김미영 팀장에게 신호를 보내자 의아한 얼굴로 고개를 끄덕이는 모습이 보였다.

"우리는 승리할 것입니다. 제가 먼저 앞장서겠습니다."

'나는 간다.'

"모두 안심하시고 전투에 임해주시기 바랍니다. 제 눈에는 승리 이외의 다른 글자가 보이지 않습니다."

'이 세상 모든 고통과 굴레를 벗어던져 버리고.'

"지켜야 할 것이 있을 때. 인류가 얼마나 강해질 수 있는지 보여줘야 합니다."

'행복을 찾아 떠납니다!'

"불가능한 싸움은 없습니다."

'이건 불가능한 싸움인 것 같기는 해.'

"저를 믿고 무기를 들어주세요. 제가 여러분과 함께하겠습니다. 제가 여러분보다 먼저 쓰러지겠습니다."

'아, 진짜 미안하다. 진짜 일이 이렇게 될 줄은 나도 몰랐지. 아…… 시바 진짜 비둘기들 진짜 튀어나오잖아…… 지금 빨리 튀어야겠잖아. 아 근데 이거 루시퍼는 어떻게 하지? 내기 내용이 뭐지?'

여러 가지 쓸데없는 생각을 하며 천천히 자리에서 몸을 일으켰다. 지금부터 준비를 해야 애들 챙겨서 여기 뜰 수 있으니 빨리빨리 준비하는 게 옳지 않은가.

슬쩍 망원경으로 바라보자 정말로 비둘기 떼들이 눈에 보였다. 확실히 이질적인 모습, 무언가 무기를 들고 날아오고 있었지만 지금 와서 관심을 가지는 것도 우습다.

'진짜 오기는 왔네.'

딱 이 정도 느낌이라 할 만했다. 역시 사람은 욕심을 버려야 한다. 왜 이걸 이제야 깨달았을까. 절대로 손해 보기 싫어 꽉 붙들고 있는 걸 놓아버리자 개비스콘을 먹은 것처럼 속이 편안해지기 시작했다.

'어차피 인생은 빈손으로 왔다가 빈손으로 돌아가는 것이거늘……'

무엇이 그렇게 욕심이나 지금까지 자신의 몸을 희생시키며 살아왔던가. 더 이상 바라보고 있으면 미련만 생길 것 같아 완전히 고개를 돌렸을 때였다.

콰과아아아아아아아아아아아아아아앙!!

하는 굉음과 함께 땅 바닥 전체가 울리기 시작한 것.

콰아아아아아아아아아아아아아아앙!!

'하얀이? 벌써 시작했나?'

가까스로 매뉴얼은 잊지 않았던 모양.

전투 시작 직후 가장 중요한 인물이었다. 김현성이 없으면 전투에서 승리하지 못하지만 정하얀이 없으면 전투가 성립되지 않는다. 이건 과장 하나 보태지 않은 발언이었고 그만큼 정하얀이 부여받은 롤은 대륙 연합에게 최우선적으로 필요한 일이었다.

열심히 해주고 있다는 건 자랑스러웠지만 이만 소라를 챙기고 떠나야 할 타이밍. 어차피 금방 회복될 마력이겠지만 이제는 그만 쓰고 아끼라고 하고 싶다. 혹시나 노아의 방주 계획에 차질이 생길 수도 있었으니까.

-전부······ 전부 죽어!

콰아아아아아아아아아아아아아아앙!!

-소, 소라야······ 보, 보이지? 보고 있지?

콰아아아아아아아아아아아아아아앙!
"어······."
북쪽 너머로 떨어지는 것은 거대한 중력.
어마어마한 밀도로 만들어진 중력이었다.

-우와아아아아아아아아아!!!
-전투 준비! 전투 준비이!!!!!!
-와아아아아아아아아아아아아아!!!

　아군 병력들의 함성 소리가 귀를 찢을 듯이 들려온다. 부여
했던 롤 그대로. 애초에 공중에서 날아다니는 놈들과 공성전
을 벌인다는 것부터가 성립되지 않는 이야기. 정하얀은 자신
의 롤을 완벽하게 수행했다.
　콰아아아아아아아아아아아아앙!!
　이전과 달라진 것이 있다면 그 범위와 위력이 상상을 초월
한다는 것. 정확히 전진 기지를 기점으로 북쪽 전체가 가라앉
고 있는 것이 보인다. 기가 차서 말도 제대로 나오지 않는다.

하늘을 날아 향하던 비둘기들은 땅바닥에 처박히며 발에 밟힌 개미가 되고 있지 않은가.

콰아아아아아아아아아아아아앙!!!

한 번 더 봐도 당황스러운 광경이다. 일부 중요 지역만이 아니다. 대륙의 끝에서 대륙의 끝까지 마치 건반이 내려앉는 것처럼 내려앉고 있다.

차이점은 다시 올라오지 않는다는 것. 상상도 할 수 없을 정도의 힘을 담은 마력은 비둘기의 날개를 완전히 무용지물로 만들어 버렸다.

정하얀, 정하얀, 정하얀, 정하얀, 이야기를 듣기도 했고 실제로도 보기도 했지만 말로 필요 없을 정도의 위용은 절로 내 입을 벌어지게 만들었다.

'인간이 할 수 있는 일인가?'

정말로 인간이 맞는 건가. 이게 어떻게 가능한 거지? 어떻게 사람이 대륙 전체에…… 대륙 전체에…….

'말도…… 안 돼.'

정하얀이 보여준 위용, 저도 모르게 커다랗게 소리를 지를 수밖에 없었다.

"대륙을 지키자! 성스러운 빛의 군대여!"

거대한 함성 소리가 터져 나오기 시작했다.

'할 수 있을까.'

"후우…… 후우……."

'살아남을 수 있을까.'

"전투 준비. 전투 준비한다!"

'지킬 수 있을까. 할 수 있는 건가. 이거 정말로 이길 수 있는 건가.'

안 좋은 생각을 하면 안 된다는 사실은 이미 알고 있다. 이길 수 있다고, 별일 없을 거라고, 인류는 틀림없이 승리할 거라고 믿어야 했다.

하지만 천천히 열리고 있는 하늘을 바라보며 흔들리지 않는 사람이 몇이나 있을까. 종말의 날, 예언의 날, 여러 가지로 이야기를 듣기도 했고, 오래전부터 마음의 준비도 마친 상태였지만 굳건히 쌓아온 마음의 벽이 허물어지는 게 느껴진다.

삼류 모험가에 불과하지만 자신은 바보가 아니다. 저 이질적인 빛 너머에 무엇이 있는지, 무엇이 오고 있는 건지, 아마 알 만한 사람들은 전부 알고 있을 거라고 생각했다.

"신과 천사의 탈을 쓴 고대의 악마가 대륙의 전역을 불태우고 이 땅 위에 살아가는 모든 생명체를 울부짖게 하리라……."

옆에서 들려온 목소리에 천천히 고개를 돌리자 멍한 표정으로 중얼거리는 친우의 모습이 시야에 비쳐왔다.

린델의 난봉꾼 캐넌 그리고 그 옆에 자리한 것은 통칭 삼류 도박사 조지. 악마군단 소환 사태 당시에도 함께 싸운 전우들이었다.

"재수 없는 소리 하지 마, 캐넌."

"그냥 나도 모르게 말이 나왔을 뿐이야. 지금부터 우리가 어떤 것과 싸워야 하는지, 인류의 적이 뭔지…… 다시 한번 되새겨야 할 것 같았거든. 어때, 우리 이번에도 살아남을 수 있을까?"

"……살아남을 수가 있을까가 아니야. 지켜야 하는 거야. 우리 뒤에 가족, 형제들이 있다는 사실을 잊지 마. 그리고…… 그리고 어떻게든…… 이번에도 어떻게든 버텨낼 수 있을 거다. 명예추기경님이 함께하시니까."

"빛의 성자. 베니고어의 아들. 신에게 선택받은 인류의 빛."

"그래."

"하지만……."

"……."

"하지만 그도 인간이야. 알렉스."

"캐넌."

"나답지 않은 말이기는 하지만 최근의 그를 보면서 느끼는 게 많아. 우리 같은 놈들이 상상이나 할 수 있겠어? 신의 선택을 받았다느니, 대륙의 위기를 구해야 한다느니…… 그런 중압감을 견뎌낼 수 있겠냐고. 일반인이었다면 진작에 정신이 망가져 버렸을 거다. 아니…… 이미 망가져 있을 수도 있지. 단지 버티고 있는 것뿐이야. 책임감 때문에…… 그래. 놓을 수 없기 때문에 견디고 있는 것뿐이라고……."

무의식적으로 하늘을 올려다보자 명예추기경의 얼굴이 눈에 들어온다.

'인류의 기둥.'

인류가 유일하게 믿고 있는 인간.

'신의 아들.'

베니고어를 비롯한 많은 신이 선택한 인간.

그 난봉꾼 캐넌이 저런 말을 했다는 게 믿어지지는 않았지만 그의 말이 맞다. 그 역시 인간이었다. 지금 자신 역시 몸이 제대로 움직여지지 않을 지경인데 그는 오죽할까.

등에 짊어지고 있는 것이 다르다. 무게감이 다르다. 내가 책임져야 할 것은 뒤에 있는 가족뿐이었지만 그는 전 대륙과 전쟁터에 나가 있는 병사들을 책임져야 한다.

만약 나였다면 어땠을까.

"정신이 나가 버렸겠지."

절대 일어날 리가 없는 가정을 하면서도 몸이 떨려오는 게 느껴졌다. 그는 그런 중압감을 등에 지고 싸우는 것이다.

-우리가 지금까지 어떤 것들을 겪어왔는지, 무엇을 위해 지금까지 이 자리에 있는 것인지를 다시 한번 생각하십시오. 마지막이 다가왔습니다. 결실을 맺어야 할 때입니다. 마음속에 있는 아픔을 극복하고 승리의 종을 울릴 때가 찾아왔습니다.

기분 탓일까. 불안해 보이는 얼굴이 보인다.

-또 다른 아픔을 겪을지도 모릅니다. 하지만 우리는 이겨내

는 법을 배웠습니다. 상처를 치유하고 견디는 방법을 지난날들을 통해 배웠습니다.

　인류는 상처를 치유하고 견디는 방법을 배웠다. 하지만 그는 어떨까. 그의 상처를 치료되어 있을까. 가혹한 삶을 살아가는 빛의 몸에 새겨진 아픔의 기억들은 완전히 아물었을까.

　-두려워하지 않으셔도 됩니다. 상처가 아문 자리는 더욱더 단단해지고 강해질 것입니다.

　그의 연설에는 무게감이 있다. 마음을 좀먹고 있는 두려움이 천천히 사라지는 게 느껴진다.
　하지만 그는 어떨까. 우리가 가지고 있는 두려움은 그가 해결해 주지만 그가 가지고 있는 두려움을 해결해 줄 이는 어디에 있나.
　"제기랄……."
　감상적인 성격은 아니다. 하지만 자꾸만 입에서는 험한 말들이 튀어나오기 시작했다.
　"제기랄……."

　-우리는 승리할 것입니다. 제가 먼저 앞장서겠습니다.

　책임을 지고 앞장선다는 것은 어떤 기분일까.

-모두 안심하시고 전투에 임해주시기 바랍니다. 제 눈에는 승리 이외에는 다른 글자가 보이지 않습니다.

우리를 안심시키기 위해 그는 무엇을 걸고 있을까.

-지켜야 할 것이 있을 때. 인류가 얼마나 강해질 수 있는지 보여줘야 합니다.

마치 자기 자신에게 하는 말 같지 않은가. 스스로 위로받고 싶어 하는 말처럼 들리지 않는가.

그는 지금 자기 최면을 걸고 있는 도중이다. 확실하지는 않지만 느껴진다. 강해져야 한다고, 지켜야 한다고, 끊임없이 세뇌하며 되새김질하는 것만 같다.

-불가능한 싸움은 없습니다. 저를 믿고 무기를 들어주세요. 제가 여러분과 함께하겠습니다. 제가 여러분들보다 먼저 쓰러지겠습니다.

그라면 정말로 그럴 것이다. 그가 아끼는 인간들과 함께 쓰러지고 먼저 희생할 것이다. 저 눈빛은 죽기를 각오한 이의 눈빛이다. 거짓 한 점 없이 투명한…… 투명한 눈빛이었다.

어째서인지는 알 수 없다. 감정 과잉이라는 사실 역시 알고 있다. 하지만 저 얼굴을 보고 있자니 자신도 모르게 눈물이 차오르기 시작했다.

"이게…… 도대체……."

그가 가지고 있는 무게감이, 중압감이, 슬픔이, 두려움이 전해진다. 애써 괜찮다고 말하는 저 단호한 얼굴의 이면에는 너무나도 작디작은, 너무나도 여린 너무나도 안쓰러운 나약한 인간이 자리 잡고 있었다.

그가 먼 곳을 응시한다. 마침내 하늘이 열리고 대륙의 종말을 울리는 천사의 탈을 쓴 악마들이 모습을 드러낸다.

두렵다. 저 멀리서도 그들이 얼마나 강한지 알 수 있을 것 같다. 주변에서는 탄성이 들려온다. 아마 무의식적인 행동일 것이다. 저 멀리 있는 적들의 강함을 측정할 수 있는 이들의 얼굴은 이미 구겨져 있다. 무기를 쥔 손은 떨려오고 목소리도 제대로 나오지 않는다.

"강해 보이는군. 악마군단 소환 사태. 그때보다 더……. 어때 조지. 네 감이 구리다는 건 알고 있지만…… 이번에는 어떻게 될 것 같아?"

"저번에 균열 랜드에서 왕창 잃은 다음에는 내게 이런 건 묻지 않기로 하지 않았나."

"빛의 성좌가 걸린 일이라면 조금 다르니까. 네가 삼류 도박사라고 불린다는 걸 모르는 사람은 여기에 없어, 조지. 하지만 저번에는 잘 때려 맞추지 않았어? 왜? 노을빛의 검사와 타락한 성자의 싸움에서……."

"글쎄…… 뭘 듣고 싶은 건지 모르겠다네."

천사의 탈을 쓴 악마들이 천천히 가까워지는 것이 보인다. 조각으로 빚어낸 것 같은 외관을 가지고 있는 이들이 점점 더 빠르게 날아오고 있다.

이질적이다. 어울리는 표현은 아닐 수도 있겠지만 감정을 가지고 있는 것처럼 느껴지지 않는다.

정확하게 판단할 수 있는 것은 그들의 몸에 깃들어 있는 힘. 인간을 아득히 초월한 힘이다.

마력이라고 부르는 게 맞는 건지는 모르겠지만 한 개체 한 개체가 상위에 오른 모험가에 필적하는 힘을 가지고 있다. 당장 네임드라고 부를 수 있는 놈들이 하나도 아니라 하늘을 빼곡 메울 정도이지 않은가.

'이런 상황에서 농담 따먹기라니.'

원래 실없는 녀석들이니 이해할 수 있다. 애써 떨리는 마음을 진정시키기 위해 그냥 몇 마디 주고받는 것이 전부겠지.

하지만 놈들이 점점 가까워질수록 자신도 모르게 삼류 도박사의 말에 귀를 기울이게 된다.

캐넌의 말이 맞다. 그는 저번에도 한 번 맞춘 적이 있었으니까. 빛의 검사와 타락한 성자의 싸움. 어쩌면 녀석의 인생에서 최초로 승리한 베팅인지도 모르겠다.

제발 자신이 원하는 말을 해주길 바라며 녀석을 바라보자. 조금은 어두운 얼굴로 입을 여는 모습이 시야에 비쳤다.

"듣기 좋으라고 하는 소리는 얼마든지 해줄 수 있지만……."

"……."

"이번에는 감이 좋지 않아."

"……."

"전투 준비! 전투 준비! 궁수들은 신호를 기다리고 마법사들은 주문을 외운다. 전군 대기. 전군은 대기! 긴장할 필요 없다. 빛의 성자와 베니고어 여신이 우리 곁에 있음을 항상 기억해라."

"이길 수 있다!"

"이길 수 있어. 이길 수 있을 거다. 전우들아. 살아서 보자."

"죽지 마라. 이 새끼들아! 죽지 마!"

"명예추기경님이 우리의 넋을 위로해 주실 거다. 빛의 성자의 품 안에서 죽을 수 있다는 걸 영광으로 알고 싸우자."

"베니고어시여! 이겨낼 수 있는 힘을 내려 주시옵소서."

"빛의 성자를 위하여! 대륙을 위하여!"

여기저기에서 들려오는 목소리.

콰과아아아아아아아아아아아아아앙!!!

하는 지면을 울리는 소리가 들려온 것은 바로 그때였다.

"뭐…… 뭐야."

멀리 떨어진 곳에 있는 비둘기들이 지면으로 처박히는 것이 시야에 비친다.

"우와…… 우와……."

너무나도 비현실적인 광경. 하늘 위에서 떨어진 정체불명의 중력은 전진 기지 앞에 있는 물체들을 땅으로 꺼지게 하고 있다.

"우와…… 우와아아아아아아아!!!"

환호성이 들려온다.

"베니고어 님이다! 베니고어 님이야!"

아니, 이건 신성력이 아니다. 거대한 마력의 유동이 느껴지는 곳은 그렇게 멀지 않다. 아마 술자는…….

'대마법사 정하얀?'

시야에 담겨 있는 모든 것이 지면 아래로 처박히는 것은 상상하는 것보다 더 비현실적.

그 광경을 바라보고 있던 캐넌이 삼류 도박사 조지를 향해 입을 열었다.

"집어치워, 조지. 너한테 물어본 내가 병신이지…… 하…… 하하. 저걸 봐. 저걸…… 저걸 보라고! 하하하하하하!!"

"뭐. 그렇지."

"공격…… 공격하라! 마법을 퍼부어! 지켜야 할 것이 있을 때 인류가 얼마나 강해질 수 있는지를 보여줘라."

"정하얀 님이다! 정하얀 님의 마법이야! 하하하하하핫! 정하얀 님이다!"

"마법을 퍼부어! 단 한 놈도 살려두지 마!"

"죽어라! 이 더러운 악마 놈들."

"손을 쉬지 마! 계속 화살을 날려! 계속!"

콰아아아앙!! 콰드드드드드드득!!!

콰직!! 콰아아아아아앙!!

전방이 순식간에 화려한 색채로 물든다. 그 누구라도 소리를 지르지 못하고서는 참을 수 없는 광경이라고 설명하는 것이 맞다. 자신 역시 마찬가지.

-대륙을 지키자! 성스러운 빛의 군대여!

뇌를 뒤흔드는 것같이 들려오는 그분의 목소리에 저도 모르게 몸이 뜨거워지기 시작했다.

온몸이 빛에 휩싸이는 기분, 인류는 승리한다. 이곳에서 분명히 인류는 승리할 것이다. 분명히 승리할 거라 믿어 의심치 않는다.

"우리는 빛의 군대다! 저 어둠에게 빛의 성자의 대륙을 침범한 것이 어떤 의미인지 보여줘라!"

"가까이 접근하지 못하게 해라! 더러운 악마 놈들을 정화하자!"

"적들의 겉모습에 현혹되지 마! 이길 수 있다! 빛의 성자께서 대륙을 지키자고 말씀하고 계신다! 물러서지 말고 절대로 성벽 위로 올라오게 하지 마! 계속해서 땅바닥을 기게 만들어라! 하늘로 날아오르려고 하는 놈들을 최우선적으로 노려!"

콰아아아아아아아아아아아앙!!!

"빛의 심판을!!"

"더러운 악마들에게 뜨거운 빛을!"

"빛의 성자를 위하여!"

화려한 마법들이 쏟아져 나간 이후에는 곧바로 땅바닥으로 고꾸라진다. 아마 계속해서 북쪽을 짓누르고 있는 중력의 영향을 받고 있음이 틀림없으리라.

파괴력이 배가 된 것 같은 느낌. 단점은 저 멀리 있는 적에게는 마법이 닿지 않고 있다는 것이었지만 성벽 아래에 적에게는 틀림없이 치명적으로 작용하고 있다.

아니, 심지어는……

'어떻게 닿고 있는 거지?'

일부 네임드들이 보내고 있는 마법과 화살은 마치 중력의 영향을 받지 않는 것처럼 멀리까지 날아가고 있었다. 이건…….

'길을 열어준 건가? 저 공간에만 길을 열도록 의도한 건가? 어떻게 그런 게 가능한 거지?'

지금 와서 의문을 느끼는 것도 이상하다. 아군의 대마법사가 사용하는 마법 자체가 믿을 수 없는 수준이었으니까.

할 수 있다는 생각에 저도 모르게 주먹을 꽉 쥐고 주변을 둘러본다. 아마 모두가 나와 같은 생각이겠지.

"우리는 악마가 아니다. 필멸자들이여."

'어?'

"오히려 너희들을 구원해 주러 온 존재라고 하는 것이 옳다."

'언제……'

"두려워하지 말라. 우리에게 적개심을 가지지 말라. 우리는 어둠이 아니라 빛이며 진짜 어둠은 그대들의 안에 있다."

언제부터인지 알 수 없다.

'도대체 뭐야…… 언제 온 거지?'

성벽 위에, 병사들의 한 가운데 자리 잡은 인형. 푸른색의 긴 머리카락을 가지고 있는 남자. 커다란 날개를 수장 가지고 있는 천사. 아무 감정도 들어가 있지 않은 것 같은 눈과 표정. 그리고 이곳에 자리한 모든 이들을 피식자로 만들어 버리는 위압감.

"하지만 그대들이 저항할 생각이라면."

'죽는다…… 죽을 거야. 이곳에 있는 병사들 전원 죽을 거야.'

"나 역시 손을 쓸 수밖에."

'죽는다…… 전부. 전부……'

녀석이 천천히 손을 들어 올린다. 이질적인 푸른빛이 손에 모이기 시작한다. 곧 그것은 거대한 낫의 형태를 만든다.

뭐가 어떻게 된 건지 알 수 없다. 여전히 몸이 움직이지 않았으니까.

"내 이름은 케루빔. 나를 원망하거라. 필멸자들이여."

'끝인가?'

낫이 천천히 휘둘러진다. 곧 목이 달아날 거라는 생각에 공포에 질린다.

어디에선가 거대한 마력이 느껴진 것은 바로 그때. 마치 화면이 천천히 움직이는 것처럼 푸른색 긴 머리를 가지고 있는 천사의 얼굴이 땅바닥으로 처박히는 것이 눈에 들어왔다.

무엇이 그를 그렇게 만들었는지 모르겠다. 다만 정체불명의 형태가 눈 앞을 가리고 있는 것이 보인다.

붉은색. 마치 붉은색 갈기를 가지고 있는 것만 같은 전사의 등.

"너구나."

"……."

"너였어! 하하하하하핫! 내 상대가 너였다고!! 하하하하하하하핫!"

붉은색 갑주를 입은 용병은 정신이 나간 것처럼 웃기 시작했다. 누군가가 그녀의 별칭을 중얼거리는 것이 들려왔다.

"용병여왕."

아니.

전쟁터 위에 강림한 것은 여왕이 아닌 전신이었다.

to be continued

무공을 배우다

목마 퓨전 판타지 장편소설
WISHBOOKS FUSION FANTASY STORY

"무(武)를 아느냐?"

잠결에 들린 처음 듣는 목소리에 눈을 떴을 때,
눈앞에 노인이 앉아 있었다.

"싸움해 본 적 있나?"
"없는데요."

[무공을 배우다.]

20년 동안 무공을 배운 백현,
어비스에 침식된 현대로 귀환하다!

'현실은 고작 5년밖에 지나지 않았다고?'

우진 현대 판타지 장편소설
WISHBOOKS MODERN FANTASY STORY

다시 태어난 베토벤

1827년 한 남자의 죽음으로 고전 시대가 저물었다.

**그러나
그가 지핀 낭만의 불씨가 타오르니
비로소 새로운 시대가 열렸다.**

긴 시간이 흘러 찬란했던 불꽃도 저물어 갈 즈음.
스스로 지핀 불씨를 지키기 위해
불멸의 천재가 다시 태어났다.

〈다시 태어난 베토벤〉

**마치 운명이 문을 두드리듯
힘차게 손을 뻗어 외친다.
"아우아!"**

Wish Books
만렙 플레이어
비츄 게임 판타지 장편소설
가상현실 게임 올림푸스에 드디어 입성했다.
그런데…… 납치라고!?
강제로시작된 20년간의 지옥 같은 수련 끝에
마침내 레벨 99가 되었다.
그렇게 자유를 만끽하려던 순간.
정상적인 경로를 통한 레벨 업이 아닙니다.
시스템 오류로 레벨이 초기화됐다.
"이게 무슨 개 같은 소리야!!"
그런데, 스탯은 그대로다?!
게다가 SSS급 퀘스트까지!
한주혁의 플레이어 생활은
이제부터가 시작이다!